special present for man

送给男人的

礼物

孙静 编著

中国华侨出版社

图书在版编目 (CIP) 数据

送给男人的礼物 / 孙静编著 . — 北京 : 中国华侨
出版社 , 2017.7

ISBN 978-7-5113-6887-4

Ⅰ . ①送… Ⅱ . ①孙… Ⅲ . ①故事 – 作品集 – 中国 –
当代 Ⅳ . ① I247.81

中国版本图书馆 CIP 数据核字（2017）第 139697 号

送给男人的礼物

编　　著：孙　静

出 版 人：方　鸣

责任编辑：笑　年

封面设计：李艾红

文字编辑：于海娣

美术编辑：杨玉萍

插图绘制：张富岩

经　　销：新华书店

开　　本：720mm×1020mm　1/16　印张：24　字数：298 千

印　　刷：北京市松源印刷有限公司

版　　次：2017 年 8 月第 1 版　2017 年 8 月第 1 次印刷

书　　号：ISBN 978-7-5113-6887-4

定　　价：39.80 元

中国华侨出版社　北京市朝阳区静安里 26 号通成达大厦 3 层　邮编：100028

法律顾问：陈鹰律师事务所

发 行 部：（010）58815874　　　　传　真：（010）58815857

网　　址：www.oveaschin.com

E－m a i l：oveaschin@sina.com

前言

礼物
记录我们一生的爱情

　　恋爱的最高境界，是两个人，一辈子，从琐碎中发现美，在混乱中找到和谐，努力于长期的相处中找到安稳静好。

　　有得爱、能够爱，总是能够给人带来喜悦。只是，爱的喜悦，除了来自被爱、被珍视、被保护，同样也来自给予、付出与奉献。当你喜欢一个人，并且通过了解去收获他的狂喜与感动，这种被需要的感觉，其实比得到更能让人满足。

　　礼物，是盛开在心上的爱之密语，是两个人之间百分百的幸福温度。两情若是久长时，就该送对方爱的礼物。每一个爱着的人，无论男女，也都希望能收到爱人送出的礼物。所以，如果你身边有爱人，对方又有期待，何不送对方一份礼物？爱是完全不需要任何由头就可以表达的事，但是那些肉麻的话平时你却不好意思说出口。这个时候，就可以借着这份心意，传递千言万语了——谢谢你爱着我、呵护我，感谢这一天、这一年、也希望是这一生的陪伴。

　　当然，礼物不能随便送。都说来到碗里都是菜，送到手上都是心，但是，如果送礼的人不走心，也难免会送出一份不合时宜，甚至让人哭笑不得的奇葩礼物。人会因为错的礼物而彼此疏离，好在更多的时候，人会因为对的礼物而更亲密。好的礼物，不一定非得是昂贵的。礼物的意义，在于惊喜，在于你"自作主张"地为对方挑选送上，再引发"不谋而合"的喜悦。送礼最重要的是心意，而不是将对方带到店里，任其挑选，那是买卖，不是爱情。

　　那些最基本的，用得上、又有审美的物品；那些朴实的、没有高昂价格，

1

对爱人却有着特别意义的礼物，甚至那些美好而无用的东西，你都可以拿来送给爱人。毕竟，敝帚自珍，才是爱的本质。在细水长流的爱情里，只有那些琐碎平常的点滴，串联起爱情、陪伴、传承的主题，才能充实漫长的时光。

相爱无蠢事，炫耀被爱，为爱付出，都再正常不过。当我们最初爱上一个人，一定是全世界都在放烟花，世界的中心就只有两个人。之后，爱情只占了生活的一部分，我们都渴望长久的温存与陪伴。真的感情，永远都是心意比金钱重要。送对了礼物，你我都是永远不败的恋人。

目 录

温暖情书
——最简单真实的浪漫

千言万语化作一纸深情

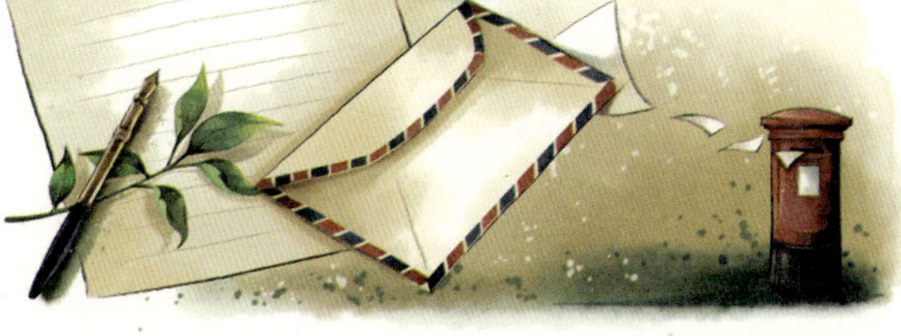

温情寄语

情书是心灵的悸动
情书是温柔的耳语
只叹青春太短　岁月悠长
当千言万语久久酝酿
当他成了你不可或缺的风景
别再犹豫　勇敢提笔
写下你一生最真挚的诗行

每一次偶遇
每一个浅浅的笑意

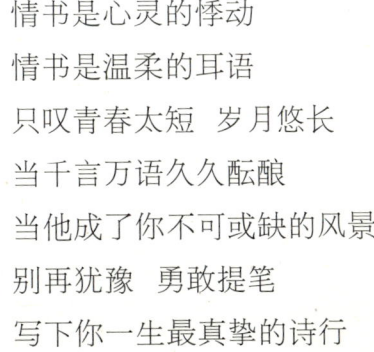

都将它细细记下
化为爱神赐予的勇气
为自己插上一对白羽　飞向对方
纸上的每一个字
甚至每一个标点
既是表白
更是爱的温度

都是一些傻话
但又有什么关系
只是单纯地书写
已让人幸福无比
今赠鸿书如赠心
唯愿他心似我心
当他展读那一张信笺
必如你一样甜蜜

以最特别的理由

遇到心仪的他
想有一个好的开始
写下真诚的语言，以避免当面的尴尬
满足他也是满足自己
女人天生想象力丰富
喜欢上一个人便天马行空起来
将真情用最直接、最完整的形式表达
给情感一个宣泄的出口

无论表白是否成功，结果都不枉此情
情书既是当下内心的记录也是一生的财富
它会成为漫长岁月中最珍贵的收藏
承载着彼此的魅力与青春
多年之后，你们都已白发苍苍
推着轮椅行走在林荫小道
慢慢聊着过往的青春，聊着点滴岁月
才发现
那一封封情书就是你们爱的小史

作为一个北方人，初到江南多少有些不适应，到处都被水包围着，街上的地面总是湿漉漉的，屋里的被褥用手一摸，也有些莫名的潮意。很快，这小小的不适感就被水乡的美消解了，满眼的古朴、灵秀，时时透着这里独有的韵味。俗话说："一方水土养一方人。"当地的女子常年受着水的浸润，个个都显得那么水嫩、灵动，而骨子里又有着水一样的执着。

因为失恋，我独自一人跑到这个陌生的南方小县城散心。不料，却被当地一个传世的爱情故事深深打动。故事的主人公名叫白玉，如今已是一位耄耋老人，但从她依旧明亮的双眸、修长的手指、稀疏却利落的鬓发中，不难看出她年轻时的风华。

夏日黄昏，微风习习，老人靠在院内竹椅上，缓缓讲述半个多世纪前的爱情故事，我仿佛同她一起回到了那个混乱的年代。

那是在民国后期，白玉只有十几岁，家境殷实的她被送到县里一所由教会创办的女子中学读书。白玉长得很漂亮，而且又文采出众，很快便成了学校里的风云人物。随着她的文章接二连三地在刊物上发表，越来越多的人开始关注这位初露才华的文坛新秀，老师和家人也都对她寄予厚望。然而，让人没有想到的是，就在高中毕业的那一年，她却陷入了一段外人看来的不伦之恋。

白玉爱上的，是当时教授体育课的老师，他比白玉整整大一轮。放着年纪不说，师生关系谈恋爱，便不被社会所允许。然而，这个男子的学识、洒脱与干练的气质都深深吸引着她，每日里，心心念念关于他的所有细节都让自己无比欢喜。也正因为如此，除了上体育课，其他事情白玉便显得不那么积极了。

　　距离毕业还有不足五个月，白玉终于不能再忍受暗恋之苦，下定决心表白。她尺素传情，自己给自己当了一回丘比特，用一支"信箭"射向了爱人的心。信中，她借用了王实甫《西厢记》的两句诗："月色溶溶夜，花荫寂寂春；如何临皓魄，不见月中人？"

　　接到这样一封表白信，体育老师也变得激动起来。他虽是体育教员，但平日里素爱诗歌，近而立之年尚无对象，面对白玉这样一位才貌双绝的女子，怎能不动心？他迫不及待地回书，借用《凤求凰·琴歌》中的一句："有美人兮，见之不忘。一日不见兮，思之如狂。"

　　从此，二人以心相许，私订终身。他们经常交换书籍和信物，几乎每周都给彼此一封信，谈天说地，分享心情和生活中的趣事。随着交往的进一步加深，越来越确定彼此的心意。然而，这样的私交是注定要遭到传统家族强烈反对的。

　　白玉的家族在当地极有威望，因此也极好面子，族中长辈连同双亲一起站出来训斥她的言行坏了家族名声。为了彻底阻断这份感情，长辈们便私下为她谋划婚事，最终选定了本地一个姓刘的富家子弟，与白家可谓门当户对。

　　这位刘家公子不学无术，是个不折不扣的纨绔子弟，他听说对方是有名的才女，竟也写了一封示爱信，不过内容轻佻露骨，毫无文采可言，白玉看后十分反感。而白玉的母亲则兴高采烈地接受了彩礼，并着手要筹备婚礼，这遭到了女儿的坚决反对。

虽然母亲也知道时代变了，知识青年开始追求自由，但她无论如何也不能接受女儿与自己的老师私订终身。几番交锋之后，母亲见白玉并无丝毫的妥协之意，便命人将她锁了起来，任她在房间呼喊，都没有一个人回应。

白玉意识到，一旦妥协，自己一生的幸福就被毁了，她必须拿出破釜沉舟的勇气与母亲斗争到底。想到这里，她不再吵闹，而是静下心来写了一封信，趁家人不注意交给与自己关系最好的小弟弟，让他想办法转交给爱人。老师收到信，立即放下手中的一切，急匆匆赶来找她，一进门便遇上了她保守又顽固的母亲，双方又陷入了不可避免的争执中。一天过去了，毫无进展，双方都不肯让步。接下来，一连五六天就这么僵持着。最后，白玉和爱人一商量，各拿了一把剪刀顶住自己的喉咙，终于逼得母亲不得不妥协。

爱情可以让人如此的勇敢，超越了生命的价值，这是那些以三从四德来称量女子的族中长辈所难以想象的。为了避免夜长梦多，二人两天之内便将婚期定了下来。十九岁那年，白玉成婚，一对有情人终成眷属。

如今，白玉老人的老伴已经离世十几年，但两位老人携手走过的一生成了老人最美最甜的回忆。老人现在说起自己女娃娃时勇敢的表白，依旧是一脸甜蜜模样。

白玉至今还记得，他们的婚礼操办得非常隆重。八抬大轿，轿杠全都用大红绸缎包裹着，一路锣鼓喧天，一地的红纸花……

这个爱情故事经历了从备受争议到人人称羡，一直被当地人谈论了几十年。

试想一下，如果没有那一来一回、满载真诚的情书，哪有如此动人的爱情故事呢？也许，有人会说，自己没有好的文笔，怎么能写出他们情书中的美丽诗词？事实上，对方感受的浓浓爱意不仅仅是华丽的语言，更是热切的感情，是想要拥有彼此的那份真诚的心意。

也许，不是每对恋人的故事都能如此轰轰烈烈，也不是只有轰轰烈烈的爱才有价值，但他们之间那一封封情书见证了爱的力量。

一封承载着真情厚意的书信，传递的不只是爱的机会，更是一种温暖，一份信任，一种心有灵犀。

正所谓：相逢如初见，回首是一生。当走过岁月的河流，蓦然回首才发现，有着太多美丽的过往，值得彼此珍藏。

回到自己生活的城市，我拿起笔来，决定开始写自己人生中第一封情书。

（潘美辰）

人的心灵活动最坦率、最无拘束、最秘而不宣的成果要算是情书了。

在有些人眼里，情书只是愚人节里的一个玩笑；而在另一些人眼里，情书是个动人的名词，也是爱的艺术。

情书，不仅是一封信，更是一首诗。一封有价值的情书是灵魂深处的宣告：我爱你，所以我放下自己的矜持，将内心展露给你。

动心的感情就像刚出土的嫩芽，细弱微小，需要认真地呵护，因为一切失误都可能使它遭殃。然而，幼苗想要长成参天大树，必须让它经历阳光雨露，一味地藏在温室不肯示人，只会让它窒息。一封封情书，便是甘霖，便是暖阳，让爱的嫩芽不断成长，最终开花结果。

中国是诗的国度，古代一首首动人的诗词便是一封封最美的情书。卓文君给司马相如的情书是这样写的："万语千言说不完，百般无奈已十年，重九登高看鸿雁，八月中秋月圆恩不圆，七月半烧香，秉烛问苍天，六月天，人人摇扇我心寒，五月石榴红似火，偏遇阵阵冷雨扫花端，四月枇杷未黄时，我若照镜心更乱，三月桃花随水转，二月风筝线又断，哎！郎呀郎，但愿下一世，你为女来我为男。"李清照在《一剪梅》中对丈夫赵明诚写道："红藕香残玉簟秋。轻解罗裳，独上兰舟。云中谁寄锦书来？雁字回时，月满西楼。花自飘零水自流。一种相思，两处闲愁。此情无计可消除，才下眉头，却上心头。"可以说，每一段都是柔情似水，每一字都是温情脉脉。

情书能把人的内心以最美、最坦率的形式表达出来。收到情书的人，捧着这样一种真情厚谊，怎能不感动和兴奋？

如果收到情书的人能有"此情无计可消除，才下眉头，却上心头"的感受，那就是情书带来的最美好的相思之念。

试想一下，如果你写给爱人的情书最终能和你们精美的婚纱照珍藏在一起，然后两个人在一个慵懒的午后，或者一个春雨潇潇的夜晚重温往事，这就是世界上最浪漫的事了。

爱的旋律，若能自己动手去谱写，记忆中便只剩美好。

现在，时代虽然变了，但爱恋的感受是恒久的。数字化时代，传统情书代表了一种更为深厚和质朴的感情。一个人在信纸上，把心上人的名字写了一遍又一遍，这就是浪漫。

爱情使人变傻，情话是一堆傻话，情书是傻话连篇，情人则是一个个小傻瓜。

在最浪漫的时刻

需要增进感情时写情书

在需要和他增进感情、明确心意时，写一封情书。不管是暗恋、单恋，还是彼此有情羞于开口，你勇敢送出情书的日子，都可能会成为你们今后爱的纪念日。

纪念日里写情书

在你们的恋爱纪念日、结婚纪念日时，回顾过往，点滴陪伴，写一封情书记录携手走过的岁月。此时，除了深爱还有感恩。这个过程让彼此成长，让彼此温暖。

冰释前嫌时写情书

在和他产生误会后、感情降温时，写一封情书，相信你的真诚表达会化干戈为玉帛，让对方重新看到你的好。宠爱是没有性别区分的，不要因为自己是女人就认为男人理所应当先向自己妥协。真正的爱护与珍惜是相互包容，先开口的那个人其实就是爱情丘比特。

重要约会时写情书

在你们每次重要的约会后给他写一封短小的情书。告诉他，你对他有哪些最新的感觉。如果他足够有心，多年后的某一天，这些情书会装满你们爱的抽屉，分隔两地时拿出来读读，不会再有任何其他的东西可以和你分享他的心。

写情书的技巧

诚意手书

给他的情书必须是亲笔手书。也许你的字算不上好看，但手书代表的是诚意。这份诚意如果能被对方感受到，字迹是否秀美便没那么重要了。

要坦诚，不说模棱两可的话

既然是表露心迹就有什么说什么，不要太多隐喻，男人大多比较实际，不喜欢猜来猜去。真实是最动人的存在。

字句简单易懂，切忌矫揉造作

女人，有一点矫情是可爱，矫情过了就让人反感了。若非真是擅长诗词的文艺女青年，就不要总是引经据典了。运用属于你自己的朴实语言，做最真实的自己。只有真实才是动人的。

信纸尽量选对方喜欢的颜色

他看得赏心悦目了，你们沟通成功的概率自然提升。如果不知道他喜欢的颜色，那就选择最普通的信纸就好。

笔迹颜色尽量少

尽量用两种或两种以下颜色的笔书写情书。因为字迹的颜色过多，会让信纸显得很杂乱，难免会破坏对方看信时的心情。情书作为最完整的情感表达，应当以最好的姿态呈现在他的面前。

只要你收到了我的卡片，对我而言就是一个圆满的抵达。

但我也有一个小小的愿望，那就是不论天涯海角，我都等着你的回答。

Special present 2

明信片
——手写一份惊喜与幸福

小小的浪漫融化远方的孤单

温情寄语

时间滴答滴答地过

岁月让往事褪色

列车轰隆轰隆地跑

空间将彼此隔膜

唯有思念之情

在呼吸中凝神

融进这小小的卡片里

看到了吗

图画是过往的美景
邮戳是爱的印迹
它简洁明朗
它亮丽动人
就如同我心中的你

不管你在哪里
带着我的祝福
扬起风帆飞向你
在你的沉默中安静地爱你
用千万张卡片换你一世倾心

以最特别的理由

不愿与他分离
哪怕只有一秒
每到一个地方都有专属他的明信片
当地的风景都能看到
好像你们从未分离

他永远是你笔下的男主角
即便在辛苦的异地
遥远的传递

也让他成为天下最有福气的男人

祝福如同冬日的炭火
能够抵御心灵的严寒
当他感到世事无常，形单影只
一句来自远方的鼓励
便能让他重拾自我、找回勇气

以一张张卡片的方式诉说心声
不管有没有回邮
都有一种温暖的，缓缓的
最易让人接受的靠近
简单的几句话
是另外一种形式的告白

在如今这个快节奏的年代里，情谊有时会被流年冲走。

如果有一段爱情，起始于青春岁月并一直延续，似乎永无终结，怎能不让人称羡？这是一对牵手很早，走入婚姻却很晚的爱侣，他们的爱情经历颇为曲折，但正因其曲折而更值得铭刻在彼此的记忆中。

故事迄今已有十年之久。

十年前的初秋，树叶还没开始泛黄。大学入学后的第一次社团活动上，他和她刚好坐在一起，有一搭没一搭地闲聊着。那个时候，他们谁也不会想到，身边这个人就是与自己相守一生的伴侣。然而，命运就是这般奇妙，短短几个月之后，两人便从志同道合的相互吸引，走到了自然默契难舍难分。洋溢着青春的校园里，经常可以看到他们如影相随、进进出出。

四年大学时光，他们一起哭，一起笑，一起穷开心。有过甜言蜜语，也曾吵得面红耳赤；有过山盟海誓，也曾因冷战而数日不理对方。不过，身在爱中的他们，彼此关心，彼此依赖，从未想过分开。然而，那一天却突然到来了。理由很常见，毕业了，他们要回到各自的城市，过各自父母安排好的生活。天南地北的距离，迥异的家庭环境，成为阻断他们的高墙。

毕业后，他按照父亲的意愿，进入本地一家不错的企业，过着朝九晚五的日子。这一年的元旦，他在楼下自家的邮箱里突然看到一张明信片，抽出来一看，上面的收件人是自己。是她寄来的，上面的笔迹再熟悉不过了，结尾处还有那久违的心形。

"爱，全是气泡吗，为什么我们一吹就破了？"

这是卡片上的文字。明信片上的图案，是一只哭泣的小猫，脚下踩着一根线，前面是碎成片的气球。那一个瞬间，他感觉自己的心被刺痛了一下，大学四年与她在一起的日子一幕幕在脑海中回放。他想立即回邮，然而当他买来明信片，拿起笔的时候，又犹豫了。那又有什么意义呢？总不能放弃现在的工作跑去找她吧？父亲是绝对不会允许的。

第二年的元旦，又有一张卡片寄来，上的话是："我到意大利了，你曾经最想来的地方。"

是意大利啊，他想起上学时两人经常谈论的将来环游世界的梦想。他喜欢有点狂野浪漫的城市，所以，意大利是他最想去的地方。丰富多元的文化，美丽的沙滩，还有连绵的滑雪圣地。卡片上的图案是圣彼得大教堂。他想起当时一穷二白的两个人，还傻乎乎地用电脑合成过一张照片，背景就是圣彼得大教堂。他突然意识到，原来关于她的记忆竟如此清晰。

转眼又是一年，这次卡片上的话是："我开始相亲了。这么多人，却没有一个像你。"

看见这句话，他露出一抹苦涩的笑容，觉得她还是和以前一样，一点儿都没变。曾经在两人交往过程中，有一个师哥想横刀夺爱。她的一句"他和你一点都不像，放心"，让他感动不已。似乎在她看来，自己的一生都不会有除他之外的第二个选择了。他在心中感叹："这么让人安心又善解人意的女孩，我怎么会放开？"

第四年，明信片上写着："我成了北漂了。没想到，昨天竟然又梦到你。"

她现在是在北京吗？那离我还是有点远。我要过去找她吗？这一年里，他非常关心单位北上出差的项目，希望可以顺理成章地去寻她，却没遇到这样的机会。

第五年的明信片他提前收到了，上面写着："下个月的第一天是个特别的日子，我会回来。"

下个月的第一天，哦，是他们分手的日子。他恍然大悟，不能再迟疑下去了，这次是老天给他一个悔过的机会。他兴奋地等着那一天的到来。

五年过去，此时的她已经周游多国，终于还是回到了她心里一直惦记的地方。利用自己的年假回到母校所在的城市，那个记忆中丝毫没有模糊的城市。

夏日的黄昏，她走在校内的林荫小路上，偶尔可以看到拖着箱子的学生向校门走。又是一年毕业季，又有一批学子要离开这里，不知又有多少对情侣要各奔东西了。她叹息一声，正要回头，却看到他正在不远处，安静地注视着自己。两个看起来早已不是学生的人，再次相遇在学校礼堂前的小路上。没有预想中的奔向彼此，只是静静地对望着，然后相视而笑。

"还记得这里吗？那时候我们都在社团。"她说。

"嗯。你去看过李老师了吗？还有联系吗？"他说。

社团活动，故友良师，重逢的喜悦塞满了所有的话题，以至于他只能没头没尾地插了一句："我给你回了一张明信片。"轻轻伸出手递给她。

她停下步伐，微微一愣，然后笑着接了过去。这是一张空白的明信片。上面手绘了一对新婚夫妇的卡通娃娃。

也许是因为害怕再次分离，也许是这种求婚太过突然，她只淡淡地说了一句："我……我们还是做朋友吧。"

一句话将关系重新定义。他感到自己犹如掉入冰窟一般，然而片刻之后，他又开始暗自庆幸。庆幸在五年后，他们的爱情故事还有可能再继续。

从那一刻开始，他每个月都寄一张明信片给她，自己画，自己写。

第一张："我最大的失误就是当年让你离开了我。"

第二张："我的脚总不由自主地把我拉回学校。我才明白，原来，你走了，我的心也跟着走了。"

……

二十二张的诚意等待，终于，让她再次成了他的女友。有时候，为爱等待，尽管心酸，也是一件极幸福的事。因为至少还有那么一个人，值得你去等待。也许，只有在等待的时候，才能细细揣摩爱与痛的滋味。

三年前，她成为他的妻子。

现在，任何人听到他们的爱情故事，都会觉得像童话一样美，但这其中的曲折心路，心情的百转千回，只有他们家客厅墙上那上百张写满心语的明信片才可见证。

我们无法忘记一个人，往往不是因为对方有多么难忘，而是因为我们的依恋和执着。本想分散自己对某个人的爱和想念，却在分散的过程中，更渴望整合。

明信片的爱情就好比蚂蚁搬家，相爱的执着可以聚沙成塔，这就是爱情的力量。

（平凡）

珍贵的爱情总是一点一滴凝聚起来的，它包含了许多欢笑温馨浪漫，许多记忆。

生命的每一站，都会遇到不同的风景，不一样的人。随着时光的流逝，景色会变换，人也成了记忆画框里一抹亮丽的过去。或许是因为前世的一点点缘，我们才有了短暂的交集，为了不使喜欢的人迷失在人海里，为了铭记相遇那一刻的美好，我们寄情于小小的卡片。

"我要送你日不落的思念，寄出代表爱的明信片。我要送你日不落的爱恋，心牵着心把世界走遍。"蔡依林这首《日不落》，可以说唱出了所有寄爱情明信片者的心声。

明信片，原本就是一种不用信封就可以直接投寄的载有信息的卡片，其正面为信封的格式，反面具有信笺的作用。明信片所写的内容公开，可被他人所看见，所以通常不涉及隐私，故称为"明信"。因此，明信片在最初被认为只能承载友情，以及一群收集者的爱好，却承载不了爱情。然而，随着人们思想的解放，明信片的作用也发生翻天覆地的变化。

每一张明信片，记录到过的地方，留住看过的美景，领会不同的风土人情。怀旧的纹理，精致的图片，温暖的文字，这是都属于我们的最浪漫的记忆。因为爱，所以留住美。因为爱，所以把最美的记忆与你分享。看着这些爱的明信片，似乎自身经历的一切独自漂流的孤寂，都能从明信片中得到抚慰。

选一个安静雅致的地方，喝点茶，听着舒心的音乐，一笔一画写下此刻最想对他说的话。这一刻，希望这张明信片能承载着一份温暖飞到他的身边，想象他收到卡片的惊喜。

他还在远方忙碌？不要担心，他收到你寄的明信片了，"有你真好"的感动已经写在他的脸上。如果你也想你的他了，就给他寄一张明信片吧。当他看到美丽又陌生的卡片上写着自己名字，那是一种非常奇妙的感觉。再看一看写给你写给他的知心话语，用的是熟悉的语气，就如同你们在面对面交谈。他会在这一刻只记得想念你，因为这是专属于你的时间。

明信片，渐渐变成两个人不可或缺的意义。

如果收到卡片的时候他正经历着某种喜悦，那你的卡片就是喜上加喜；

如果收到卡片的时候他正经历着某种悲伤，那你的卡片就是最好的安慰与鼓励；

如果收到卡片的时候他也正在想念着你，那你的卡片就是你们爱情的起点。

其实，等他熟悉了，依恋了这种模式的温暖后，不妨告诉他一个小秘密：每一张明信片的结尾总要省略四个字。那就是：我想你了。

很少再有小事儿能让人发现、让人愉快了，就像这张明信片上的画一样，小种子发芽，能让人那么开心。细细留意身边的点滴吧，相信会让人更快乐。

在最浪漫的时刻

邮戳时间与他相关

选择对他而言比较有意义的日子加盖邮戳，让这张卡的祝福拥有岁月的价值。生日、恋爱纪念日、结婚纪念日等，都是不错的选择。

二人甜蜜旅行后

两个人的甜蜜旅行之后，买一张空白的明信片，画出旅途的一个场景，或者买代表当地景色的明信片，写下蜜语甜言。约定下一次的甜蜜之旅，就这样一次次走下去。

他出差期间少不了的一种陪伴

因为工作而分开一段时间。他好不好，有没有想念你，通常微信、电话都可以问清楚，但对于陪伴最好的诠释还是跟随。人无法跟随，就让卡片来代替吧。在陌生的城市出差，让他依旧能看到自己最熟悉的笔迹。这种温情一定让他深刻，让他欢喜。

送一张有特殊意义的明信片给他

体育盛事的明信片，战争纪念的明信片，如果类似的特殊明信片与他相关，买来送给他的那一刻，就是最浪漫的时刻。

选择明信片的诀窍

看他的喜好来选择

送心爱的男人明信片，颜色和主题最好根据对方的喜好来，这样他才会去用心珍藏。当然，在文字之外，这样也能让他体会到你对他的关心。

选择可以加盖纪念戳的明信片

这种情况多发生在旅行途中。和男人一起在欣赏美景的同时留下一份纪念，给旅行锦上添花。一般说来，景点会有加盖免费纪念戳的地方。

看他适合哪种纸质的卡片

有一定硬度的白卡纸明信片，纹理细腻，好吸墨，适合性格简单干脆的人。

牛皮纸明信片比较复古，纹理也较粗糙，适合有怀旧情结的人。

铜版纸的明信片，纸质滑，不易吸墨，适合送新朋友。

选择空白的明信片

如果你是一个爱画画、爱写字的人，空白明信片会更适合。所有的图画文字都是为对方原创的，自己画出一份情谊。相信，收到卡片的人会非常感动的。

书不成字，纸短情长，很想把世界上一切美好的东西都和你分享。

越看见海阔天空，越想让你分享我的感动。

不言盛景，不叙深情。这些长长短短的文字，跨千山万水，代我见你。

Special present **3**

书籍
——智慧和气质让你更迷人

给他的生命留下爱的读书笔记

温情寄语

走进他的"藏书阁"

一篇一篇地阅读

一本一本地浏览

随手翻来

精彩目不暇接

明理　宁静　开阔

一本书教会男人

什么是深沉与厚重

爱书的男人

心中有梦

爱书的女人

心中有情

你们的相遇

将蓝天白云　繁星明月

化为一首诗　一幅画

一种心境　一丝希望

书籍

让思想交融

让灵魂舒适

让心有灵犀的默契在字里行间秘藏

将今日的分享变成垂暮时的回忆

摘书中最美的一句赠他

书中自有天堂居

书中自有君如玉

以最特别的理由

书，不同于一般的礼物

它是有灵魂的

书在出版后，作者的任务宣告终结

读者的创作却刚刚开始

一本书便是一种生活，一种人生

需要作者和读者共同完成

送他一本书，他在读的不是书而是你

书海浩渺为何独选这本送他
你与这书有什么样的缘分
当他开始主动想起你，便是成功

他与你同读一本书
他会透过你的眼睛来读书
也会透过书上的文字来读你
书是一个最好的桥梁
让两个人彼此了解，相互交流

在扉页上留下只言片语
这心灵的独白
比一万句情话更加动人
它犹如爱神之箭，直击心扉
知识如此浩瀚，好书永远读不完
就好比那最真挚的感情是永恒的思念
当你们之间架起书籍的桥梁
就是一起携手前行的开始

橙 子是个文静的女孩，在北方某个不起眼的小城长大。可能是性格使然，橙子不喜欢结交朋友，于是书就成了她最好的朋友。

橙子对于书的热爱大概是受了母亲的感染。虽然母亲只是一名普通工人，文化程度并不高，但她与周围那些整天抱着电视的大婶们有些不同，空余时间几乎都用来读书了。母亲喜欢读书，却很少买书，大都是借来的，所以她读的书很杂，能借到什么书就读什么书。在这一点上，橙子和母亲一点也不像。

橙子喜欢买书，看到喜欢的书非买下来不可。当然，出身于普通工人家庭的她，在参加工作之前这一点是很难做到的。上学期间，她只能从自己的伙食费中省下一点来买书。记得有一次，她为了买一套《王小波选集》，把自己饿得昏倒在课堂上。

大学毕业后，橙子又回到了自己从小生活的城市，并如愿以偿地进市图书馆做了一名管理员。她的工作很轻松，而且每天都泡在书海里，闲下来就是读书。橙子仍然喜欢买书，她自己有了工资，买书的势头更猛了，很快便将家里的书橱塞满了。家里的空间有限，再放不下新的书橱，她于是不得不忍痛将一些书收进箱子里。

可能正因为每天埋在书堆里，橙子年近三十了感情却是白纸一张。母亲开始着急了，便托亲朋好友给她安排相亲。橙子其实长得很漂亮，所以相亲的人络绎不绝，而橙子自己也并不拒绝，可每当她发现对方是个不读书的家伙时，立即便兴味索然了，她在日记中写道："爱情就像写文章一样，写的时候从不指望能得到什么人的垂青和认可，因为在地球的某个地方，总有一个相似的灵魂能够懂我。"

正如橙子所写，那个"相似的灵魂"不经意间便出现在她面前。

那是一次单位组织的海峡两岸文化交流活动，橙子跟随馆里领导一起来到台湾。最后一天，所有的工作都已经结束，领导让大家自由活动。橙子便兴冲冲地走进了心仪已久的诚品书店。从早上进去便一直没有出来，甚至连午饭也没吃，就好像打仗一样紧张。她虽然喜欢买书，但并不会乱买，一定是喜欢的才买。因此，只给她一天时间选书，实在是太短了。

领导已经催了好几次，橙子不得不离开诚品了。这时，突然有一个店员高兴地跑过来，说道："小姐你真是太幸运了，《行到水穷处》只剩这最后一本了。"原来，橙子以前便听人介绍过这本书，刚才自己没有找到，便委托了店员，没想到竟然只剩一本了。

真是难得的缘分，橙子心里想着，随便翻了翻便放进了购物车里。不料，这时却冒出一个戴眼镜的男子指着橙子手里的书问那店员："请问《行到水穷处》什么时候能上货。"

店员道："估计要到下月中旬了。"

那男子推了推眼镜，露出一副非常失望的样子，见橙子推车要走，便急忙拦住她道："对不起，我是上海来的，明天就要回去，专程来找这本书，你能将它让给我吗？"

"对不起，我也是从祖国大陆来的。"橙子几乎没有迟疑，推着车去付了款，拿起书就要离开。

不料，那个男子并不打算放弃，他手上也有许多书，结完账急匆匆地追了上来，道："小姐，我拿书跟你换怎么样，这些书你随便挑，两本换你一本。"说着，他将自己手里的书递到橙子面前。

听他这样说，橙子不得不停下脚步，认真地打量了他一番，发现他文质彬彬的，长得还挺帅气，眉宇间透着一股执着，她说道："既然同是爱书之人，我看这样吧，你把地址留给我，这本书我看完后借给你，如何？"

那男子听橙子这样说，像个孩子似的笑了，抓着自己的头发道："我叫潘信，一个喜欢读书的 IT 男，任职于上海的一家网络游戏公司。"

橙子也简单介绍了自己，然后与潘信交换了地址及联系方式，便匆匆地走了。回去之后，橙子不时会想起在台北偶遇的那个眼镜男孩。虽然只有一面之缘，但不知为何，她似乎却觉得和他早就相识一般。

看完《行到水穷处》后，橙子立即便将书寄给了潘信。不久，潘信也寄了两本自己喜欢的书给她。一来二去，两个人变成了书友。从单纯的换书，到书中做笔记交流话题，再到彼此生日以书为礼。他们在网上谈天说地，有时也会电话联系，由于思想上的契合，让他们很快从普通朋友升为了知己好友。不过，两个人都是性格内敛的人，都不敢跨出那道门槛。

时光飞逝，转眼已经过去了一年多。"十一"小长假马上就要到了，潘信突然在微信中向她发出了邀请，希望她去上海玩。橙子毫不犹豫地答应了，因为这一天的重逢她也期盼了很久。

橙子暗暗下定了决心，这次无论如何也要把自己的心事告诉潘信。可是，内格内向的她又羞于直接的告白，想来想去她想到了一个主意，于是在临行前带上了桑德尔·斯托达德·沃伯格的《我喜欢你》。不过，她还是把这本书简单做了包装，既然是一份礼物，还是要有个礼物的样子吧。

再次见到潘信，橙子却发现他样子虽然没有变，还是那样高高瘦瘦，一副黑框眼镜，但却穿了一件休闲西装，似乎出门前精心打扮了一番。橙子则穿了一件米黄色的风衣，两个人站在一起颇为打眼，不时引来路人的侧目。两人相视一笑，走进了一家咖啡馆。

　　橙子将精心选的书送了出去，潘信高兴地接过去，正准备拆开，却有一个电话打了进来。原来，潘信的母亲也着急儿子的婚事，当天下午给他安排了相亲。潘信本想要回绝，不料母亲却生起气来，非逼着他去。无奈之下，他只好暂时答应下来。

　　橙子心里虽然有点失落，但却没有表现出来。是啊，她又不是他的女朋友，有什么理由去管人家相亲呢？自己在老家不也相过亲吗？这样想着，她便将那个尚未来得及拆开的礼物帮潘信装进了纸袋里。两人喝完咖啡便去逛了附近的书店，随后又一起吃了午饭，潘信相亲的时间就要到了。

　　"你先在这里等我一会儿，我很快就回来。"潘信说道。

"你还是先送我回酒店吧，我今天有些累了。"橙子说道。

橙子定的酒店就在附近，两人很快就到了，潘信从车上拿出一个纸袋，道："我也有一件礼物送你。"

橙子接过纸袋，没有说话，转身就走了。不知为何，走着走着，眼泪就流出来了。她不敢回头，只是背对着潘信挥了挥手，示意他可以走了。

潘信叹了口气，正要离去，却突然想起来橙子的礼物。他打开包装，看到那本书之后，愣了一下，立即便跳下车，向酒店跑去。由于跑得太急，差一点撞倒了酒店服务员，然而他却顾不得许多了，说声"对不起"便要继续向前跑，一抬头却看到橙子正站在电梯口对着他笑——她手里也拿着一本《我喜欢你》。是啊，那就是潘信送给她的礼物。

潘信忍不住也咧开嘴笑了，两人着了魔一般，你看着我，我看着你，傻傻地笑着，路过的人不时侧目。也不知过了多久，两人走向彼此，潘信一把将橙子揽在怀里，一句话也说不出来。这时，他的手机又响了，是母亲来催他快去相亲，人家已经在等他了。

潘信在电话里对母亲道："妈，我已经相中一个了，这个你就帮我取消了吧。"

这段以书为媒的姻缘终于开了花。就像阿兰·巴迪欧在《爱的多重奏》里说的："相遇仅仅解除了最初的障碍，最初的分歧，最初的敌人；若将爱理解为相遇，是对爱的扭曲。一种真正的爱，是一种持之以恒的胜利，不断地跨越空间、时间、世界所造成的障碍。爱是坚持到底的冒险。"

后面的路还有很长，两人跨越了很多的阻碍，经过双方的斟酌，橙子终于离开那个小城，来到了上海，开了一家小小的书店，她的性格也慢慢变得开朗起来，认识了很多爱书的朋友。很多时候，朋友们相聚谈起她与潘信的感情，全都羡慕不已。因为他们克服了天南地北的距离，不用说"我爱你"这三个字也能体会到彼此的真心。

以书来结缘，在书中靠近，从书中领悟，因书而完满。书籍不仅是智慧的使者，也能成为一段良缘的浪漫契机。

（平凡）

真正有气质的女人从不炫耀她读过什么书，只是默默地把最珍视的一本送给对方。

读书可以使人明智，所以通常喜欢读书的人都不会太笨。宋代大文豪苏轼有诗云："腹有诗书气自华"，意思是说，一个人即使生活贫困，衣衫朴素，但饱读诗书，满腹经纶，他的精神气色便是丰盈而华美的。可见，读书还可以外化，让一个人更有气质。

由此可知，如果喜欢的男人是一个喜欢读书的人，那么就是女人的福气了。

随着阅历不断增长，女人会渐渐地明白，好男人就像好书，需要用心去淘才能得到。虽然好男人未必都喜欢读书，但喜欢读书的通常都是好男人。因此，当你心仪的对象恰好是个喜欢读书的，凭这一点便可以给他加分了。不过，这时你如果想要选书作为礼物送他，也要更加精心了。因为，你所选的书在某种程度上其实是代表你自己。

有的书很厚重，包装也非常考究。翻开来看，内里的底蕴与外在的厚重相得益彰。捧着它，觉得沉甸甸的。这种书，虽然值得珍藏，但也要仔细思量，赠送这样的书，是否会让他觉得你不够用心，只是很随意的敷衍，为了送书而送书。

还有一种书，装帧精美，看上去别具一格，但它华丽的外表只是一种诱人的虚饰，不过为了隐藏内容的苍白与无趣。只读几页，便会让人有上当受骗的感觉，这种书如果送出，那么你在他眼中，也许就只是一个漂亮的花瓶了。

其实，为男人选书的过程，也是爱的升华的过程，爱的旋律只为有准备的女人响起，只有投入自己最真挚的感情，才能选到最恰当的那本书，送给最合适的那个男人。此外，在选书时，男人读书的境界也是重要的参考。

王国维在《人间词话》中说："古今之成大事业、大学问者，必经过三种之境界。'昨夜西风凋碧树。独上高楼，望尽天涯路。'此第一境也。'衣带渐宽终不悔，为伊消得人憔悴。'此第二境也。'众里寻她千百度，蓦然回首，那人却在灯火阑珊处。'此第三境也。" 如果你对赠书的对象有初步的阅读了解，就不难衡量对方的阅读境界了。这样挑选出来的书才是匹配的，合心意的。

一个能够有意识提升自我的人，无论是外在的形象提升，还是内在的修养提升；无论是性格的完善，还是能力的锻炼；无论是心态的养成，还是意志的磨砺，都能让他与成功更近一步。当然，每一个人的性格不同，所处的人生阶段也不同，据此选择你所要送的书，也会让你离他更近一步。

对所爱之人，以书相赠，是极大的赞赏与肯定。如果对方真的是个知情达意的人，自然会有所回应。

我念过形形色色的书，也见过形形色色的人。我想男人和书大概有点关系。毕竟在某些时候，他们总是一样地选择沉默。

在最浪漫的时刻

对他一见钟情后送书给他

对他一见钟情，在下次见面之前准备一本书。只要他接受了，就是走进他的世界，开始了解他的一个良好契机。

当他遇到困境时送书给他

俗话说，雪中送炭胜过锦上添花。当喜欢的男人在生活上或工作中遇到了困难，或者处于重要的人生关口时，买本正能量的书给他。困境中的鼓励，重要时刻的打气，都如同雪中送炭一般，即使对方太忙没心思细读，你的这份善意也一定能被他深刻地体会，进而感到温暖。

在重逢时送一本书给他

不管你们之间只停留在好友阶段，还是爱慕的心已经萌芽，重逢时刻送上一本代表心意的书籍，都是在给自己创造一个新的机会。

寻找对方空闲的时间赠书

如果他平时很忙，要注意赠书的时机。一个男人在忙碌的状态下拿到一本书很可能是置之一旁，忙后就忘记了。最好是在忙碌刚刚结束时，或者是在假期里赠书，这样的时机更容易为对方所接受。而且，他也有时间去读你的这份诚意。

挑选书籍的诀窍

选书之前知道他需要的是哪一种书

在为他选书之前，最好先对他喜欢的领域进行一番研究，在这个基础之上选出对他有用的一本书。当然，在买之前你自己要先大致读一下，一方面确定它确实是一本好书，另一方面当与他谈起这本书时也有话题可聊。

送网购书时要细心检查

如果是网购图书，一定要注意书的面貌要整洁，无残缺破损。作为送给男人的礼物，书已经不仅是书籍，礼物就要有礼物的样子，条件允许时可以做适当的包装，这样也可以给他留下一个良好的印象，说明你对他是足够重视的。

送有寓意的书给他

当你还不确定看中的男人是否有意交往时，选择有交往寓意的书籍也是不错的选择，比如《爱玛》、《花都开好了》等。书送出去了，至于能不能心有灵犀得到回应，便只能随缘了。

把写过小语的书籍送给他

书籍对男人来说是富含深意又永不过时的礼物。尤其在分别的时刻，离开的是人，心却和书籍一起相伴在他的身边。如果能把自己读过，写了一些句子的书赠给他，那就更加完美了。

在我的人生里，唯有爱与书不可辜负。

我已被书海环绕，我的爱遗落在送你的那本书里了，你愿意帮我找到它吗？

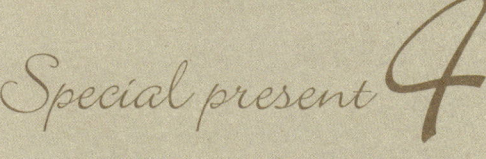

Special present 4

钢笔
——坚毅与刚正的最佳代表

握着你的笔，写下我们的故事

温情寄语

纯金的光芒
迷人的曲线
挺拔的身姿
笔是最迷人的礼物
适合所有魅力男人
传递信念
交流思想
记录彼此
将人生的风景一一勾勒

我虽不能成为你的影子

这支笔却可以

在你人生的白纸上

留下优美的弧

愿你用它写出

静美的晨曦

巍峨的山峦

长河的落日

大漠的孤烟

不管大胆还是含蓄

都包含着颤抖的心意

请用这支笔

将我一同写进你

正值青春的生命里

以最特别的理由

一支好钢笔等同于一件精致的艺术品

也是男人身份的象征

考究的口袋里若少了一支好钢笔

就好比可口的饭菜缺少了精致的餐具

卓越的品质

流畅的感受

完美的设计

都足够吸引男人的目光

送他一支好笔是对他生活品位的认同

让他在忙碌之余放缓节奏
隐隐发生一种调和与平衡
即使只能为他带来短暂的闲暇
也是一种关心
钢笔可以随时带在身上
送他一支好钢笔
是你对他一种无形的陪伴

好钢笔是一件暖心的礼物
记录你们之间的所有故事
如果他有记日记的习惯
让他用这根笔记录每日的喜怒哀乐
就已经有了非凡的意义

王岩来自农村，是一名转业军人，由于在部队中表现突出，两次荣立三等功，退伍后被领导关照，特意安排到了地方上的银行工作。王岩到了地方之后，保持了自己一贯优良品格，工作非常努力，很快便得到了新领导的赏识。不过，术业有专攻，随着工作的深入，文化程度不高的王岩越来越觉得吃力，于是领导便安排他在职就读了本市的金融专科学校，学习专业的金融知识。

功夫不负有心人，经过两年的努力学习，王岩终于迎来了金融专科毕业考试。然而，当他信心十足地走进考场，拿出文具盒准备大战一场时，脑袋"嗡——"地一下子就大了。真是忙中出错，他居然在这种关键的时刻忘了带笔！

考试马上就要开始，想要出去拿笔已经来不及了，他只好向别人求助。然而，前后左右的人都问过了，没有人带着多余的笔。那是一个钢笔盛行的年代，大家只会随身带着墨水，很少有人带两支钢笔在身上的。正当王岩急得抓耳挠腮的时候，坐在他后面的同学偷偷地递给他一支钢笔，告诉他："哥们儿，我后面那位美女借你的。"

王岩如抓住了救命稻草一般接过钢笔，目光绕过那人身后，只见一张漂亮的笑脸迎着自己。他的心里一阵悸动，是她！原来，王岩为了追赶学习进度，还报了一个夜间补习班。她是王岩补习班上的同学，有几节课两人还是同桌。不过，王岩却从来没敢跟她说过一句话，只是偶然瞥见她写在课本上的名字：苏慧。

王岩终于在考场上跟这个早已认识的女孩说了第一句话："钢笔借我，你呢？"苏慧摇着手里的另一支钢笔，笑道："我还有一支。不过，墨水我可只有一瓶。"王岩赶忙道："墨水我带了。"

"请大家保持安静，考试马上开始。"监考老师说着，已经在发考卷了，王岩赶忙回到自己的座位上。

考试结束以后，王岩满怀着感激之情去找苏慧，发现她早已离开了考场。他并不知道她的单位及住址，因此也无从寻找，只好将那一支解了自己燃眉之急的钢笔珍藏起来。同时，也将自己暗暗的思念珍藏起来。

两年之后，王岩已经升任银行大堂经理。有一次，他去总部开会，偶然间却发现了那个借他钢笔的女孩。原来，她在县里的支行工作。苏慧也还记得王岩，不过却和他只是简单寒暄了两句，当王岩说要把钢笔还她时，她却拒绝了："不用了，那本来也是一支旧笔，你帮我丢掉就好。"

带着满满的遗憾与惆怅，王岩回到了自己的单位。他再次拿出苏慧在考场上借自己的那支钢笔，久久不能平静。是啊，那是一支再普通不过的钢笔，甚至也有些旧了。可是，对他来说，这便是天底下最不寻常的一支钢笔，因为她曾经将它握在手中，写出那娟秀优美的字迹。他从侧面打听过了，她还是单身一人。他想要去表白，可是想起她那冷冰冰的面庞，却又退缩了。

转眼便到了年底，单位奖励先进工作者，王岩作为获奖者，除了证书之外，还有一支漂亮的派克钢笔。拿到这支钢笔，他突然想到了一个主意，于是用那支旧笔写了一封热情洋溢的信，连同这支新笔拜托去县里的朋友转交给她。他的朋友回来说，她收到礼物后还是挺意外和开心的。于是，他开始满心期待她的回信。

然而，一周过去了，并没有得到回信，他开始有些失望。又过了一个多月，他听说她生病住院了。他再也坐不住了，急忙去医院里看望她。看到她在病床上的样子，他简直心疼极了。

"很抱歉之前没有给你回复，那时候我已经查出了急性淋巴细胞性白血病，治愈的希望很渺茫。没有心情，也不能再把无辜的人拉进来。对于你的真诚，谢谢。"言谈之间，苏慧似乎对生命已经没有了太多向往，这和以往她留给他的活泼、热情的印象大相径庭。

回到家之后，王岩变得有些落寞和无所适从，一连几天和朋友一起借酒消愁，却越喝越愁。他越来越清楚自己对苏慧，绝对不是单纯的友谊，更不是普通的同事，那是一种恋人之间的爱。她让他愁肠百结，她让他夜不能寐。他时常摩挲着那支旧钢笔，默默地流泪。家人看他这个样子，一开始不明白是怎么回事，后来通过别人知道了实情，家里立即掀起了轩然大波。他正处于事业的上升期，如果与一个重症患者结合，每天守着一个病人打转，不仅前途没了，甚至他的生活也毁了。因此，家人坚决反对这件事。

然而，经过两天的慎重思考，王岩手捧鲜花走进了苏慧的病房，正式而认真地向她告白，希望守护她一生。这一举动也震撼了在场所有的人。然而，出乎所有人的预料，苏慧却拒绝了王岩。

在苏慧看来，王岩的爱里大部分是同情。等所有人都走后，她躺在病床上，静静地看着天花板，手里紧紧握着那支派克钢笔，等待着死亡的来临。她已经放弃生命的希望，只想握着今生最美的回忆，走到世界的尽头。

如果必须去面对，生离死别固然令人难过，但能和至亲至爱的人相伴余生，哪怕只剩下一天也是宝贵的。王岩蹲在医院的楼道里，用沉默消化被拒绝的哀伤和无力。他没有就此放弃，他决定为了自己心中的爱放手一搏。他劝说很多人，认识的，不认识的，都去医院进行骨髓配型的检验。一次又一次的不匹配结果让她不断失望，而他却一直守在她身边，从未离开。

或许生命就是这样，奇迹总在最后时刻出现。就在大家都快绝望的时候，医院找到了合适的骨髓，并且得到了捐赠人的同意，马上就可以进行手术。王岩得到消息后喜极而泣，在生命最后的轮转中，他终于看到了她的眼中出现了希望的光彩。

在这百转千回的等待中，他与她的家人也有了相互的了解。她的父母和姐姐从最初的难以置信，到如今已经十分认可这个在危难时刻陪伴她的男人。进入手术室的时候，他看到她手里攥着那支派克钢笔。一股暖流涌上心头。虽然她曾经拒绝了他，但他知道自己已经走进了她的心里，这就够了。他也希望她能明白，自己的坚持不是因为同情，而是因为爱。

手术从下午开始，直到第二天凌晨才结束，手术室外的人都感觉有些疲惫了。幸运的是，她的机体与移植的骨髓非常适应。几个小时后，他协助家属办理了各种手续，来到病房看望她。当病房的门缓缓地打开，穿着病患服的她面色苍白。她刚醒来不久，看到他，眼泪簌簌地落了下来。

他用手抚摸着她的头发，颤抖地说道："丫头，哭什么。你马上就能好了。你的幸运的钢笔呢？"

她微微笑了笑，语气平静地说道："这次，你不再是考场上那个马虎的小子了，你给了我希望和勇气。"

他拿出昔日考场上相赠的那支旧钢笔，道："你看，它也给了我勇气，它是我的幸运钢笔，我爱你。"

（伊南）

毫无经验的初恋是迷人的，但经得起考验的爱情是无价的。

俗话说："字如其人。"如果一个人的字苍劲有力，那么他大概不会是一个性格脆弱的人；如果一个人的字温文尔雅，那么他自然也不会如李逵一般粗野豪放。字迹，是一个人生命的外化，在那笔锋回转处，总能看到令人心动的真实。

字是由笔写出来的，时间久了，写字的人也会与笔达成一种不可思议的契合。可以说，一支好钢笔便是让书写者内心的感动以最真实的状态呈现出来的好助手。这也是很多人愿意将好钢笔作为礼物赠送他人的原因。

在今天，人们已经习惯了用键盘敲出文字时，一笔一画写出来的美文，至少可以说明作者的诚意。

唐代著名书法家柳公权认为，写字先要握正笔。用笔的要诀在于心，只有心正了，笔才能正！而相对应的，用好的钢笔，这样写出来的字，每一次的开启，即是一次解读，解读一种思想或情感行走的轨迹。

写一手好字的人，给人的直观猜想是这样的：衣着整洁、和蔼可亲、令人尊敬、高尚正派。同时，这其实也是我们对爱人形象的一种期许。

写一手好字的人，定会喜欢远离喧嚣，在寂静的时光中独自度过很多昼和夜。而拥有好钢笔并习惯用其书写的人，定会有一份沉静的内心。

为什么说是沉静之心呢？

客观地说，用钢笔其实是很麻烦的事，要经常灌墨水，写完字还要盖上笔帽，手也难免会沾上墨水，而且还要经常清洗笔管防止堵塞，万一不小心掉到地上，笔尖就被戳坏了……既然用钢笔这么麻烦，怎么钢笔迷们至今还遍布全球呢？因为钢笔不仅仅是用来写字，它还教会书写者要有坚持的心，要不怕麻烦，要珍惜身边的人和物。

有人钟爱钢笔，是为了找寻儿时的美好回忆，以此来表达对现代科技副作用的反感；有人钟爱钢笔，只因其能够更好地展示自我的笔迹，享受到书写的艺术；还有的人钟爱钢笔，是想用最朴实的方式表达一份真情实意。

钢笔握在手中那种沉甸甸的感觉，与圆珠笔完全不同。可以说，钢笔的书写是无法以任何方式替代的，它的弹性，它的人性，只有懂的人才可以完美地驾驭。

简单地说，用钢笔写字其实是学习做人的一部分，而在懂得这种珍贵的前提下，将钢笔作为礼物送人，也是对对方的一种认可和欣赏。

真实爱情的途径并不平坦，就像华丽的字总有曲折。

在最浪漫的时刻

在他升职时送钢笔给他

在他升职后送一支好钢笔给他，这是帮助他营造良好职业形象的重要细节。用你送他的钢笔签订合约，会带给他运气以及成就感。

送钢笔给他，帮助他调剂节奏

当无纸性工作和电脑手机左右他的生活，送他一支钢笔。让他知道，不管时代潮流如何变化，书写所特有的乐趣都不会减少，那种踏实而欢欣的感觉，会使他在忙碌的生活中放缓脚步，体会到你的好。

长期分别之前送钢笔给他

在可能出现的长期分别前送他一支钢笔，告诉他，每个月都希望可以看到熟悉的笔迹，思念满满的文字。或者，还可以买一对情侣钢笔，回信时用它写给对方。在快速信息的时代，选择古老传统的方式联系对方，诉说心事，这本身就很特别了。

事业有成时送钢笔给他

在他事业有成时送他一支钢笔。这根钢笔最好足够时尚和有品位，与他相配。同时，也表达你想要为他事业增加一份祝福。

选好钢笔的诀窍

看笔尖是关键

选择笔尖的种类是选钢笔的关键。根据钢笔笔尖的成分不同，可分为金笔、铱金笔和既不含金也没有镶粒的普通钢笔等三种。金笔的性能远优于其他材质，当然价格要昂贵的多。挑选钢笔时要看笔尖是否圆滑和流畅，这可通过试笔检验，即将新笔蘸上墨水在纸上写些笔画及阿拉伯数字，如笔尖不拉纸，出水均匀，那么笔尖就是圆滑、流畅的。另外，钢笔还有包尖和开尖之开，用来写字的最好是包尖的钢笔，它的好处在于一是写出来的线条较稳，二是不易使墨水挥发。

适当考虑钢笔的品牌

选择品牌，如果追求高品质，万宝龙、派克无疑是不错的选择。当然也可以买普通的钢笔，重在质量和手感要好。

笔胆细节不容忽视

为他选的钢笔总是想力求完美。笔胆的密封性好不好决定了出水量，我们可以按住笔尖，挤压笔胆，如果感觉挤压很困难，则说明抗漏水性非常好。

气者，心随笔运，取象不惑；静者，随迹立形，备遗不俗。这就是我眼里你的样子，我最爱的样子。愿你能用这支笔，写下属于我们的精彩爱情。

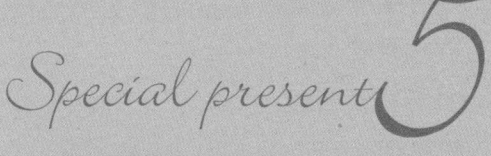

Special present 5

茗茶

——细品人生，享受慢生活

无由持一碗，寄予爱茶人

温情寄语

天晴心静

沏一杯香茗

坐在夏日的门槛

以最惬意的姿态

漫看云卷云舒

茶在水中舒展

犹如得到滋润的花朵

慢慢绽放

那么的醇，那么的美

茶与水如影相随

芳香扑鼻

入口生津

茶遇有缘人

如同真爱一般

都是那么可遇而不可求

男人如茶

二十的雨花

三十的碧螺春

四十的龙井

五十的乌龙

六十的祁门红

一个阶段一种味道

女人似水

山泉清井

无根之雨

白洁冬雪

一种来源一种甘甜

因茶结缘

因茶懂心

邂逅一杯好茶

成就一段佳话

美哉美哉

以最特别的理由

古人以茶养生气，以茶除病气，以茶表情义
将好茶送给心爱之人
希望他每天都生机勃勃，健康快乐
古有"饮酒似神仙，品茶方成道"的说法
给他一份茶的情怀
品的是人生，是情感，是智慧
这是一份包含感情与深意的礼物
在你眼里
他像茗茶一样耐人寻味又不能忘怀
送他好茶，其实也是在满足自己
希望他成为心中最好的存在
茶和人一样，有多种"性情"
性格开朗豁达，送他乌龙茶
可爱又崇尚自由，送他绿茶
热情温暖，送他红茶
俊朗非凡，送他花茶
沉稳大气，送他铁观音
选对了茶，送对了人
就是人生的一种圆满

他是一个好饮酒却不喝茶的男人，她是一个外表大刺刺但内心细腻温柔的女人，两人原本一个天南一个地北，却因茶而相遇相知。从此，人生脱离了原有的轨道，走进一种别样的美好。

那是一个难得的假期，他放下手上所有的事，只身来到陕西一个名不见经传的小寺。数年前，他与朋友来这里游玩，偶然间结识了寺中的主持向心大师，此后每当他的人生遇到瓶颈之时，便抽空跑来这里小住几日，一方面感受这里清幽的环境，一方面也请大师帮忙开示。

小和尚照例捧上茶来，不过是普通的铁观音，并没有什么特别之处，但在寺庙里特有的炷香香气中，他的心逐渐平静了。

他将茶捧到面前闻了一闻并没有喝，又放回桌上，抬头问向心大师道："大师，为什么我一心一意去爱护我喜欢的人，尽我所能给对方最好的，却总是没有圆满的结果呢？"

大师双手合十，看了看桌上的茶，反问道："施主可知，同是铁观音，为什么茶的味道却有天差地别？"

他思忖了一会儿，答道："应该是冲沏的水有所不同吧。"

大师点头，道："用水不同，则茶叶的沉浮就不同。温水沏茶，茶叶轻浮在水上，怎会散发清香？沸水沏茶，反复几次，茶叶沉沉浮浮，终于释放出四季风韵，既有春的幽静、夏的炽热，又有秋的醇厚和冬的清冽。

世间芸芸众生，又何尝不是沉浮的茶叶呢？那些未经风雨的人就像温水沏的茶叶，只在生活表面飘浮，根本泡不出生命的芳香；而那些历经风雨的人，则如被沸水冲沏的茶，这样方有那沁人的清香啊。"

他静静地点点头，似有所悟，两日之后他提着向心主持送的一盒铁观音离开了陕西，又回到深圳这个时尚的城市森林，继续每天繁忙又规律的工作。直到几天后，他与她在朋友的婚礼上相遇。

她至今清楚地记得自己第一次来深圳时的惶恐。那是一个炎热的夏季，她坐着火车到深圳来参加表姐的婚礼，一走出火车站，面对着宽阔的大道，心头立即涌起一股强烈的陌生感。她的家乡在山西的一座小山村，高中毕业后没上大学，在乡里一个民营工厂上班。在此之前，她到过的最远的地方就是省会太原。这次也是因为有其他亲戚领着，她才有机会跨越大半个中国，来到深圳这座著名的城市。虽然坐了一天两夜的火车，但面对着眼前的高楼大厦，车水马龙，短暂的迷茫之后，她还是感到有些兴奋。

大姨派人将他们接回了家，做了很周到的安排。这个表姐她以前只见过两三回，也谈不上多深的感情，婚礼第二天才开始，她本来是一个喜欢热闹的人，不愿意闷在酒店里，便不顾疲倦，跟着别人去城里玩了半天。

第二天的婚礼上，大家都很忙碌，领她来的亲戚也不知跑哪去了。放眼望去，四周都是不认识的人，她觉得有些无聊，便随便找了一个角落坐下来，看着来来往往的人们。这时，一个男子吸引了她的目光，他西装革履地站在入口处，手上拿了一盒茶礼。

"好奇怪的人，结婚送礼怎么送茶叶啊，不是应该送茶具吗？"她觉得那人实在是有意思。这样想着，不由微微笑了起来。不料，那人的目光却突然向她扫来，她赶忙扭过头去，假装没看见，心却扑通扑通地跳着。

不料，他和周围的朋友寒暄过后，居然向她这边走了过来，不知是有意还是无意，恰好坐在了她旁边那把椅子上。一开始感到有些无所适从，不过性格活泼的她终于还是忍不住问了茶礼的事。

"哦，我是新郎的朋友，新郎和新娘刚认识的时候曾一起去庙里许愿，当时我也在场，新郎的愿望就是能和新娘成为爱人，几年过去，终于心想事成。我前几天刚又去了那家寺院，主持大师送了我一些铁观音，我想那是个有意义的地方，送给他们作个纪念。"

她被这个浪漫的爱情故事迷住了，忍不住感叹道："他们真好啊。"

那时，她无论如何也想不到，正是自己真情流露的呆萌样貌让他怦然心动："这个女孩好可爱。"虽然是素颜，却天然淳朴，显得格外亲切，尤其是那一双漂亮的大眼睛，忽闪忽闪的，好像会说话一般。

婚礼庆典接近尾声，他终于鼓足勇气问道："今天认识你很高兴，你，你喜欢喝茶吗？""嗯，我也很高兴认识你。我挺喜欢喝茶。我们家乡有柿叶茶，挺好喝的。"她说。

"柿叶茶？"他露出疑惑的表情，这种茶他以前从未听说过。

也许是缘分的安排，让她延后了回程的时间。于是，他请了一天假给她做导游，开车带她走遍了深圳的大街小巷。这次与之前那满眼的高楼大厦不同，他专门为她设计了一个"寻茶之旅"。茶叶店，茶社，甚至茶叶批发地都一一转了遍，表面是在寻找她家乡的柿叶茶，实际上却在交谈中走近了彼此。

这个过程中，他听她讲家乡的乡俗、趣闻，以及家中老年人的不幸遭遇和自己曲折的求学经历。她其实考上了北京的大学，却因为要承担家里生计而选择放弃，然而她却丝毫不感到遗憾，她仍然对生活充满了希望。相比之下，他却发现自己的生活是如此的幸福，内心却丧失了对生活的热情。这不正是向心大师所说的茶味迥异的道理吗？两个同龄的年轻人，却因为不同的人生经历而有不同的人生获得。

虽然他极其欣赏眼前的这个大刺刺的农村姑娘，但自己是个内心比较保守的人，长这么大从未悖逆过父母的意思。父母向来讲究门当户对，所以他迟迟没有勇气向她表白。他想加她的微信，却发现她用的竟然不是智能手机，于是双方只留下了电话号码，便又回到了各自的生活轨道。

令他意外的是，一周之后，一小箱子的柿叶茶居然寄到了公司。他将茶叶掂在手里，虽然总共不过两三斤，却感到无比的沉重。从此以后，他便将柿叶茶放在办公室，每当感觉疲累了，就冲上一杯。喝着杯里的茶，心里想的却是她。在他快喝没的时候，总是可以收到新茶。令人感到奇怪的是，时间总是刚刚好。

这种淡淡的牵挂，心有灵犀的默契让他感觉整个人都精神了，似乎也充满了勇气，并且在平日的生活中对自己的要求也更高了，即使是在单身聚会这样的日子里，他也很少喝酒，因为想回家后再喝点茶。于是，茶成了他饮品中的首要选择，他明白，这和她密切相关。

终于，他决定冲破心里的障碍，对她展开追求，放假之后去山西找她，两人一起去陕西那个小庙许愿，一起四处游玩。这样两地相隔，却认真地交往了三年之后，他们排除了诸多困难，勇敢地走入了婚姻。

如今，他很有成就感，因为她即将为他诞下爱子，他的事业也渐入佳境。他们在工作之余，开了一家小茶社，闲下来的时候品茶为乐。他坦言，虽然至今还无法道出品茶的细微区别，但感觉品茶时一切烦恼都会烟消云散。

人生浮沉，如一壶清茶，入口时有苦味，咽下去又有余甘。几许苦涩，几许甘甜，又复平淡。生活就是那炽热的沸水，茶叶因为沸水才释放了深蕴的清香，而生命也只有遭遇一次次的挫折和坎坷，勇敢和挑战，才激发出人生那一脉脉幽香。

（左哲）

好茶不怕细品，好事不怕细论，好姻缘不怕功夫深。

有青山绿水的地方就有茶香，有茶香的地方就有中国文化。中国的茶文化历史悠久，唐人陆羽《茶经》说："茶之为饮，发乎神农氏。"晋代常璩《华阳国志巴志》记载，武王伐纣时，茶已作为贡品纳与周武王。

中国人品茶，品的是人生。一片茶叶，看起来是那样细小、纤弱，那样地无足轻重，但却又是那样的微妙。当它被放进杯中，与水融合便释放出自己的一切，毫无保留地贡献出自己的全部精华，完成了自己的全部价值。

苏东坡在《次韵曹辅寄试焙新芽》中说："从来佳茗似佳人。"都说女人如花，坡翁偏偏说佳人如茶。从此，茶与情便有了关联。

其实，在女人眼里，好男人也和好茶一样。正所谓："此地千古茶国，满城都是君子。寻味君子知味来，伴香雅士携香去。"才女佳人，君子雅士，爱茶之人甚多。这从历代的诗歌中可窥见一斑。

据不完全统计，我国历代的文人墨客为茶写下了两万多首的茶诗、茶词和茶曲，真是咏之不尽，赋之不绝，唱之不断。这样美好的事物，很适合送给心中最美好的他。如果他亦是爱茶之人，那最好不过，即使不知道他是否爱茶，送茶也不会有任何唐突之感。可以说，茶是一件永远不会送错的礼物。

爱茶的女子喜欢茶，更喜欢他。轻呷一口时光的余韵，静看几缕茶烟，希望来年和你一起品茶，聊聊我们的过往。茶与水的姻缘就像她与他一般，来得恰到好处。

如果说女人是水做的，那么好茶离不开好水，好男人就是那好茶。饱含真情的爱茶要想泡得完美，醇厚入心，馨香入脾，就要勇敢让他知道好水的等待。

这过程中的清香与苦涩都是享受的过程，就如同饮茶一样。茶叶在水中的变化有万千种模样。有时清新雅丽，有时妖娆妩媚，有时风情万种，有时又索然无味，全因人、时、境、水的不同而不同。

好茶似人，细品出真味。好茶又不仅仅似人，还可以折射出生活的方方面面。一道茶从种植、生长、采摘，至制作、命名，再至观其形、听其声、闻其香、品其韵，而后斗茶、赛茶、诗词歌赋，进而感悟升华，早已超越了一般的物质形态，它是先人智慧的结晶，是文化的传承。

漫漫人生，遇到爱的他，并一起坐下品茶。这就是世上最美好的相逢。

在你的身上，就有那种清淡、芳香、久远的茶馨，让我爱不释手，一生不能释怀。喝的是茶，品的是人生，蕴藏的是爱情。

在最浪漫的时刻

下午茶时间送茶叶最合适

喝茶是需要讲究时间的，如果在错误的时间喝茶对身体有害无益。下午茶时间见个面送给他，趁机给他讲讲喝茶时间的选择，既将礼物送出，又有话题可聊，还可体现你对他的关心。

表达共进退的愿望时送他茶叶

在他需要一个人面对难题时送茶，代表了你对他真诚的陪伴。因为茶不是快速消费品，一斤就能喝几个月，所以和其他礼品相比，茶叶伴随对方的时间更长。在对方需要思考，需要一个人静静地享受时光时，你送他的茶就发挥了重要的作用。

双人假期起程前送他茶叶

在二人假期开始之前送茶给他。带着这份诚意的礼物开始一段甜蜜悠然的旅程，在每天游览之后，傍晚时分身心宁静时刻，泡两杯香茗，分享一天的收获。

他经常加班，送他茶叶

让他加班喝点茶，最好是有舒缓压力的养生茶。这种默默的关心有助于你们情愫的萌芽。

挑选茶叶的诀窍

第一要看外形

品味茗茶，从选择好茶叶开始。送给他的茶首先要从外形看，要求色泽、大小、长短、粗细、形状一致，达到整齐划一。如果长短不一，大小各异，很可能是采摘粗放；色泽多变，形状多样，很可能制作粗糙。

第二看色泽

送给他的茶，不论是何品种，都应具有鲜灵的特点。当然，不同种类茶的鲜灵标准也有所不同。以绿茶为例，汤色以嫩绿、黄绿为上，并且清澈明亮。而红茶以乌黑油润为佳，倘若茶汤红艳明亮，茶杯四周形成一圈金黄色油圈，那就是上品红茶了。至于乌龙茶，则以青褐色光润为好。

嗅香气也是选茶的重要步骤

开神高雅，清香鲜爽。茶香誉称为"天下第一香"，历来为茶人看重。凡称得上好茶者，必须具有讨人喜欢的香气，或清雅，或浓烈，只要令人神闲意远，有开神敞怀之感即可。倘若有杂质有异味，或染有烟焦味，只能使人生厌。

希望有一天，我们能一起喝着茶，聊聊彼此的心事。于我，这是最大的幸福。

Special present 6

美酒

——浓烈与醇香的男子汉气概

愿陪你微醉，共享一生的甘醇

温情寄语

纯净而透明
醇馥而幽郁
优雅的轮廓
华贵的气质
这是美酒的缩影
更是爱情的味道

有一种酒，一点就能醉人
有一个人，一见就会倾心
伴随明月饮美酒

品酒思人
识人似酒
愿年份的陈浆
让爱意恒久弥香

啊 谁在我的唇边
放了一杯香醇的美酒
让我沉迷
我的他 你在哪里
懂得欣赏爱的味觉吧
循着它发现我
陶醉其中
你会欣然发现
生活的本真与爱的真谛

以最特别的理由

美酒可以帮忙调试男人的心情
开心时喝酒
速度是慢的，心情是悠然的
不开心时喝酒
往往是独酌，一杯一杯地灌
人有人品，喝酒也有酒品
闻香识女人，品酒读男人
透过杯影，伴着酒香
才能看透一个男人最真诚的心

男人爱美酒，更爱女人
两者兼得是不少男性对享受的定义
让他成为一个左有美酒右有佳人的幸福男子
你才能做一个被真爱包围的幸福女人
尺度自然很重要
过于严苛，无异把他推向别人的怀抱
过于放纵，如同给自己套上无形枷锁

不要错过他人生中每个有意义的时刻
当你们有了值得铭记和庆祝的事
尽可能地一起分享
庆祝的酒杯因此而碰撞
爱意由此而传达

我们常说，父母是孩子一生最重要的导师。我的父母也的确在人生的很多领域给了我启蒙，比如数数、背诗，乃至待人接物。然而，有一个领域无论父亲还是母亲，都不愿给我任何指导，这个领域就是爱情。

爱情是文学永恒的主题，作为一个文字工作者，我读过不计其数的爱情故事，却对我最亲近的父母的爱情故事一无所知。每次在家跟他们闲聊时，故意把话题引到这方面来，却总是被岔开。其实我也明白，父母这一辈的人还是比较传统，通常不会在孩子面前谈起爱情这个话题，总觉得有些难为情。我也问过其他一些人，对父母的爱情故事要么不知道，要么就是从别人那里听来的。不过，我并没有放弃，在一番软磨硬泡之后，母亲终于先了松口。

从我记事起，便知道父亲是一个不太喝酒的人，但每到腊月二十这一天，饭桌上必然会放上一瓶酒，他自己总会拿出一个口杯来，满满倒上一大杯，足足有二两，一边吃饭一边美滋滋地喝，饭吃完酒也喝完了，那脸红得就跟关公一样。每当这个时候，平时木讷的他也变得活泼起来，也愿意跟我们开个玩笑。起初，我只以为这是一个老传统，就像冬至要吃饺子一样。直到现在我才明白，这只不过是我们家的"传统"，而我父母的爱情故事就与这个"传统"有关。这杯酒，就是他们的媒人。

与木讷的父亲相反，我的母亲是一个伶牙俐齿的女人，年轻时也是十里八乡远近闻名的美人，因此当时追求她的人用她自己的话说，"站成一排能从村东头排到村西头"。不过，她可没有修下养尊处优的命，她是家里的大姐，上面两位老人的身体都不太好，干不了重活，下边还有三个小弟弟要养活。每天家里家外都是她在操持，既要下地干活，又要回家做饭，哪一样都不含糊。在她的主持下，不仅把家里收拾得干净利落，日子过得也不比别人差，也正因为如此，她在十里八乡都有口碑。

由于家里条件困难，母亲念完小学就不读了，父亲是她的小学同学，两个人的村子紧挨着。父亲念完了高中，然后去当了几年兵，复员后又回家种地了。他一直暗暗地喜欢着我母亲，但由于性格内向又不善言辞，丝毫不敢表达自己的爱慕。他见母亲日子过得艰难，想要帮帮她，却怕引起误会，也怕别人笑话。

经过冥思苦想，终于叫他想出一个法子。有一天，他偷偷找到母亲，支支吾吾地说自己想要干个小买卖，但一个人干不起来，想要找个帮手，问母亲愿不愿意。母亲一想，这是好事，反正农闲的时候也没什么事，倒不如挣点活钱儿，于是爽快地答应了。于是，父亲便高高兴兴地借钱买了一辆二手车，和母亲一起搭伙搞起了短途运输，没有货运的时候，就自己倒一点水果蔬菜什么的到街上去卖。

日子一天天过去了，母亲对父亲也渐渐产生了感情，觉得这个男人踏实可靠。然而，木讷的父亲总是不采取主动，平时只知道闷头干活，从不多说一句话，甚至连个嘘寒问暖的话也没有。

母亲喜欢交朋友，在街上摆摊的时候经常能遇到熟人，当她和别人聊天的时候，不经意间抬头总能看到不远处忙活的父亲。父亲长得一般，高高瘦瘦，但当过运输兵，所以还是很有力气的，一箱子水果几十斤，在他手里就像小孩子的玩具一样。

那个时候，两人的年纪都不小了，母亲也知道他对自己有意思，所以一直期待着父亲把这层窗户纸捅破，但他就像一块木头似的，无论如何也不愿把心里的话说出来。在那个年代，姑娘主动表达爱意是丢脸的事，所以即使是性格爽快的母亲，也不肯采取主动。为了刺激父亲，她偶尔会跟他谈起自己准备要相亲的事，她虽然能明显感觉到父亲很不高兴，但他却只是"嗯"了两声，愣是不肯说不让她去，直把她急得恨不得上去打他两计老拳。

这样一直拖着便拖到了年底，两人一算账，赚了不少钱，于是便合计着把几个大的客户请来吃顿饭。那一天正好是腊月二十，吃完这顿饭，他们就要休业回家准备过年了。饭桌上，大家都在喝酒，只是父亲一直以茶代酒。大家都知道他从不喝酒，劝了两劝也都不再为难他。母亲倒是好酒量，一杯接一杯地陪着这些客户喝。

酒过三巡，大家都喝得差不多了，母亲突然站起身来，朝饭店的服务员要了两个大杯，拿起一瓶56度的二锅头，咕咚咚地倒了大半瓶酒，一杯放到父亲面亲，另一杯自己拿在手里，说道："别人的酒你喝不喝我不管，我这酒你要不喝，明年你就另请高明吧。"说罢，一口把杯子里的酒都喝干了。

父亲都看傻了，那些生意上的朋友见状都明白是怎么回事，立时便鼓动起来。父亲虽然嘴笨，但脑子聪明，他见母亲盯着自己，眼眶红红的，知道这是自己最后的机会了，如果这个时候不说，心爱的女人就要被别人娶走了。他一咬牙，拿起酒杯来一仰脖咕咚咕咚灌了下去。他感觉脑袋嗡地一下子，整个世界都变了，所有人都在对着他又笑又叫。

我问一旁的父亲："爸，你一杯酒下肚是不是就对母亲表白了。"

父亲摸了摸自己的头，憨憨地笑道："几十年前的事了，早不记得了。"

母亲看了他一眼，得意地笑道："你忘了，我可没忘，一辈子也忘不了。"接着她又转头对我道："我跟你说吧，你父喝完这杯酒，扑通一下就跪地上了，抱着我的腿跟我表白，说不要我去相亲，他听说我去相亲心里很难受，要娶我，一辈子对我好……"说到这里，爽朗的母亲似乎也有些不好意思了，脸涨得通红，仿佛又回到了当时那个激动人心的场景。

我突然想了起来，跑到屋里拿出父亲每年腊月二十喝酒用的那个杯子，问道："爸，当时你是不是就是用这个杯子喝的酒啊？"

母亲接过杯子，道："哼，他还说忘了，他跟我一样，一辈子也忘不了。"

我接口道："是啊，连我也要感谢这个杯子呢，要不是那一杯酒，我还不知道在哪呢？"

一句话，引得三人都笑了起来。

是啊，一杯酒，一段情，一个家。我父母的爱情故事虽然很平淡，没有书里写的那样轰轰烈烈，但于我来讲，这是最好的爱的教育。

后来，我也有了另一半，对父母亲的爱情便有了更深的理解。父亲母亲之间，更多的是父亲对母亲的理解与懂得。懂得她的好，理解她的过往，所以可以把她的唠叨当成一种爱的享受。而母亲的细心体会得了父亲的真心，并愿意适时地给他机会，这也很重要。母亲对父亲生活上事无巨细的关怀体现在每一顿饭，每一件干净的衣服，每一杯亲手榨的果汁里。她把爱情化作点滴的关心和管理，这份用心所需要花费的时间和精力无人可以替代。

（何二毛）

爱情如果不落到穿衣、吃饭、睡觉这些实实在在的生活中去，是不会长久的。真正的爱情，就是不紧张，就是可以在他面前无所顾忌地打嗝、放屁、挖耳朵、流鼻涕；真正爱你的人，就是你可以不洗脸、不梳头、不化妆见到的那个人。

有一部电影叫作《云中漫步》，讲述的是发生在葡萄酒庄园的美妙爱情故事。美酒与爱情，就像是一对幸福的姊妹，总是结伴而来。美酒，就像爱情的催化剂，催促着爱情快快到来。

真正的美酒是有灵魂的，唯有有灵魂的人，才配拥有有灵魂的美酒！所以，对于真正的美酒，只要经不起诱惑沾上一滴便成瘾，终生成为它的信徒！

真正的爱情也是如此。只有两颗心的相互偎依，经得起红尘中的各种诱惑，打开彼此的心门，方能相拥度过红尘，彼此成为对方的信徒！

爱情这杯酒，水质甘美，酒精含量也适度，让人回味无穷。

酒从外观看不出优劣，只有亲尝方知好坏，爱情也是如此。酒经年愈久，老而弥香。真正的爱情，价值随着岁月的悠长而增长，直到鬓角花白还不离不弃才是最好的爱情。

男人如酒，喝两口醉几分，刚刚好，不伤神。两个相爱的人就好比在一同品味一瓶香醇的美酒，滴滴美味融进心扉，脸上绯红，眼也朦胧。

男人如酒，若没有好的酒量，没有强的定力，不要轻易举杯，醉一场未必是痛得过瘾，更可能是夜阑深处时的满腹愁肠。

男人如酒，而不动声色的品酒客却总是痴情的女人。正所谓，我愿陪你微醉，享一生的醇美。

不同的男人像不同的酒。

年轻的男人如高度数的烈酒，性情浓烈，但一眼看去，却如同清水般平静，没有一丝扭捏与造作。

中年的男人如陈年佳醇，经历的故事越多越名贵。这样的男人不能只看标签度数，非得慢慢品才能探出他的深浅，听他身后的成长故事，一定很有意思。

老而弥坚的男人如普通白酒，自有一种宁静致远，淡泊明志的味道。知天命不逾矩，锐气消尽，收获人生智慧。

上了些年纪的男人好比一瓶精心酿造、充分发酵的美酒，在经历了生命中的捶打搓揉，寒霜冷雪之后，睿智沉淀，气韵自成，以自身滋养自身，然后安静耐心地等待莹亮香醇的新质感。

其实，不论男人是哪个阶段的酒，只要女人觉得合自己的胃口，通常就会一根筋的认为这个男人就是自己的真命天子，这瓶酒就是专门替自己酿造的。爱得真诚，也爱得盲目。

生活是公平的，赐予我们苦药的同时也给了美酒，赐予我们真情的同时也给予我们磨砺。如果不想在爱的美酒中沉醉，败下阵来，就要先规整了自己，锻炼了酒量和胆识，才能在爱情的酒桌上痛饮千杯。

酒的存在，便是让人醉的，如同爱情的存在。

在最浪漫的时刻

第一次单独在家里见面时，可以送他红酒

最老套的浪漫往往也是最有效的。映着烛光，二人的晚餐，安静地，慢慢地品酌一瓶红酒，也是在品味对方的诚意。

受邀一起参加朋友聚会时带上一瓶酒

具体的品种看对方的年龄，年轻人带香槟，中年人带茅台。附上一张小卡，写上一行真心话，如此特别的礼物会给他留下深刻印象。

家庭晚餐一样可以送酒

晚餐搭配美酒，解除他一天的繁忙氛围。男人对家的定义是轻松舒适的，在外面忙碌一天，都希望一踏进家门就卸下压力与紧张。准备一桌家常菜，配上一杯他喜欢的酒，再没有什么比这个更能让他心满意足的礼物了。

重要的纪念日里小品几口美酒

尤其是专属于二人的恋爱，结婚纪念日。选择一瓶与结婚纪念相同年份的葡萄酒收藏，你仿佛能感受到单宁在瓶中慢慢软化后散发出令人愉悦的香气。等到你们婚姻的周年庆再开启时，就可以细细品尝美酒身前及背后所承载的厚重且悠长的岁月。

挑选美酒的诀窍

葡萄酒一看产地二看年代

　　看葡萄酒品质的好坏不仅要看产地，还要看产酒的年代。两者综合考量，在相对应的产区、年份里如果收成很好，那么这一年的酒味道会更香醇。此外，还可以观察葡萄酒的颜色。质量好的葡萄酒应该是澄亮透明，深颜色的酒可以不透明，但是色泽自然漂亮。相反，质量差的葡萄酒混浊无光。

选香槟有三个要点：年份、颜色、容量

　　香槟与葡萄酒一样看年份和颜色。此外还要参考容量。最好买标准容量或者大瓶装的，大瓶装的香槟由于氧气含量少，发酵进行得更慢，因而可以贮藏更久。

白酒，区分香型观察色泽

　　中国传统的白酒有着强烈的阳刚之气和细腻的口感，余味悠长。辛辣、甘醇、丝滑，三者合一是白酒最吸引人的地方。白酒有不同的香型，口感也各自有别，但鉴别方法上也有共通的地方。比如酒液不失光不浑浊，没有悬浮物，说明酒的质量较好。从色泽看，一般白酒都是无色透明的，唯有茅台例外，微显黄色。

啤酒，持泡性是关键

　　啤酒的持泡性是检验其优劣的重要标准，优质的啤酒泡沫应该能持续三分钟以上。简单说，泡沫持久、爽口醇厚的啤酒就属于优质啤酒。

我想变成一瓶烈酒，让你感受深刻，久久难忘。

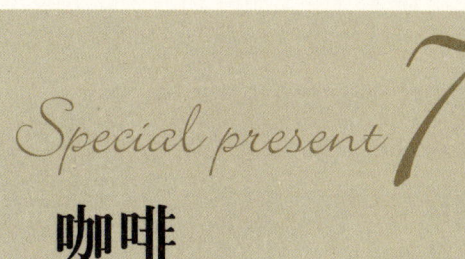

Special present 7

咖啡
——慢慢地生活，静静地享受

浓香暗涌，你是此生最懂我的人

温情寄语

月亮笑成了香蕉
柠檬在瓷杯里漂
这杯中的浓香
氤氲了我的灵魂
柠檬与咖啡
不是应着煽情的旋律
而是应着我的心跳
扑通扑通

这孤芳自赏的城

装了你和他
坐在咖啡屋的一角
小心捧着一束娇艳的花
惊喜挂在你的脸颊
一句温情的话
消融了一颗渴望爱的心
一部老电影
两杯热咖啡
一个愉悦的拥抱
足以让他在长夜里温暖回味

相互陪伴
优雅起身
走出浓情的咖啡屋
手牵着手
走进彼此的心

以最特别的理由

咖啡闻着香，入口苦
细品起来余韵却带有一丝甘甜
这就如同那一见倾心的爱恋
总要经历过人生的磨难
方能体味出真爱的甜美
送咖啡给男人
就是要告诉他
你愿与他一起苦，一起甜

待到日落黄昏
两人坐在公园长椅上
再回忆当初一起吃苦的幸福

在女人的眼里
男人最迷人的时刻有两个
一个是系上围裙下厨房的时候
一个是自己研磨、煮咖啡的时候
想让喜爱的他成为魅力男士
就送他一盒咖啡吧
一个具备了咖啡气质的男人是从容而优雅的

咖啡是一种多功能礼物
它不像巧克力那样亲密
也没有手表那样贵重
它可以送给恋人
也叮以是同学，是同事
甚至知己也可以
咖啡让男人放松、舒心
让男人明白优雅是一种感觉
一杯热咖啡
有时候就是给他的一份温暖

小卓是一名室内设计师，在一家很小的民营设计公司工作。因为不是科班出身，所以比其他同事要更辛苦，但她却从没抱怨过什么。她说自己就像是一只蛰伏的蝉蛹，环境的恶化、水土的流失、寒来暑往四季更替的考验，并非轻而易举的事，但她相信自己会熬到飞上枝头高声鸣唱的那一天。

如果说她对人生还有什么奢望，那就是希望巴斯蒂安能听到她的鸣唱。

巴斯蒂安是一名法国留学生，18 岁只身来到中国，从此便爱上了这个国家。毕业后，他留在了上海这个璀璨繁华的城市，用自己打工挣的积蓄和亲友的资助，在外国人聚集的金桥地区开了一家咖啡馆。从这家咖啡馆开张，小卓每个周末都会固定出现在这里帮忙。事实上，这个咖啡馆还在筹备阶段，小卓便已经参与进来了。

小卓与巴斯蒂安的相遇，绝对可以满足一个女人对浪漫的所有幻想。那时，小卓刚刚参加工作，周末闲着无聊，便跟着朋友去参加一个年轻人的聚会，聚会上她认识了这个心怀浪漫梦想、性格直爽的法国男孩。一开始，她对巴斯蒂安并没有什么特别的感觉，当然也不会想到自己的未来会和这个外国人有什么关联。然而，当她喝了他亲手研磨制作的咖啡之后，便瞬间迷上了那个味道，同时也迷上了做出这个味道的男人。

巴斯蒂安正在筹备开一家独具特色的咖啡馆，听说小卓是做室内设计的，显得很是高兴，便将自己的计划和盘托出。小卓听罢，立即给出了许多专业的建议，这些建议让巴斯蒂安认定自己找到了那个梦寐以求的设计师，便将设计工作全权委托给了小卓。

小卓陪巴斯蒂安考察了几个地方并最终选定了店址，然后便连夜画出了咖啡店的设计草图。这种效率着实让巴斯蒂安有些吃惊，而最让他吃惊的是，小卓所画的恰恰是他梦想中咖啡馆的样子。

在小卓的帮助下，咖啡馆顺利开张了，生意异乎寻常地好。为了表达自己由衷的谢意，巴斯蒂安不时将自己需要做空间设计的朋友介绍给小卓，照顾她的生意。同时，还教她制作美味的咖啡，于是她只要有空就来店里，渐渐便成了习惯，即使她磨制的咖啡比他已经毫不逊色了，这个习惯仍然在延续。

随着相互了解的深入，他们从普通朋友到挚友，已经很亲密了，但始终都没有捅破窗户纸的意思。周边的朋友都开始为他们感到着急，两个当事人却好像商量好似的，淡定依旧。

店面最初缺少人手时，他便请她来帮忙，工作不忙时，她每天下班后都要跑来，工作忙时她周末也要过来。在不知不觉中，她与咖啡馆里每个常来的人都熟稔起来。客人不多时，她会找人聊天，生意好时，都是她忙里忙外的身影。于是她便成了客人口中那个"兼职小姑娘"。曾经有客人在留言簿上写下这样一句话："每次来店里，那个兼职的小姑娘甜甜的笑容都能帮我融化掉一周的坏情绪。"

"哦，小卓，你成为我店里的招牌了。我的招牌不再是咖啡了。"说完，巴斯蒂安还灵巧地挑挑眉。

这种评价，让她心里无比温暖，似乎他的每一次赞美都已经成为她生活必不可少的组成，同时，她也希望自己能成为他生活中不可或缺的一部分。

她经常用苏格拉底的名言鼓励自己："求爱的人比被爱的人更加神圣，因为神在求爱的人一边，而非在被爱者那头。"她知道自己在等待，却好像怎么也找不到一个适合表达的时机。

转眼一年过去，煮咖啡的手艺她已经炉火纯青，店里的生意也逐步上了轨道，她由"兼职小姑娘"又变回了常来的客人。每个周末，至少有一天，她会在店里，大多时候都是点一杯咖啡，然后坐在角落里默默地看书。他从没有问过，为什么每个周末都放弃自己的休息时间来店里。也许，是不用去问的。在繁忙之余抬眼看到角落里安静的她，他的心里就觉得踏实。

她与其他客人相比最大的不同就是不看天气。即使外面大雪纷飞或暴雨如注，她也会像约好了爱人一般准时地出现在那个位置，就和工作日按时上班差不多。

如此这般，三年过去，朋友都在逛街，看电影，和男朋友约会，她则腾出周末来他的店里捧场，偶尔还会挤出时间给他的店内做些小的设计，让整个店内感觉更加温馨舒适。也许是时光和习惯让他已经不适应周末没有她在的店。

他们这种陪伴在朋友眼中已经是一对奇特的爱恋。直到有一天，进来一个十几岁的小男孩，开口就喊老板娘。这让他摸不到头脑。

"嘿，小伙计，我是单身。"他有些尴尬地解释着。

"单身？那她是谁？每次来都坐在那里帮你的那个姐姐。"

男孩用手一指柜台角落一边桌子边正在看书的小卓。她听到了，但没有回应。

这个举动引来了店里其他客人的注意，也让她的脸红了起来。没过多久，她便借口有事先行离开了，接下来的两周她没有再去店里。这让他很不安，几次打电话过去询问，她都说公司要加班所以没能去。后来，她听说他要开第二家咖啡店了，她托人带给他新的店面设计图。

没有任何商量，没有任何的询问，她画出的设计图和他所想的竟然完全一致。看到图的一瞬间，他被震撼了。原来，这个女孩已经是如此了解自己的人。

再次相遇时，已经是新店开张的庆祝聚会上。她本来也想找理由推脱不来的，但最终还是来了。她煮了一杯自创的咖啡给他，取名"主角"，而他送她的是一张照片。

是以前用手机拍摄的，照片里是坐在角落里看书的她。

原来，他也一直在默默地关注着她。

他们相视一笑，终于以最温柔的方式走到了一起。

后来，他发现她在日记里引用了一段弗吉尼亚·伍尔夫的名言来记述周末的日子："有时寂静是多么的美好，一个咖啡杯，一个桌子，有时候独坐是那么的美好，就让我这么坐着，手边放着一个咖啡杯，一把餐刀，一把叉子。它们的存在是最平白的，不加修饰的，这份寂静是最纯洁的，最美好的。"字里行间都是对那段时光的怀念。

当他意识到自己对她的心意时，他这样写道："幸福是每一个微小的生活愿望达成。当你想见到的时候能看到她，想被爱的时候有人来爱你。"

如今，这家咖啡馆已经有了三家分店，它们像不动声色的温柔老人，见证了好多的人生。有人在这里约会，有人在这里求婚，有人在这里分别，有人在这里泪如雨下……

多年以后，不知道这家咖啡馆是否还在，但那杯名为"主角"的咖啡和这对璧人的故事一定还在。

（左哲）

咖啡是香浓的，因为有人为你加糖；咖啡是苦涩的，因为心里的糖不见了；爱情的咖啡，无论结果如何，却可以品出人生的味道。

懂懂的爱情就像第一次喝的咖啡，没有糖，还有点苦。当你知道还有糖和伴侣可以选择的时候，慢慢地放一些进去，调出你想要的味道。

咖啡不是用来解渴的东西，它解的是一种感觉。它需要慢慢地调和，细细地品尝，正如这爱情一样。只有耐下心来慢慢地体会，才能品尝到其中幸福的味道。

咖啡究竟有怎样的魔力，能这样左右爱情中的人？

巴尔扎克曾在《咖啡的乐趣与痛苦》中写道："这咖啡一下肚就会马上引起一阵骚动。思绪会像战场上的大军一样开始运动，战争开始了。记忆中的事物带着一阵风疾驰而来，一道道指挥就像神枪手一样开始射击。"只有认真去品味和欣赏咖啡的人，才能有如此真切而生动的感受。

真正懂得如何去喝咖啡的人，通常认为咖啡越纯粹越好，咖啡杯越简单的样式越好。这其中蕴含了这样的道理：简单并不等于单薄，复杂并不代表饱满。正是在这种极尽的简单中，他们才能安心地去欣赏巴西圣多斯的纯净柔滑、哥伦比亚特有的略酸的余味、法式焙制的深涩与苦感、蓝山咖啡的弥足珍贵。

这和懂得爱情的人是一样的。懂得品味爱情的人，才会用心去体会法式的浪漫、体会英式的传统、体会美式的开放、体会中式的情有独钟，才会更理解如何用心呵护来之不易的爱情。

爱情和咖啡一样，只为懂得它们的人而奉献自己的美与甜蜜。

会喝咖啡的人，懂得品味纯咖啡的苦涩，也懂得牛奶咖啡的香浓，知道冰糖的甘甜和奶油的价值，这就好比懂得爱情的人，知道何时该展现体贴，何时该撒娇，何时该关心，何时该任性，又在何时要学会一个人安静地待着，给对方一些个人的空间和时间。

一杯咖啡的时间就可能经历人生的冰点和沸点；一杯咖啡的时间，也可能转化成一种爱的习惯，它的名字叫陪伴。我们的人生不可能每分每秒都循规蹈矩、行色匆匆，偶尔散漫下来看人生，也在情理中。于是，喝咖啡就是成为一件忙里偷闲、无趣时觅得有趣的乐事。

总而言之，爱情和咖啡，经过适时地调剂，才能有最美丽的结果。

我放弃喝咖啡，这种痛苦好比失去了最珍贵的爱情。

在最浪漫的时刻

下午茶时光约他喝咖啡

　　下午茶时间约他喝咖啡，是一种主动拉近彼此关系的行为，最好依据他的性格与爱好来选择咖啡：性情温和的男人适合柔润顺口的口感，而且稍微带有酸味的咖啡，比如巴西咖啡或者蓝山咖啡；个性分明的大男人适合曼特宁咖啡和意式咖啡。

在表白前把自己喜欢的咖啡送他

　　单独两个人的时候送他自己选的咖啡，或者把自己爱喝的咖啡送给他。这种喜好型的暗示已经是表白的前奏，比较容易让对方感觉到而又不会显得那么尴尬。这时候，咖啡不仅仅只是一种生活的调味剂，也会成为浪漫时刻的见证者。

在有心事的时候约他喝咖啡

　　在有心事与他分享的时刻一起喝杯咖啡。在安静的环境下，边喝咖啡边把心中的事情娓娓道来，让自己的愁思被牛奶的香甜化解，进一步地拉近彼此。

挑选咖啡的诀窍

要注意咖啡豆的原始习性

不论何种咖啡豆都要尊重其原始的习性，这样才可能出来最真实的味道。咖啡豆不能暴晒在强烈的阳光下，而且不能与具有挥发性的东西放在一起。

要根据咖啡豆的颜色来区分自己的需要

咖啡豆会因为不同的烘焙程度而呈现不同的颜色，咖啡的风味也随之会产生变化，颜色较浅的咖啡豆本身的豆酸味是很重的，但随着烘焙程度的加深，咖啡豆里面的酸味会慢慢消失。

要学会查看咖啡豆的保质期

咖啡豆自从烘焙过后就开始氧化，而且咖啡豆还有吸潮和吸味的特点，所以尽量选购新鲜的咖啡豆。

直接用手压或品尝

当用手去挤压咖啡豆的时候，好的咖啡豆在裂开的时候不但会有清脆的裂声，还会飘出四溢的香味。还可以将咖啡豆放入嘴里，咬开，如果裂开的声音是清脆短促的，那么就表明咖啡豆没有受潮。另外，咖啡豆的内部颜色是否与外表一致或临近，表里如一的咖啡自然是烘焙程度很好的，属于高品质的，如果内外不一的话，那就表明烘焙时火候没有掌握好。

愿我的爱是一杯寒夜里热腾腾的咖啡，温暖你的孤寂。

在宁静的午后，和你在一起，亲手将咖啡豆一点点变成细细的颗粒，最终变成你我口中最浓的馨香。

Special present 8

巧克力
——一起品尝爱的滋味

与你共品人生的甘甜

温情寄语

苦一点是涩
甜一点是腻
世上有九十九度的甜
也有百分之一的苦
却无百分之百的甜与苦
然而，甜苦两极达不到
却要掺和在一起
才是所谓的巧克力吧

当我空虚之时

总是想起你那黝黑的身躯
你用自己的生命默默安慰我
轻轻地咀嚼
感受着你在我的舌尖融化
如同那醉人的体温
让我迷失在一片甜美之境

这就是爱情
既可以瞬间，也可为永恒
温柔似巧克力的香浓
一口一口吃掉烦恼
享受生活就这么简单
将最甜美的你
送给最爱的他
意乱情迷处
难以抗拒的
是你如此与众不同

以最特别的理由

一盒巧克力
有一种默契叫心照不宣
让爱情暖流变成入海的浪花
让幸福的故事迎来正式的开端
如果他能了解巧克力物语里爱的成分
他就能了解这份礼物有多特别

一盒巧克力

永远不知道下一块吃到的是什么味道

就如同和爱人在一起

每一天

都是新鲜的体验

可能是苦涩也可能是酸甜

人都说吃点甜食心情会变好

在对的时间送上一盒巧克力

是一种如雨的幸福

能快速拉近两个人的距离

适时送上一盒巧克力

给他一个进一步了解你的机会

同时，也探查他的心意

幸运永远垂青那些有准备的人，爱情也不例外。

那是一个细雨绵绵的日子，好像连老天爷都在嘲笑米蓝又一次失败的恋情。这一次是因为男友的妈妈嫌她屁股太小不好生养。可能再也找不到比这个更让人觉得好笑的分手理由了。可男友却是一个没有主见的人，认为他妈妈说的所有话都是真理。

"好吧，也许上帝是在暗示，将近三十岁的我不适合找小男生。"虽然心里在不断地自我安慰，但伤心的她却不得不提前下班，去找一个可以发泄的地方。

收拾好包，带着被甩的伤痛，慢慢地走着。一路上，她在内心里反复鼓励自己：米蓝，不要伤心，不要放弃对爱情的追求，失恋没什么大不了的，之前不都熬过来了吗？没有爱情的人生是不完美的，你应该继续去叩响爱情的大门。嗯，加油！

没走多远，她发现街边有一个不怎么显眼的手工糖果店。人们都说，心情不好的时候吃点甜的会让自己感觉好一点。于是，她向糖果店走去。

天气很冷，她一走进店里，眼镜便被雾气蒙上了，看不大清楚。擦干之后她才发现，竖立在店内正中央的，是为了迎接情人节而特别推出的新款巧克力礼盒。她有些恨恨地想，就算没有男人也不能委屈了自己！于是，她慢慢走过去，准备挑选一盒送给自己，自己做自己的情人。

转了一圈，她终于看中了一盒巧克力，正要向店员索要，却突然发现右边大约一米的距离站了一个高大的男人。他的侧脸轮廓分明，眉毛浓浓的，下巴的曲线也很好看，完全是她喜欢的类型。他转过头，察觉到了她注视的目光，礼貌性地点头微微一笑。这个笑容让她感觉眼前一亮，觉得他是一个温柔的男人。然而，就在她正犯花痴的时候，他伸手接过店员递过来的一盒巧克力。

等一等，这不是我刚才看上的那一盒吗？看到盒子的一瞬间，她立刻清醒了过来。

"你好，我也要一盒这样的巧克力。"她急忙向店员说明自己的意图。

"不好意思小姐，我们这次的情人节活动礼盒，每种只有一盒。您看看其他的吧，也都是很好的。"店员笑眯眯地解释道。

他听完两人的对话，稍作迟疑之后便把巧克力让给了她。这个举动让她对他的好感更加浓厚了。但一转念，在这样的日子里买巧克力，应该已经有另一半了吧。

"你这样做，女朋友不会生气吗？"她脱口而出，其实是醉翁之意不在酒。

"哦，没事，我就一个人，只是想吃了。"他露出迷人的笑。

"我也一个人，不过是刚刚被甩了，想吃点甜的。"她耸了耸肩道。

他为她的直率感到惊讶，竟一时不知道该说点什么了，只是轻轻"哦"了一声。

在她的热情提议下，店员把一盒巧克力分成了两份，每人一份。

走出店门才发现，原来他们的方向也是一致的，直到第二个路口才彼此分开。她鼓足勇气开口要了联系方式，很大方地伸出手："认识一下吧，我叫米蓝。"

"嗯，哈哈，你好，我叫程栋。"原来，他是附近一家日本料理店的老板，那家店她以前和前男友一起去过，味道很不错。

初次相识的过程几乎没有什么新鲜的地方，但缘分就是在不经意间发生发展着。转眼一年过去，米蓝依旧单身，之前恋爱的伤痛已逐渐愈合。又是一个情人节，她再次走进那家手工糖果店。巧克力的款式已经与去年不一样了，拿着新买的巧克力路过了他的店门口。为了迎接情人节，他的店里也推出了情侣餐和巧克力的活动。她告诉自己不要进去，身体却不由自主地走了进去，还好，他好像没有在店里。

她一个人快速地吃了一份双人情侣套餐，离开时却意外得到了店内赠送的巧克力。回到家打开一看：竟然和去年他们相遇时的那款一模一样。盒子的包装包含了店家的心意，上面的一句话是这样写的：甜美的相遇从品尝它开始。

她的脑海里瞬间出现许多种设想，她不知道这些设想是不是只是自己的胡思乱想。

她勇敢地发出一条短信："你店里的巧克力很好吃。"

他的回复是："我自己学做的，喜欢吗？"

她迟疑着输入几个字又删除掉，不知道该怎么回复才好。就在这时又收到一条新的信息："明天有时间吗，来我店里吧，请你吃饭。"

明天，明天是情人节啊，她感觉自己的心跳在加速。

"嗯，好的。"

就这样，米蓝勇敢地开始了自己的新一段爱情。出乎她意料的是，这也终于成为她人生中最后的一段感情。她对自己的爱情简单总结成一句格言："伤心的时候一定要去吃点巧克力，一切都会好的。"

在一起三年后，两人终于准备领证结婚了。踏进民政局大门前她问他："为什么第二年会做那盒巧克力啊？"

"因为没吃到的美味被你抢走了啊，所以一直惦记着啊。"

"只是惦记巧克力？"她露出一副假装生气的样子。

"傻瓜，惦记你。"

从此，她成了老板娘，他们家的店也成了当地巧克力做得最好的日本料理店。每年情人节给客人的礼物都是老板夫妇亲手制作的一盒巧克力。

当他们的故事在附近传开的时候，不少回头客都是情侣，不仅是因为饭菜好吃，也是因为这家的巧克力已经被认为有了祝福的魔力，可以让同样渴望爱与被爱的人们获得福气。

（妍歆）

有一种爱情，看似很淡，却甜到心间。一方有付出，另一方能感受到，并以自己的方式作出回应才是爱情。

巧克力被称为诸神的食物，是有灵气的存在。给生活加点巧克力，快乐就会多一些，感动就会多一些，祝福就会多一些。

阿甘说过："生活就像一盒巧克力，结果往往出人意料。"巧克力让我们更懂生活。每一盒的巧克力，其中的每一颗，在不同的心情下品尝都会有不同的口感，像我们多样的生活，总是给人出乎意料的感受。

不只生活如巧克力，爱情其实也一样。多年前的你与他可能还是陌路人，如今的你们却被相互吸引，今后将在爱情的庇护下相互习惯。经历过真爱的人都知道，"相爱"这种词，远远没有"习惯"这个词来得甜蜜。

爱上一个人是何等的轻易，而习惯一个人的陪伴却是平淡里见真情。与其需要的时候才去吃甜的来缓解心情，不如将其养成一种习惯。

生活不会按照自己预定的轨迹往下走，爱情也不会，但相同的一点是，只要一直怀抱一颗热情而坚定的心，两个人就不会分开，你们就有机会一起品尝生活这盒巧克力带来的特殊感受。

正如意大利作家薄伽丘所说："纯洁的爱情应当是人生中的积极因素，是爱的源泉。"著名作家周国平则说："未经失恋，不懂爱情；未经失意，不懂人生。"相信爱情，坚持下去，找到一个巧克力般的男人，越欣赏越懂得欣赏，越了解越知道他的好。遇到这样的男人必须主动一些，否则就只能接受这样可怜的境遇：怀着甜蜜而又忧伤的心情，无声的走过他的生命。

　　现实生活中，大多数女人面对爱情是被动接受的。她们总是认为，女人永远应该是被男人追求的。她们只表面化地把没有一份美丽浪漫的爱情的原因，归为没有男人来追求自己。殊不知，在爱情里，双方都有追求对方的权利。

　　砖头是巧克力的，窗子是巧克力的，所有的墙和天花板也是巧克力的，还有地毯、图画、家具和床也是巧克力的，一打开浴室的水龙头，热巧克力哗哗地流下来。就像爱情的世界里，除了甜蜜就是甜蜜。

在最浪漫的时刻

情人节送巧克力给他

在情人节时，一盒巧克力就像一封生动的情书。当然，中国的情人节——七夕节也是同样的道理。这种日子里的巧克力传递了很多信息："这个巧克力的味道你喜欢吗？像我吗？""现在你能察觉出我的心意了吗？""我喜欢你，很久了。"

巧克力，二人时光里不可缺少的气氛制造者

在任何一个二人时光里都可以随手分享一盒巧克力。甜蜜与满足，渴望与诱惑，嘴中的香甜和眼前的爱人一起，让人体会前所未有的舒心感受。这种做法一旦成了习惯就会让人欲罢不能，这是在向所有人宣誓，只要和对方在一起，每时每刻都是甜蜜。

一起旅行时吃巧克力

在两人一起旅行时，除了美酒，巧克力也是不可少的礼物。它让我们将对彼此的认可与陪伴，过往共同经历的曲折与艰辛都化为最甜的回忆。

选择巧克力的诀窍

外观要像样

给他挑选的巧克力外观要有形，包装要精致、图案完整，印刷清晰，没有重影。包装粗糙、印刷低劣的产品切不可购买，送给心上人的礼物绝不可能是这样的包装。

质地不能差

对于巧克力来说，想要辨别质地优劣，掰开观察、品尝即可。品质好的巧克力是非常细腻和均匀的，入口即溶。而质地差的巧克力气孔多，分布不匀，表面光泽暗淡，入口难溶，而且还会黏牙，可能还有粗糙颗粒，吃起来口感非常不好。品尝的时候还要注意味道有没有可可的香味，有没有异味。

配料表中的可可脂含量是重要的挑选依据

根据我国相关食品法律的规定，巧克力中非可可脂的脂肪含量不得超过百分之五。如果超出了就要在包装上明显地标出"代可可脂"字样，而标示代可可脂，就不能称为巧克力。

选择对方喜欢的口味

巧克力主要有松露巧克力、黑巧克力、夹心巧克力、果仁巧克力、牛奶巧克力、榛仁巧克力、多口味巧克力、威化巧克力、白巧克力等多种类型，选购的时候，要考虑对方喜欢的口味。

　　还记得第一次见到你，那种温暖的甜蜜，就像这盒巧克力的口感一样，让人久久难以忘怀。真希望时间定格在相遇的那一刻，你就是我的巧克力。

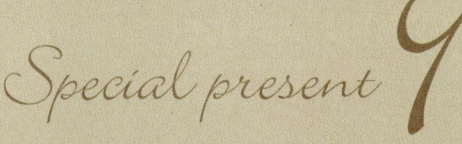

Special present 9

打火机
——点燃激情，拥抱温暖

爱的火苗，永不熄灭

温情寄语

一个人走在漆黑的冬夜
前面突然出现一小撮光亮
是他打开了火机
点燃一根香烟
静静等在你的公寓前
说担心你晚归
说害怕你走远

不知从何时开始

他已是你生命里的火种

温暖了你的孤寂

让你知道

即便寒冬也能取暖

即便黑夜也有光亮

即便暴雨倾盆你心也安然

即便寒风凛冽你心也温暖

虽然只是一个小小的打火机

却给你无与伦比的幸福

温暖了心

光明了眼

幸福需要它

愿爱的火苗永不熄灭

以最特别的理由

过去，吸烟的男人

都渴望一支好的打火机

就如同勇士渴望削铁如泥的宝剑

摇滚歌手渴望一把好吉他

如今，打火机不只是用来点烟

它已成为一个男人的装饰

犹如国王的华冠，女人的耳环

对于男人来说

打火机还关联着一个关于英雄的梦

送他一个打火机

满足男人心中的英雄情结
相信你们的未来会很好

男人的打火机
是窥视他们内心的一个窗口
金色打火机的主人外向奢华，喜欢炫耀
银色打火机的主人安静内秀，心思细腻
另类色彩说明个性独特，并以独特为荣
打火机上有男人的"标签"
在概念的界定里，打火机是属于男人的
女人送男人打火机
表示她对男人的理解和宽容
作为想成为对方另一半的人
这份理解是弥足珍贵的
一个打火机
火光虽弱，却照亮两个人的心

左秋的老家在山西，父母都是面朝黄土背朝天的农民，上面有一个哥哥，下面有一个弟弟，她被夹在了中间。虽然已经到了 21 世纪，但他们那里重男轻女的思想仍然很严重，作为家里唯一的女孩子，她却从没感受到父亲的宠爱，他把所有的爱都给了哥哥和弟弟。

左秋的心里一直憋着一股气，她要考上大学，远远地离开这个家。转眼之间，就要进入高三了，乡里的教学质量她很清楚，从来没有一个人考上大学的，很多成绩稍好一些的同学都去城里读高三了。于是，她也试着向父亲商量去城里上高三，好好准备考大学。没想到哥哥弟弟听说了都嬉皮笑脸地表示，读书不如趁早嫁人实在。

"秋儿啊，书不要念了。我们家这个样哪里能供得起你读大学？再说了，女孩子家读那么多书做什么？将来早晚都是人家的人，早点嫁人是正理……"父亲蹲在地上，嘴里抽着廉价的自卷烟。

父亲的话并不是说说就完了，其实自从左秋上了高中之后，他便一直张罗着给女儿相亲，想要早早地把她嫁出去，只是左秋一直反抗着、拖着才没能成功。

左秋听父亲这样说，身上的血往头上涌，怒吼道："凭什么不让我读书？！别以为我不知道你的打算！你想省下钱来给弟弟上学，想把嫁我的彩礼添来给哥哥盖新房！"

"啪"的一声，一记响亮耳光打得她天旋地转。她瞪着父亲，一言不发，父亲似乎知道自己理亏，背着手默默地走出去了，一切归于沉寂。

傍晚，潦草地吃了几口饭，左秋走出门，一个人爬上村口的土山，那是个看星星的好地方。她瘦弱的肩膀不停地颤抖，一边看星星一边流眼泪，她也不去擦拭，蹲坐在山顶上，一待就是好几个小时。

"嚓嚓嚓……"下面传来窸窸窣窣的脚步声，好像有人在往上爬。

"秋，你也在啊？我以为今天没人呢。"原来是后街李婶家的昭子。一个青梅竹马的小伙伴，从小学到高中一直都是一个班。

"你怎么哭啦？谁欺负你了，告诉我！我去揍他去！"昭子关切道。

左秋哭得更加厉害了，她心想："是的，这世上至少还有一个真心关心我的人。"

"不要哭了，你看天上的星星多美啊。"昭子说道。

土山上看星星，是村里孩子最幸福的事情了。满天的星斗像王冠上璀璨的宝石，虽然他们从没见过真正的宝石，但看书上都是这么写的，就一直深信不疑。

"昭子，我想以后也变成一颗明星，让别人渴望地看着我。"左秋深吸一口气，说道。

"哈哈，别逗了，明星！"昭子揶揄地笑道："你肚子饿了没？我从我爹那里偷了他的打火机，给你烤玉米吃呗？"

"好哇。"

全村人都知道，昭子爹有一个名牌打火机，据说很贵很贵，是他外出打工时一个大老板随手给的，平时不让人碰，每次昭子偷偷拿出来被发现后都得挨一顿胖揍，但他依旧乐此不疲。

高考过后，左秋的分数可以上二本，昭子也能上个三本了。本来应该好好庆祝一下的，可是在家里等待她的却是一场"战火"。

"让你嫁人你看不上人家，一直拖着拖着，这下好了，这么多学费，还不是一样去不成。你把自己都耽误了。这么大的年纪了，越来越不值钱了。"父亲的话像一根针，刺得左秋心口生疼。母亲只是坐在一旁哭，一直没有说话。

没有人相信她有胆量离家出走，然而他们却不知道，这个小女孩的心已经冷了。心冷了，一切都顾不得了，家也不再是家了，就是死，她也要死在外面。

站在火车站的售票厅，她茫然地看着身边穿行的人们，不知自己要去哪里。回头已无路，只能把前方当故乡了。可是，前方又是何方呢？

"哒，哒，哒……"是打火机开关盖的声音，她循着声音转过头，竟然是昭子！他一手玩弄着他爹的宝贝打火机，一手提着一个大大的木箱。

"你怎么来了？"

"我不放心你，你不在，我也不想待在村里，我们一起走南闯北去！"

第一站，他们选择了上海。

大城市有大城市的艰难，大城市也有大城市的好处，而最大的好处就是想要找一份工作糊口并不是那么困难。在三年的时间里，她做过小摊贩、擦鞋匠、饭店清洁工、迎宾员、酒吧服务员……而他更是经常一个人打两份工，尽量在房租水电上承担得更多一些。

在上海这样的地方，两个高中毕业生，想要落脚不难，想要生活好比登天还难。然而，他们从未退缩过，因为他们无路可退。

日后回想那段时光，她印象最深的是自己从酒吧下班，通常已经是凌晨四点，深秋的街道寒意深深，回家的路上还有一段没有路灯的巷子，每次从那里通过的时候都会忍不住害怕。还好，每次走出没多远就能看到他打火机的点点火光。

他总是在下了晚班之后，换身衣服就出来等她。记得有一次，她在回家的路上被两个喝醉酒的男人纠缠，幸好他及时出现，打跑了他们。因为在酒吧工作，看了太多的男女之事，她已经没有了初来城市时的羞涩，但每当被人问起是否有男友时，她都避而不答。

"如果家人知道我和昭子现在的这种情况，估计要被吐沫淹死。他们怎么可能理解呢，我们在这个城市里，像老鼠一样地活着却也相互温暖着，支撑着。"她曾经跟一个在酒吧认识的姐妹说道。

这天，从酒吧下班出来，发现外面下着雨，一阵秋风吹来，好冷。

"嗯？怎么街对面有个人在抽烟……是他。"

她顾不得多想，一下子跑过去，第一次深深地抱住了昭子，这个一直陪伴在她身边，不离不弃的伙伴。

"怎么了这是，受欺负了？不怕，咱不干了，咱不干了啊。"

那个夜晚，她哭了一路，他哄了一路。那是她最浪漫的记忆，即使在多年后已经成为酒店主管的她，仍旧难以忘怀的爱情记忆。

三年后，昭子离开她去参军了，她并没有阻拦。正是她拒绝了昭子，才导致了他的离开。她对他说："我不想两个人一辈子都在泥里挣扎。"

如今时过境迁，她才发现自己错了。无论夜晚多么黑暗，一点火光便能照亮前程。无论内心多么冰凉，一点火光也能温暖胸膛。在一起相守，才是两个真心相爱的人最重要的幸福。当她在新闻画面上看见救灾现场一闪而过的熟悉脸庞时，再也无法抑制自己的思念。她带上为他买的 ZIPPO 限量版打火机，搭上了飞往他所在城市的飞机。

（静之）

如果你的生命是黑暗的长夜，那么爱情就是希望的火光。

现在，都市里的男人越来越追求优雅气质，看的书籍、电影，用的剃须刀、打火机，每样都不再是随便的配置。然而，男人毕竟是男人，骨子里总难免有叛逆、不羁的属性。当他们明白什么是自己想要的之后，就会抛开那些无谓的束缚。于是，在酒吧、在饭馆，看见男人随手拨弄一个打火机就没什么好奇怪的了。

有这么一个说法：从打火机的颜色、款式可以看出一个男人的性格。

喜欢用最普通的廉价打火机的男人，往往不拘小节但十分讲求实用性，是现实主义者。

喜欢用亮丽的、引人眼球的打火机的男人，通常自信外向，张扬的性格很容易让人一眼看透。

喜欢浅颜色或暗色打火机的男人，往往比较安静内向，有一份细腻的心思和一点点神秘感，他们常常认为自己是极少数的、特别的存在。

喜欢造型别具心裁的、甚至有些怪异的打火机的男人，对生活充满好奇心和热情，有自己的主见，对异性有很强的吸引力。

由此，如果用打火机做礼物，最好是根据他的性格及喜好来挑选合适的颜色和款式。当然，打火机无论是古朴的、金属的、华丽的、清爽的，最重要的是不会打不着火，令你在关键时刻尴尬。

有人说，男人喜欢打火机其实是一种心理暗示行为。男人喜欢掌握、操纵一些事物，崇尚运筹帷幄、易如反掌的感觉，但非常遗憾的是，我们的社会不能为太多的男人创造这种机会，于是小小一个打火机就成为男人精神上的一种寄托。一个把打火机紧紧抓在手里的男人，表面上看不动声色，其实他的内心是焦虑不安的，对他而言，世界太大，欲望太多，当他心理脆弱的时候，唯一能牢牢把握的，可能也只有这一个打火机了。

而对于女人来说，小女人需要保护，大女人需要依靠。女人的爱情经不起时间的空耗，爱需要成长成熟。所以，女人们愿意将自己的幸福交付给一个能掌握大局，懂得运筹帷幄的男人。所以，当女人遇到这样的男人时，送他最好的礼物，不是领带，也不是钱夹，而是一个有质感和品质的打火机。给男人一份信任，同时也是给他一个展现男人责任感和能力的机会。

此外，火光在黑暗中象征了希望。在爱的迷途中亦是如此。少了爱活不下去，但要觅得良缘又非一朝一夕之事。在寻爱的路上越走越暗，没有了足够的光，所以看不到前路，这时，哪怕只有一点点打火机的亮光，都可以瞬间转化为希望。那个打开火机的人，就是爱的希望。

哪怕只有一点点打火机的亮光，都可以瞬间转化为希望。那个打开火机的人，就是爱的希望。

抽烟过量的时候送一个新的打火机

如果这个男人已经是你命中注定的那个人，即便他是个烟鬼也要先做到包容，然后再用自己的办法，慢慢帮助他。当他抽烟过量的时候责备往往无济于事，既然如此，不如买给他一个新的打火机，告诉他好的打火机要配好烟。烟上了档次也是不小的花费，承担吃力的时候自然就节制一些了。当然，这也是对心智清晰的男人来说的。

在野营出发前送一个打火机给他

作为野外求生必不可少的工具之一，送打火机给他的确是个不错的礼物。

选择打火机的诀窍

打火机的触感要舒适

任何一种优秀的打火机，在整体制造过程中，对男人的手是经过精密研究的，在握住它的时候，需符合手部人体工程学。

打开时的声音要悦耳

打火机不仅要有漂亮的外表，打开时伴随着清脆声音，才是一个优质的打火机。喜欢打火机的男人有不少是收藏者，听到它开启时的那声脆响，就会让人无限着迷。

打火轮触感要自然、好用

选择打火机，每位男士都会试一下打火轮。一个松紧适中且细腻润滑的打火轮，是体现一个打火机的内在细节，它的表现直接影响着使用者的心情是否顺畅，更能为一个优质的打火机再度加分。

打火机的火焰要强

优质的打火机发出的火焰强度应该经得起风吹的考验。您在选购时，可以用嘴吹吹它试一试，不容易被吹灭才是打火机质量的保障。

　　这一豆微光不只用来点烟，还能点亮希望，点燃你和我的心。

　　在无边的暗夜，你手中的火光就是我唯一的方向。

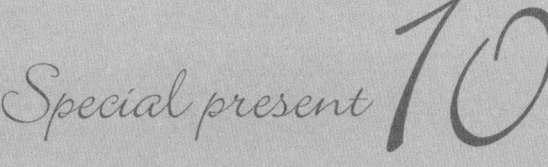

Special present **10**

手表
——与你共叙光阴故事

岁月带不走最真的情意

温情寄语

在岁月这条河里
你是一泓苏醒的碧波
让我平凡的人生充满了惊喜
让我体会了温柔的深意
因为有你
寸寸光阴皆为诗

两小时前你洗好了衣被
一小时前你做好了佳肴
还有温暖的现在

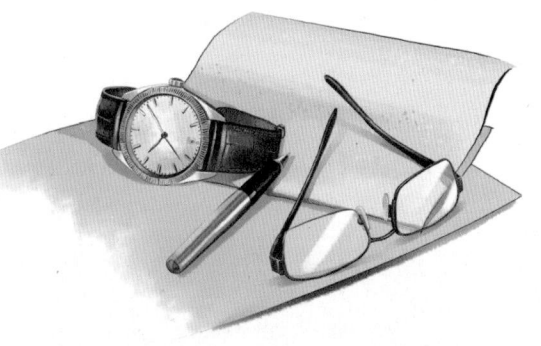

你坐在灯光上
低头为我织着毛衣
时间的流逝是爱的流年
四季的变换是爱的多彩
永远的相守是爱的轮回

爱因四季而斑斓
爱因时间而恒久
沧海变成桑田
鲜花终有凋零
河流慢慢枯竭
唯有真爱
任由世事变迁
斗转星移
容颜老去
不会任性地溜走

随着容颜老去
岁月带走了很多
却带不走最真挚的情意
一切都会变老甚至消失
只有真爱不怕变老
并且
沿着时间的回忆永刻心头

以最特别的理由

送给他一块手表
钨钢的材质
有着极美造型与不菲的价值
当你为他戴在手腕
从此，他的行动就归于一点

时间如白驹过隙
岁月会带走很多东西
比如幼稚
比如年轻的容颜
但是，岁月带不走
他闪光的思维
风趣的谈吐
谜一般的微笑
温柔的目光
彼此之间的惺惺相惜

岁月的流逝，让路更远山更高
时间让你们慢慢苍老
送他的那块手表
却铭记了每一个重要的时刻

人们都说钻石代表着永恒和久远，其实那是因为有爱情的存在，只因人们对爱情的信仰，才衬托出它的久远。人们的双眼被钻石的光芒和本身的价值所遮蔽，忘记了时间才是爱情最好的见证者，只有时间不会因为任何事物而改变。爱亦是如此，它可以超越海枯石烂，沧海桑田，甚至跨越生死。

在高二那年圣诞的前夜，他收获了人生中第一份爱情。他是一个稍微有些内向的男孩，平时只顾着埋头学习，所以面对女孩真诚的表白，显得有些不知所措。

"为什么？"他呆呆地问道。

"喜欢你没有理由！"女孩固执地看着他，等待他作出决定。

女孩大胆地表白使他为之一振，他的心弦被她拨动了，这正是他苦苦等候的，他知道自己的爱情来了！

女孩看着他有些木讷地点点头，道："好吧。"立即高兴地扑到他的怀里，差一点把他扑倒。她就是这样的性格，喜欢的就要努力去得到，世界上没有羞涩和退缩。

从此以后，在那些枯燥的无味的学习日子里，两个人便比别人多了一份快乐。女孩的眼光很不错，男孩既聪明又懂事，尤其是两个人在一起之后，男孩的幽默潜能被发掘了出来，他总能找到可以逗女孩发笑的方式。

当然，也可能从另一个方面来理解，女孩的笑点很低。

两人在一起之后不久，男孩的生日到来了！这是两人恋爱后的第一个重要的日子！男孩收到了一份让他惊喜的礼物：一块情侣手表。这块手表代表了他们的爱情，也让他们的关系被所有人都知道了，于是他们便成了所有人眼中的"绝配"！

男孩读书很多，将手表诞生的故事讲给女孩听：

大约一百五十多年前，一些能工巧匠曾试图把随身携带的表装进手镯当作"手表"，但未取得成功。第一次世界大战期间，有一名士兵为了看表方便，便将表绑扎固定在手腕上，抬起手腕便可看清时间，比原来从口袋里取方便多了。1918年，瑞士有一个名叫扎纳·沙奴的钟表匠，从士兵那里得到启发。经过精心设计，制造了一种体积较小的表，并在表的两边设计有针孔，用来装皮制或金属表带，以便将表固定在手腕上，从此手表诞生了。

女孩在一旁静静地听着，不说一句话，从男孩喜悦的眼神中可以看出，他对这个礼物非常的满意。

当短暂的春节过后，两个人又投入到紧张的学习中去了，但这却没有分开他们，而且他们的学习成绩也没有受到恋爱的影响。男孩依然名列前茅，女孩在男孩的鼓励和帮助下，居然还提高了一大截。这也使他们对未来更加充满信心！

有一次女孩问男孩："你会永远爱我吗？"

男孩告诉她："我会爱你，直到生命停止那一刻。"

高考结束了，虽然两个人考入了不同的大学，却如约来到了同一座城市。两个学校只隔了一个公交站牌，走路只需要十几分钟，因此他们有大把的时间在一起。

然而时间久了，两个人的关系却发生了微妙的关系。男孩对女孩的爱越来越深，而女孩却似乎慢慢淡了下来。她觉得，男孩越来越像个家人，而少了恋人的那份浪漫与激情。有时候，她会故意找茬跟男孩吵架，而每次男孩都会说是自己不好，自己的错，即使有时候真的是女孩在无理取闹，他也这么说。他不想让女孩生气。

女孩生得漂亮，性格又很开朗，到了大学之后追求者众多。开始的时候，她会开玩笑似的对男孩说："某某今天对我表白了。"

男孩虽然知道女孩肯定会拒绝对方，但听了心里还是酸酸的，只好不动声色的"哦"了一声。

女孩似乎有些不甘心，追问道："你不吃醋么？"

男孩故意用力吸着气道："我当然吃醋，你看都快把我酸死了。"

于是，两个人笑作了一团。

不知从什么时候起，女孩手腕上那只情侣表不见了，她解释说不知道丢哪去了。于是，男孩在她生日的时候，也买了一对情侣表，给她一只，自己戴一只。然而，女孩却总是忘了戴。

有一个周末，女孩出去办事。男孩本来打算去学校找女孩，但是一听说她有事，就打消了这个念头。他在自己的宿舍里待了一整天，他没有联系女孩，他觉得最近女孩挺忙，不好去打扰她。

谁知女孩在忙的时候，心里还想着男孩，一天没有接到男孩的消息，这让她非常生气。晚上回宿舍后，她发了条信息给男孩，话说得很重，甚至提到了分手。当时手表的指针指的是凌晨12点。

男孩心急如焚，打女孩手机，连续打了3次，都被挂断了。打宿舍里的电话也没人接，估计女孩把电话线拔了。男孩抓起衣服就出门了，他要去女孩的学校看看。当时手表的指针指的是凌晨12点10分。

女孩在12点22分的时候又接到了男孩的电话，从手机打来的，她又给挂断了。

此后，男孩再没有给女孩打电话，她怀着恨恨的心情迷迷糊糊睡着了。

第二天一早，女孩接到男孩母亲的电话，电话那边声泪俱下，男孩昨晚出了车祸，现在还在医院抢救，没有脱离生命危险。警方说，是一辆超速行驶的轿车在男孩穿越人行道时将他撞飞了。

女孩心痛到哭不出来，可是再后悔也没有用了。她急匆匆地赶到了医院，看到男孩母亲手里还拿着男孩当时身上的物品。有钱包、手机，还有那块沾满了男孩鲜血的手表。女孩翻开钱包，里面有她的照片，血渍浸透了大半张。当女孩拿起男孩的手表的时候，赫然发现：手表的指针停在 12 点 20 分附近。

女孩瞬间明白了，男孩在出事后还用最后的力气给她打电话，而她自己却因为还在赌气没有接！她突然想起高考前夕，男孩对自己说的那句话："我会爱你，直到生命停止那一刻。"

不，不，她不要一语成谶，她只要他相守终生！她双手颤抖地捧着那块破碎的手表，跪坐在医院急救室门口的地板上，一边流泪一边祈祷。

三个月后，医院的病房内，男孩看着女孩一边用嘴轻轻吹一边用汤匙搅动碗里的粥，问道："我妈说，手术那天你跪在手术室门口嘟嘟囔囔不知说些什么，你到底说了什么啊？"

女孩微微一笑："这是我跟老天爷之间的秘密，不告诉你。"

这时，男孩发现女孩戴上了以前的那一只情侣表，讶异道："咦，这块表你不是丢了吗？"

女孩把小嘴一撇，道："哼，丢了我不能找回来吗。"

手表与戒指有几分相似，手表代表着时间，同样也代表着记忆，而且更具有一种恒久的味道。它记录着我们的分分秒秒、记录着每一个动人的故事，从这个意义上讲，一块有故事的手表比钻戒更有价值。

生活中有很多爱人喜欢互赠手表，寓意着分秒相随。在相爱的时候，每个人都是对方的时间，期待在同一时间相遇、不停地看表记录下对方出现的时间或者希望和对方过一样的时间，看一样的风景。渐渐地，看表成了很多人的习惯，偶尔忘记戴手表，看不到指针在自己手腕上画圈的时候总有失落的感觉涌上心头。

时间一刻不停地往前走，世上有回头的路却没有回头的岁月，手表为我们记录了生活的点点滴滴，成了珍藏记忆的宝盒，爱情也被收藏在手表中，拥有了恒久的魅力，愈久，愈有味道。或许里面有无法忘怀的，有快乐的痛苦的，但是随着手表指针的前进，我们所经过的走过的，都将成为记忆中的美丽图画，装点着我们的人生轨迹。无论最终那份爱情的结果如何，它都曾经留下了一幅独一无二的图景，交由手表去珍藏……

（孙萌）

时间是世界上一切成就的土壤。时间给空想者痛苦，给创造者幸福。

在20世纪六七十年代，手表是"结婚三大件"之一，而如今却更多地象征着个性、品位和身份。而无论怎么改变，细数每一块小小的手表，它们的背后永远都珍藏着一个故事，这个故事因为每块手表而有所不同，也许那是一个温暖的亲情故事，恒久而温馨；也许那是一个平凡的友情故事，单纯而美丽；也许那是一个唯美的爱情故事，浪漫而诗意……

荷西和三毛之间便有这样一个关于手表的爱情故事。荷西在与三毛结婚六周年时，送给她一只老式女表，为此他在水下加班了几个小时，这让三毛很是心疼。不会甜言蜜语的荷西对三毛说："以后的一分一秒你都不能忘掉我，让它来替你数。"这些话，是荷西的肺腑之言，也是最美的表达之一。虽然不久之后，荷西就永远地离开了三毛，但是这样的一块老式手表却成了三毛最珍视的礼物之一。很多年以后，三毛一直带着那块手表，而荷西那句为数不多的甜言蜜语足以让三毛铭记一生。

几米说："遇见一个人要一秒钟时间，认识一个人要一分钟时间，喜欢一个人要一小时时间，爱上一个人要一天时间，忘记一个人却要用一辈子的时间。"正因如此，你我应该在时间的深处相遇并珍惜彼此，而不是大大咧咧的错过。爱，就是要朝朝暮暮，相依相偎，手表的指针滴滴答答，日夜不停，记录了每个日出日落，陪伴相爱的人走过人生的每一天。

生活中有许多人对爱情感到不安，甚至惧怕试探和表白，其实，世

间的相遇都是神明的安排，纵使你万水千山地游荡，那人也定会从你相对的方向，不期然地来到你的面前。你要做的只是，绽放出绝美的微笑，紧紧拉住他的手。

高尔基说："世界上最快而又最慢，最长而又最短，最平凡而又最珍贵，最易被忽视而又最令人后悔的就是时间。"所以，即便一个人遇见另一个人并不是天地间的偶然、生命里的意外，而是冥冥中早就定下的安排，我们也应该在注定要相遇之前做好一切相遇的准备，今后才不会因为虚度光阴而后悔。

一个人的成熟，一段感情的成熟，大概都是从发现了时间的珍贵开始的。而一个人对时间的发现，往往是从一块手表开始的。送他一块手表，便是送他一双犀利的眼睛，重新对生命进行解读；送他一块情侣手表，便是送他一部爱情词典，重新对爱情进行注解。

快节奏的生活让多少爱意擦肩而过？

"我很忙""我没空"，不要让这样的说辞毁了对方真诚的等待。

我们需要抽时间去做一段真诚的表白，即使是在自己忙碌到焦头烂额之后。那是怎样一种难以预料的力量。

任何时候都有空，只要是与喜欢的人在一起。逛街、吃饭、买东西、上医院，毫无目的地骑车兜风，一起坐在六月花园的鹅卵石小径上，有说不完的废话。每次分别，站在深夜行人稀落的小巷里，迟迟拖延着，直至目送你凛冽的背影消失在拐角，才缓缓转身。

在喧嚣的人群里，轻轻牵手，安静地凝望星辰明月，想着彼此的好。在每个白天和夜晚，在每分每秒流失的缝隙里，在每处与你一起印下标记的地点，在每曲音乐回旋耳边的时候。在某个冬天清晨醒来，清冷光线照在脸上，泪水浸透发际，发现自己在微笑里无声哭泣。

太阳升起又落下，夜晚来临又消退。时间在欢聚时显得越发贵重，同时被剧烈的想念无限度地透支与荒废，并一意沉沦无心悔改。

岁月是一条不得不过的河，有的人洗净了身心，卷起了裤脚；有的人则迷失了自我，一步一步往后退。不要害怕岁月，就算是把锋利的刻刀，在你的身上留下了刻痕，也依旧会展现一种个性的美。

一个人遇见另一个人并不是天地间的偶然、生命里的意外，而是冥冥中早就定下的安排。

在最浪漫的时刻

作为一种承诺，送他一块手表

即使时间的流逝无法阻挡，你们彼此之间的陪伴却可以成为永恒。岁月变迁，容颜会老，有你在身边，爱永远年轻。这是一份岁月的承诺，真诚而庄重。因此，当你认定这个人是你一生的相知之后，送他一块手表，便送给了他一生的承诺。

作为一种激励，送他一块手表

岁月不等人，时光不复返，选择好自己的路，就要义无反顾勇往直前，切莫蹉跎了大好时光，浪费了手里的时间。用有限的时间去做无限可能的事情，生命才更有意义。因此，当他的事业遭遇挫折时，送他一块手表，让他了解你就是那个愿意用一生去支持和鼓励他做出一番事业的人。

作为一种安慰，送他一块手表

虽然时光能够苍老了容颜，但沉淀下来的是无价的成长与收获，一路走来的经历与积累，是时间给我们最好的礼物，坦然面对时光流逝，快乐拥抱时间给你的一切。因此，当他为过往的岁月怅然若失时，送他一块手表，让他注意当下的快乐。

选择手表的诀窍

选择最贴心的款式

在为他选购手表时，最好选金属带的款式，然后再配一条优质的皮带，他冬天可以用皮带，夏天可以用金属带，是十分贴心的搭配方式。

依据爱好选择手表类型

如果他对时间的准确度要求高，又喜欢运动的话，可以选一款运动手表，经摔、防水又准时。如果他喜欢潜水等水下运动，可以选择有特殊功能的潜水手表，对这类手表最好能听取专业爱好者的意见之后再去挑选。

满足他对时间精准度的要求

机械表比石英表省心，但是容易有误差，选购时要考虑他对时间精准度的要求。如果对此类有严格的要求，最好还是选择机械表中较为悠久的品牌。

网购的第一步先验真伪

如果打算网购手表，一定记得送出前先去专卖点或维修点验真。送出的礼物是否合他的心意暂且不提，首先要是真品才能说明基本的礼貌与诚意，这是毋庸置疑的。

手表代表陪伴，最好的爱就是一生一世的陪伴。

让它为我们记录生活的点点滴滴，变成珍藏一生浪漫记忆的宝盒。

Special present 11

钱包

——一起打造安全富足的生活

拥有真爱的人生最富有

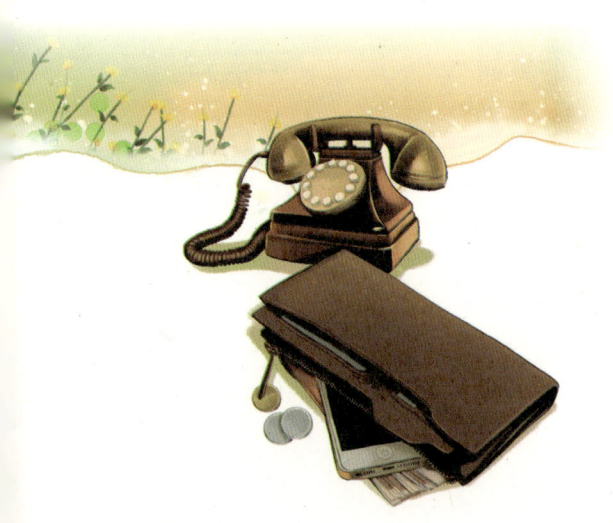

温情寄语

有人说金钱不是万能的
刻骨的爱情
幸福的喜悦
暖人心扉的回忆
都不能用金钱来换取
可是，金钱是一种力量
它可以换来果腹之食
也可以换来蔽体之衣
当真正的爱情遭遇金钱
自然不会被它污染

一个小小的钱夹

便可以将爱情与金钱同时约束

从而成为相濡以沫的见证

同甘共苦的誓言

经历过爱的考验

钱夹里的钱已经变得纯粹

它代表着爱情的力量

是我们生活的保障

是寒冬里的暖炉

是暴风雨中的房屋

是饥饿时的美食

是闲暇时的娱乐

金钱生存于物质

爱情生存于精神

他们可以相互促进

别让爱在金钱的旋涡中沉醉

别让爱成为人前炫耀的资本

于此，可谓通晓了金钱与爱的真谛

以最特别的理由

钱包

是男人身份的象征

也是男人秘密的抽屉

装着他们隐秘的感情

爱人的照片

是里面最宝贵的财富
每当思念时打开看一看
身上又平添继续拼搏奋斗的勇气

钱包
是男人生活的一个窗口
讲述着他内心的故事
努力争取人生中那些有价值的存在
其中自然包括金钱
金钱代表男人的事业
金钱代表男人的自信
合理安排时间与金钱是一个男人成
熟的标志

郑重地送他一个钱夹
里面放上你的小照
告诉他
在这个奋力挣扎的年代
价值不能只用金钱衡量
世界还有许多其他财富
值得他用时间去交换
比如爱情，比如你

一个寒冷的日子，麦娜在回家的路上偶然发现了一个被人遗失的钱夹。她拾起它，试图找到一些可以联系失主的信息，但钱夹里只有五美元和一封皱皱巴巴的信。这封信看起来似乎已经放在钱夹里很多年了，信封已磨损，唯有寄信人的住址还清晰可辨。于是，她打开信，希望从中找到一些线索。

信的落款是 1924 年，差不多写于 60 年前。隽秀的笔迹显然出自女性之手，在淡蓝色信笺的左侧角落还有一朵小花。这是一封"绝情信"，写给迈克尔的，写信人因为母亲的阻拦再也不能见他，即便如此，她在信中写道她仍会一直爱他。最后的署名是汉娜。

这是一封非常精美的信，但除了迈克尔这个名字之外，麦娜没有其他办法确定钱夹的主人。她心想，或许询问信息台，话务员可以通过信封上的住址查到电话。

话务员似乎不能做主，找来她的负责人，那位负责人犹豫了一会儿，然后对麦娜说："嗯，确实有那个住址的电话号码，但我不能给你。我可以打那个电话，说明情况后，看接电话的人是否愿意与你联系。"

麦娜等了几分钟，那位负责人又回到线上："有一位女士将会和你说。"麦娜问电话另一端的女士，她是否认识一个叫汉娜的人。

对方吃惊地说："哦！我们从一户人家买来这栋房子，他们家的女儿叫汉娜，但这已经是几十年前的事了！"

"你知道那户人家现在可能住在哪里吗？"麦娜追问道。

"我记得汉娜数年前将她的母亲送到一家养老院，"女人说罢，"如果你和他们联系，他们或许会找到汉娜。"她告诉了养老院的名字，麦娜当即就拨通了电话。

电话那头的女人说，老妇人数年前就已经过世，但养老院确实有一个电话号码，老妇人的女儿可能住在那里。麦娜谢过养老院的人，并按她给的号码拨通了电话。

接电话的女人解释说，现在汉娜自己也是住在一家养老院内。这时，麦娜突然觉得自己太傻了，为什么要费了这么大的劲去找只有五美元和一封信的钱夹的主人，而那封信差不多已有 60 年了？

然而无论如何，她还是打电话给汉娜所在的养老院，接电话的男人说："是的，汉娜是和我们住在一起。"那家养老院离麦娜的住所并不远，虽然已经是晚上十点了，她还是想立即前去看她，男人犹豫地道："好吧，你可以试试运气，她现在可能在客厅里看电视。"

麦娜开车来到养老院，值夜班的护士和一个守卫在门口接待了她。

在客厅里，麦娜终于见到了汉娜。她是一个和蔼的老人，满头银发，面带微笑，神采奕奕。麦娜告诉她钱夹的事，并给她看了信。

汉娜看着左边有花的淡蓝色信封，深深地吸了一口气，道："年轻人，这封信是我和迈克尔最后的联系。"

她把视线转向别处，陷入沉思，然后柔和地说："我非常爱他，但是我那时只有十六岁，我的母亲觉得我年龄太小了。哦，他是如此英俊，看起来像肖恩·康纳利一样。"

"是的，"她继续说："迈克尔·戈尔茨坦是一个非常好的人。如果你能找到他，告诉他我时常想念他，并且……"她犹豫了一会儿，几乎是咬着嘴唇，热泪盈眶道："我一直没有结婚，我想没有谁能比得上迈克尔。"

和汉娜告别后，麦娜乘电梯下到一楼，到门口时门卫问道："那个老人能帮助你吗？"

麦娜告诉他，老太太已经给了线索，"至少我知道了姓氏，但我想暂时放一阵子，因为我已花了几乎一整天的时间来找这个钱夹的主人。"

这时，麦娜取出那个褐色带红边的钱夹。当门卫看到它的时候，说道："嗨，你等一下！那是戈尔茨坦先生的皮夹！无论在何处只要见到那鲜红的边，我就能认出来。他总是丢失那个皮夹，我曾在门厅中至少发现过三次。"

"谁是戈尔茨坦先生？"麦娜感觉自己的手在颤抖。

"他是住在八楼的一位老人，那肯定是迈克尔·戈尔茨坦的皮夹，他准是在散步时弄丢的。"门卫说道。

麦娜向门卫道了谢，赶快跑回护士办公室，告诉她门卫说的话，然后一起乘电梯去楼上，心中默默祈祷戈尔茨坦先生还没睡。

到了八楼，楼层护士说："我想他在客厅里，他喜欢晚上看书，他是一个可爱的老人。"麦娜跟着护士走进唯一亮灯的房间，一位老人正在看书。护士走过去，问他是否遗失了钱夹。戈尔茨坦先生惊奇地抬起头，手摸向他背后的口袋："哦，它确实不见了！"

"这位好心的女士拾到了一个钱夹，我们想它可能是你的。"护士说道。

麦娜将钱夹递给了戈尔茨坦先生，他看见钱夹时，松了一口气，笑了，并说："是的，就是它！一定是今天下午从我的口袋里掉出来的。我要酬谢你。"

"不，谢谢您，"麦娜说，"我必须告诉你一件事，为了找到钱夹的主人，我看了里面的信。"

他脸上的微笑突然消失，"你看了那封信？"

"我不仅看了信，还知道汉娜在哪里。"

他脸色突然变得苍白，"汉娜？你知道她在哪儿？她还好吗？她还是那么漂亮吗？请快告诉我。"他请求道。

"她很好……就和你当初认识她时一样漂亮。"麦娜柔和地说。

老人露出期待的微笑，问："你可以告诉我她在哪儿吗？我想明天打电话给她。"他抓着麦娜的手略显激动地说："你知道吗，我多么爱那个女孩啊，以至于收到那封信时，我的生命就结束了，我一直未娶，因为我始终爱着她。"

麦娜和护士带着老人乘电梯来到三楼，走廊很昏暗，只有一两个小夜灯照着他们到客厅，汉娜正独自坐在那里看电视。

迈克尔先等候在门口，护士走到她跟前，指着他轻声说："汉娜，你认识这个男人吗？"她扶了扶眼镜，看了一会儿，但沉默不语。

迈克尔轻轻地，几乎在耳语道："汉娜，我是迈克尔。你还记得我吗？"

她一下激动起来："迈克尔！我不敢相信！迈克尔！是你！哦，我的迈克尔！"

他慢慢走向她，两人拥抱在一起。护士和麦娜泪流满面地走开了，事情终于有了一个完美的结局。

（淡然）

一刹真情，不能说那是假的，爱情永恒，不能说只有那一刹。

男人一生会有三个钱夹，可以使用三种钱。

第一个是现金或资产，这些东西是物化的，是可以看到的。比如你在银行存了 10 万元，或者有 10 万元的产业、10 万元的股票。我们大多数人每天关注的就是这个钱夹。

第二个钱夹是信用，也就是别人口袋里的钱你能支配多少。比如你给某某打电话借 10 万元，结果下午钱就到账了。这个钱夹的大小，与你第一个钱夹有关，但也与你平时的积累有关。

第三个是心理的钱夹。花 100 万元，你觉得挺少的，因为你有 1 亿元；如果你只有 10 万元，花了 9 万，你会想完蛋了，马上要破产了。同样一种花钱的方式，在不同情境、不同心态下，对钱多钱少的感受是不一样的。这个钱夹比较难度量，因为它是抽象的、虚位的。

人一生就在不断翻动着这三个钱包里的钱。第一个钱夹里的钱是最容易度量的，也比较易于管理，就像煤球，踢一脚就踢一脚，脏了烂了反正都是那么一堆。第二个钱夹是最难管理的，信用资产是飘在天上的氢气球，它可以飞得很高，但也很脆弱，一扎就爆了。第三个钱夹实际是心理感受，情境的变化，顺利和困难时支出钱的多少会让人有心理反差。

如果想成为优秀的男人，就要挣到这三笔钱，填充三个钱夹，第一笔钱要靠积累，第二笔钱要靠耐心，第三笔钱要靠智慧。然而，无论这三个钱夹有多大还是多小，男人都离不开另外一样东西，这件东西几乎与钱夹同样重要，有时甚至更重要，那就是爱情。

爱情可以是坚固和执着的，爱情也会变得脆弱，正如午后的蛋糕一样，轻轻一叉，它就四散开去。所以爱情是需要滋养的。

贫寒夫妻共同奋斗一定会有更好的生活，更多的物质来滋养他们的爱情，爱情也是朵诡异的花，你不浇灌它，它便枯死，或在别处开放。

女孩们享受玫瑰花里的爱情，远比泡面里的爱情更有爱的味道。如果哪个美女说自己只爱泡面不爱玫瑰花，你要考虑她的话有几分可信，又能坚持到什么时候。

钱夹里的爱情更容易开出绚烂的花朵来，敢于放弃，敢于接受钱夹里的爱情也是一种爱情的方式。

一切利己的生活，都以时间来衡量生命。爱，则无所不为；过于自爱，则一无所为。

在最浪漫的时刻

恋爱关系刚刚确定时

两个人刚确定恋爱关系时，送一个钱包给他，里面放一张自己的小照片。在照片背面还可以写一句温暖的小语：我就躺在这里面了，要让我感觉充实而温暖哦。这样的举动既俏皮可爱又是一种隐含的鼓励。

婚后的第一件礼物

婚姻是爱情的一个新起点。从此你就成为他的"管家婆"，你们之间是相互的责任关系，你的一切是属于他的，他的一切也是属于你的，从此你们会变得不分彼此了。让他把挣的钱装在你送的钱包里，其中的寓意不言自明。

在他升职后

升职意味着男人挣钱能力的提升，因此很有必要送他一个新钱包。也要同时向他表示：你不希望他因此而辛苦，会更加多照顾他的健康。在生活中，让他赚来的每一分钱都有价值，自己花的每一分钱都物超所值，让你们的生活品质随之上升。

选择钱夹的诀窍

款式要简洁大方

男士钱包以深色的真皮料为主，款式以简洁大方为宜。如果是随身带包的男士，可以选择长方形的钱包；如果是随身放在裤袋里，则要选择短夹。价格不必选太高，也不要买太便宜的。

不同款式适合不同类型的男士

长款钱包看起来似乎比短款钱包要上档次些，比较适合时尚前卫的年轻男士使用，但不方便携带；而短款的男士钱包更加方便拿，出行时可以随便塞进口袋，无论年轻的还是成熟的男士都适合。

根据钱包的材质来选择

牛头皮材质的钱包给人高贵又耐用的印象。从皮革等次进行比较的话，头层牛皮的质量是最好的，优质的男士钱包无论是面料还是里料，全部采用头层牛皮制造，保证了产品的档次和耐用性；而廉价高仿的男士钱包往往只是面料用牛皮制造，以次充好。

希望你每天的收获都满满的，但也不要太辛苦。

希望我能像它一样每天都陪在你的身边，成为你最大的"财富"。

Special present 12

公文包
——无处不在的贴心与温暖

帮你打理生活的点滴是我最大的幸福

温情寄语

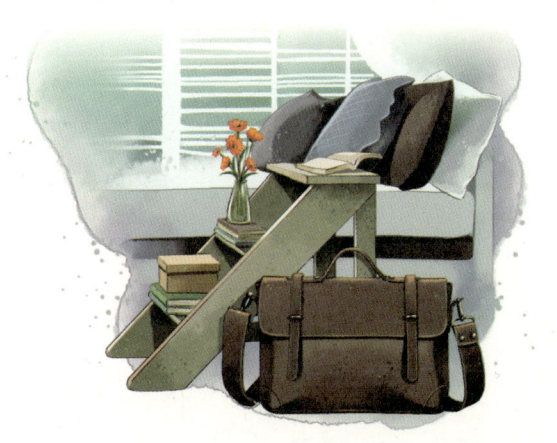

在困难面前
在变故面前
你总是紧抿住嘴角
然后超然一笑
和我说不要怕
然后把所有沉重一肩扛下
在我眼里
这不是假装坚强
这是你超人的天赋
是信念支撑的力量

是爱的表现

我知道你的渴望
知道你的梦想
你的风度、气质、胸怀
你的深刻、质朴、简洁
只有同样气质的东西
才能与你相称
我帮你打理的点滴
都以此为依据

随身的公文包
每天陪伴你
亦如我在身边
每天让它映衬你
增添你男人的魅力
你的生活会更有底气

以最特别的理由

快节奏的生活
让朝夕相处变得奢侈
把祝福和愿望放进随身的公文包里
承载了事业和秘密
承载了权利和进取心
也承载了一份爱的关怀

公文包是男人职场上的好伙伴

是他随身的一张隐形名片

更是品位的象征

送给男人一个符合他气质的公文包

代表了女人对男人事业的支持

表达着对他无尽的关心、爱护

表达着对他的寄望

表达着对他的信任

机会就在手边，还等什么呢？

在有些人眼里，律师是一个光鲜的职业。他们整天出入于高档场所，头发和皮鞋都是锃光瓦亮的，映照着一身价值不菲的西装。他们学识渊博，能言善辩，在法庭上以嘴皮子为武器，法律为盾，为正义保驾护航，与公道并肩作战。他们需要记住那些复杂的法律条文，也需要缜密的思考来进行判断，他们好像浑身都洋溢着正能量。

然而，在另外一些人眼里，律师却又变得不那么正能量了，他们被称为"讼棍"。

那么，真正的律师又是什么样子的呢？其实，就像发达国家也有乞丐，长寿村子也有英年早逝的人，律师不过与世间所有平凡的行业一样，既有正义之士，也有唯利是图之辈。他们是由一群普通得不能再普通的人组成，有事业也有生活，有快乐也有苦恼，有亲情也有友情。当然，更少不了爱情。

在快节奏的上海，律师行业的竞争非常激烈，似乎全国口才好的人物有一大半都聚集到了这里。朱莉和安斌便是在这片红海中奋力挣扎的两个青年律师，他们分属于两个不同的律所，因为一场遗产官司而成为对手。这场官司最终以朱莉代表的被告败诉结束。对于像朱莉这样的青年律师来说，败诉并不是一件多么严重的事，况且被告本身便处于劣势。然而，当她下了班回到家，淡淡的忧伤却涌上心头。

在两个月前，她和安斌还是茫茫人海中的两个陌生人。那时，她刚刚接手这桩遗产纠纷官司，正在进行初步的材料了解。下班后她开车回家，不料前面突然钻出了一个人影，直接就扑在了车上。她先是吓了一跳，但随即就明白过来，遇上碰瓷的了。她走下车，果然看到一个老人在地上打着滚乱叫。中国人最喜欢看热闹了，很快周围便挤满了人，有些明眼人自然看出是怎么回事，对着老人指指点点，但也有些不明就里的人，嚷着："撞得不轻，赶紧送医院吧。"

朱莉走到老人身边，俯身问道："老人家，你没事吧？要不要去医院？"

老人停下来，把她上下打量了一番，随即作出了判断："不用，给我两千块钱，我自己去。"

是啊，开这样的车，穿这样衣服的人，两千块钱应该不算什么。然而，朱莉作为一个律师，却不愿意就这样被无故宰割。她跟老人协商了半天，丝毫没有结果，只好威胁道："你再不走，我可要报警了！"

这一威胁不要紧，老人又耍起赖了，打着滚道："救命啊，救命啊，撞死人啦，撞死人啦。"人越聚越多，交通也被堵塞了。这时，老人的几个帮手在一旁不停指指点点，说朱莉年纪轻轻地撞了人还这么横，催促她快点给钱。

正当朱莉感到不知所措，准备要报警之时，人群里突然走出一个西装革履的年轻人，问她道："你的行车记录仪开了吗？"

真是一语惊醒梦中人，也许是工作一天太累了，朱莉竟然忘了行车记录仪，连忙道："开了，开了。"

那个年轻人转身对老人说："老人家，行车记录仪已经把您的行为完整记录下来了，刚才究竟是这位女士把您撞了，还是您自己演戏一看就清楚了。如果这位女士真的报了警，又有录像，您最轻也会被拘留和审问。我希望您好好考虑考虑。"

老人听了这话，愣了一下，然后爬起来拍拍身上的土就走了，接着那些围观的人也都散了。这时，后面的车已经堵了很多，朱莉对那个年轻人匆匆道谢，便回到了车上。刚发动车子，却发现前面的引擎盖上放着一个黑色的公文包。她突然想起来，刚才那个年轻人跟老人说话的时候，随手就放在了那里，可能是忘了拿走了。朱莉急忙下车拿起那个公文包，再去找那个年轻人，却哪里还有他的影子。这时，后面的车子还在不停地按喇叭，她只好先开车回家。

由于当时太匆忙了，没有留下那个年轻人的联系方式。回家后，朱莉打开公文包看看有没有什么线索，发现了一张名片。她这才知道，那个年轻人名叫安斌，也是一名律师。原来是同行，不知道为何，她的心里居然涌起一股莫名的失望。她仔细一看，安斌所在的律所，正是代理同一个遗产案原告那一家。

不会这么巧吧，她心里一动，又掂了掂那个公文包，似乎装了很多资料。她很想再次打开它，然而职业道德让她强忍住了好奇心，打电话约定了地点，第二天便把公文包还给了他。安斌约她一起吃午饭，却被她拒绝了。按理说，她应该主动请对方以表示感谢，可是她觉得和这个人还是保持距离为好，因为他所在的那一家律所和自己单位向来是竞争对手。而且，同行做朋友总有种说不出的感觉。

真是无巧不成书，安斌居然就是这个遗产案原告的代理律师。于是，他们俩便有了一次又一次的见面机会。在开庭前的调节环节结束后，她刚走出法院的大门，安斌从后面追了上来。

"朱小姐，又见面了。"

"嗯，你好，安律师。"朱莉礼貌性地回应道。

"其实我应该感谢你，上次我的公文包里就有这次官司的重要文件证据。要不是你拾金不昧，恐怕我已经被单位辞退了。"他平静地说着，内容虽然是感谢，她听起来却像是无关紧要的事情似的。这让她感觉很不舒服。

"不用了，应该的。当时要知道里面有遗产案的证据我可能就不还了。不过，提醒你以后要当心一点，这么重要的东西丢了可不是闹着玩的。"

"怎么，你没有看吗？"安斌诧异道。

"你觉得我会看吗？"朱莉明显生气了，说完不等对方回答，直接向自己的车走去。当她开着车往外走时，却发现安斌还愣愣地站在那里。

初审结束，判定被告败诉，被告提起了上诉。二审后，官司尘埃落定，她彻底输了这场官司。一场较量下来，她虽然对安斌出色的专业能力颇为欣赏，但再也不想理他。他几次约她见面，都被她拒绝了。女人就是这样，输不起，又怎么样？她有时会带着一点恨意这样想。

那场官司结束一个月后，朱莉在一次业界精英的聚会上再次遇见安斌。他恰好被安排在自己座位的旁边，场面虽然略显尴尬，她还是不得不礼貌性地应酬一下。虽然是个常规的聚会，但大家都心知肚明，这是一个行业信息交流的方式，没有几个人是纯粹带着休闲的心情来的。聚会的结尾还安排了一场私人收藏的小型公益拍卖会，安斌拍下了一个清代的香囊。

朱莉略带嘲讽地问道："安律师是想把自己那个旧得不成样子的公文包换成这个吗？"

"嗯？呵呵，朱律师真幽默。"安斌把玩着那个精致的香囊道。

几句公式化的寒暄之后，各自回到住处。第二天，她收到了一个邮包，里面就是安斌拍下的香囊，还附了一张小卡，上面写着："赢了你，对不起，但下次我还是不会让的。"

她在自己的日记中写道："公主与王子都有自己的骄傲，被众星捧月般长大的他们都想成为爱情里的强者，不会谦让不会宽容，他们或许彼此相爱却也无法避免彼此伤害，公主的王子梦破灭了。但在现实里，

143

公主是聪慧过人的，只要王子有心，公主就愿意一起努力。"

在接下来的两年多时间里，作为两家律所新生代的优秀律师，她时常与安斌交手，几场下来，胜败基本持平。然而，两个人的关系却在不断交手中慢慢发生了变化。

他们从开庭后几句交谈，到每次打完官司都一起吃饭，打趣彼此。他们已经成为律政界公认的一对"冤家"。

渐渐地，她对他的了解越来越多，知道他从默默无名到小有成就的历程，知道他的可贵之处就是勤奋，但生活中却不太懂得照顾自己。他有很多方面值得她去欣赏，但对他那个老旧的公文包实在有些忍无可忍了，于是在他赢了一场难度极大的官司之后，送给他一个款式新颖的公文包。

朱莉不顾身边闺密的劝阻，下定决心要和这位同行有点新进展。当然，聪明如她自然不会自己去表白，她知道他一直喜欢自己，只需要一点小小的暗示，他会懂的。于是，在朋友的帮助下，她安排了一场联谊。

当她脱下职业装，以一身很女人的装扮出现在联谊地点的时候，他眼里的她真的很美。在朋友们的哄笑声中，她欣然接受了他的表白。她看到他身边是她送的公文包，心里暖暖的。

然而，他才向他坦白，原来在那天碰瓷事件之前，他就已经注意她了。作为敌对律所最有潜力的律师，他对她可以说已经有了相当的了解。当然，他了解她并不是为了打败她，而是对她一见倾心。连老天爷似乎也在帮他，恰巧那一天让她遇到那个碰瓷老人，而他出面帮她解围。他当时心想，这么好的机会怎么可以放过，于是顺手便把那个旧公文包放在了她车子的引擎盖上。

她听完之后，大呼上当："你，好腹黑！我太善良了，怪不得打官司都赢不了你。"

现在，这对打打闹闹的快嘴夫妻又有新的关系，经过十几年的积累，他们以合伙人的身份创立了自己的律所，开启了事业的新篇章。

（海塞）

人当然有一个生活目标，有自己喜爱的梦想，有自己喜欢的人。遇到对的人，就应排除重重障碍，最终与她（他）牵手。

Part2
爱的旋律

有人说，公文包盛载了男人的成就和秘密。对于男人来说，公文包是必不可少的帮手，仅凭其外表，就道出了男人的身份地位和品位。

可以说，公文包是男人的隐形名片，也是一种时尚品位的象征；它隐藏着男人对事业的雄心壮志。以前，公文包曾经被排挤在时尚之外，刻板、老派、一成不变的造型似乎与时髦搭不上边，然而，这块荒地如今被设计师完美开辟，公文包成为时尚职男的必备工具。

男人的公文包，要在成熟中带着追求，规矩中不失突破，魅力中更要藏有尊严。

如果你爱的他是性格秉性比较阳刚的男子汉气概，或者有浓密的体发，那就可以考虑选择英伦风格的公文包，时尚的设计又不失格调，而且很容易就能融入服装搭配中去，职业装或者半休闲装都不会显得突兀。

如果你爱的他是性格温和，低调有度的气质男人，那就可以选择黑色、深棕色为主，简单大方款式的公文包，这样不引人耳目便能助力你的他成为安静的美男子。

几乎每个男人都需要至少一个公文包，每个公文包中都至少有一个秘密。

一般来说，公文包既代表了提包人的时尚品位，又暗示了男人的个人性格。手机、纸巾、文件、充电器，没有什么不能放；包里是整整齐齐还是一片混乱，只有包的主人知道。

当然，有时候从一只公文包的款式也可以对男人有所了解。

一般说来，喜欢加大号公文包的男人，多半属于生活有点杂乱无章，性格随性、灵活的人。他们喜欢完美应对各种场合，因此只有把全部装备都装进包里，才会心安。

喜欢朴素、优雅皮质公文包的男人，多半有责任意识，讲规则，可能还有轻微的洁癖，因此他们喜欢有很多口袋的手提包，这样可以对所有东西进行分类，认为这样做事更有效率。他们注重包的质量，不是为了炫耀，所以并不看重品牌标志。

成熟的男性是有自己的气质的，而服饰搭配也有自己的取向。这是因为，成熟的男性已经意识得到外形印象的重要性。对单身男性来说，好的服饰搭配说明自己品味；对已婚男性来说，得体的仪表还从侧面证明自己是一个得到关爱的人。

如果已经知道有些人承受的东西是他人无力改变也无法体会的，那么唯一能做的就是得到别人允许后，陪伴其左右。

在最浪漫的时刻

在更换新工作的时候

对于工作繁忙、无暇考虑服饰搭配的他来说，一只黑色的商务公文包应是最好的礼物。但必须注意的是，正由于黑色公文包是众人的选择，你送他的那只公文包就必须要更出色。

在他升职的时候

他升职的时候，送他能体现出魅力男性风貌的公文包。这种包通常方方正正、棱角分明，简练而彰显权威。最大的特点是有一贯的贵族式典雅风格。

选择公文包的诀窍

公文包色系应与服装和谐

公文包最好和日常穿的服装色调统一。一般的公文包颜色都比较的单调，用黑色的公文包搭配深色的西装，黄色或者咖啡色的公文包搭配浅色西装最佳。

金属扣环很重要

有些公文包上会有明显的金属扣环，选购的时候一定要注意这个细节，因为这个金属扣环的质量是决定一个公文包好坏的标准，也是品位的一个验证。

不同款式，不同气质

男士公文包的款式基本有两种——横款与竖款。在选择横竖款时，一定要根据自己的身材特征来决定购买。如果是偏胖的可以选择竖款，这样看起来协调一些，也更有绅士风范。偏瘦的则可以选择横款。身材高大魁梧型的，可以选择大号的公文包。相反，则选择较小号的。

你看它是不是有点像你？硬朗而有形，坚毅而简单，很有一股男子气概。这也是我最喜欢你的地方。

工作时我不在你身边，就让它帮你收纳文件，让你的工作更有条理。

剃须刀

——幸福就是让生活简单清爽

每一个有你的日子都清新亮丽

温情寄语

最快乐的时光
是亲手帮你剃胡须
白色的泡泡涂满下巴
像圣诞老公公一样
你调皮地抹下一块
点在我的鼻尖
我笑着叫着躲开

你轻轻闭上眼睛
等着我手中的剃须刀

你陷在泡沫里的胡须
好像砂纸一般
摸上去麻麻的
我一直坚信，那便是爱的触感
刀片在你嘴边刮过
如同铲车铲走了路上的积雪
立时变得干净又清爽

唯愿每一个灿烂的清晨
塑造清爽的你
帮你刮掉所有的烦恼
只留下男人无穷的魅力

唯愿每一个有你的日子
都如秋日一般清爽
在我数次的回眸中
你都是最完美的男人

以最特别的理由

胡须是男孩们假装成熟的道具
真正成熟而性感的男人
只需要清清爽爽　干净利落
剃须刀走过之后
人立时就变得容光焕发
这会给你带来一周的好运

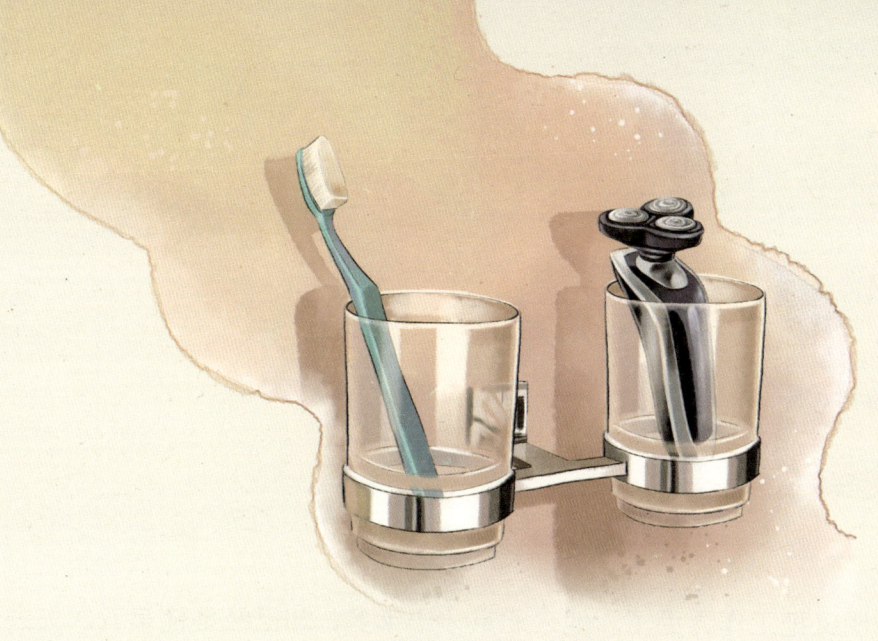

看着这样的你，我心情雀跃
你的满足感就是我的安全感
一个充满活力的你更有魅力
别担心自己刮得不干净
因为你有世上最好的剃须刀
以及世上最爱你的女人

下巴干净的男人最让人着迷
微风轻轻地吹过来
剃须膏残留的香
都是一种魅力
每天都神清气爽的你
怎能不让人爱慕

苏明又把工作弄丢了。他来北京才一年多，却已经是他第五次失去工作了。生活压力先放一边不说，这件事对他的自信心却是一个沉重的打击。

回到租住的房子，苏明像一台通电后就被遗忘的机器，在屋子里快速地走来走去。他想这样把自己累倒，然后躺到床上，睡他个死去活来。

可刚过了半个小时，外面就突然响起了敲门声。

一听那怯怯的声音，就知道又是推销产品的，苏明没好气地打开门。果然，门外站着一个二十三四岁的女子，他没等对方说话直接就顶了回去："谢谢，我什么也不要。"那名女子显然有些尴尬，只嘟囔了一句："真对不起，打搅你了。"然后就转身下了楼。

第二天上午，苏明按照报纸上的广告，来到市中心参加人才招聘会。广告上说，招聘会上将现场录用十余种类型的职员、五六百个工作岗位，谁知大多数摊位都是空的。看着那些拥挤的求职者他明白了，这只不过是举办方为了收取求职者十块钱入场费设置的骗局而已。

在路上，他买来两瓶啤酒，五块钱的凉菜，拎回了住所。当他喝完两瓶啤酒之后，突然听见门外有动静。这动静持续了大约有半分钟，仿佛执意要让他听到似的。他两步跨过去，猛地把门打开，只见楼道转角处闪过一缕红衣，然后就不见了。

又是那个女子！她昨天来的时候就穿着那身衣服。苏明觉得很奇怪，他跟这个人素昧平生，为什么一次接一次地到这里来，又不推销产品，她到底想干什么？

带着疑问，苏明伸手去关门，这时却听见门背后发出沙沙的声响，他伸出头一看，不由得目瞪口呆：只见那里放着一双崭崭的软底拖鞋，因为开门时被挤在了下面，刚才的声音就是它摩擦地面发出来的！

苏明突然醒悟过来，这里是城乡接合部的自建公寓，他住在二层，刚才那个女子显然是租住在楼下的，苏明穿着皮鞋不停地走动，搅扰了她的安宁。

想到这里，苏明心里稍稍涌起一丝愧疚，但随即这点愧疚之心便被愤恨取代了。她是什么意思，为什么要送这可恶的拖鞋？你有钱买拖鞋，去租好房子啊，谁让你和我一样住这种破房子，还偏偏住在我楼下！

苏明"砰——"的一声关上了那扇破门，然后把两个空酒瓶竖在地板上，见桌子下面有一个健身球，于是捡起来朝瓶子滚过去。酒瓶一次一次被击倒，发出"哐当哐当"的响声。他等着那个女子上来跟她大吵一架，可她始终没有上来。

这之后过了两天，苏明上午都去找工作去了，但没成功，不是嫌学历低，就是嫌没有相应的工作经验，再有就是也不直接拒绝，给一句"回去等消息吧"就给轰了出来。后来，他就懒得去找工作了，只是一瓶一瓶地喝着啤酒，然后把瓶子竖起来玩打保龄球的游戏。玩到第五天下午，那个女子终于来敲门了。苏明带着吵一架的心态猛地将门拉开。不料，她却毫无怒意，朝他微微一笑！

苏明不得不承认，这个女子长得很漂亮。她从地上抱起一卷显然是刚刚买来的红毡毯，望了望屋中央凌乱的酒瓶，说道："铺上这个吧，你会玩得更高兴的。"还没等苏明回答，她就微笑着挥挥手，下楼去了。

苏明在门边站了很久，然后把毡毯和拖鞋都拿进了屋子。当然，他既没有铺，也没有穿，只是轻手轻脚地把酒瓶收了起来，然后就坐在那张简易电脑桌前，什么也不做，直到夕阳隐没，才站起身。

他正想要出门散散心，猛一抬头看到镜子里的自己胡子拉碴的，便找出剃须刀去刮，不料只刮了一半，剃须刀便罢工了。苏明顺手把它扔进了垃圾桶，就这样出门了。

苏明刚走下楼，就听到旁边有人轻快地朝他"嗨"了一声。听那声音，他知道是楼下的那个女子。这时，她正独自坐在一棵芙蓉树下。

苏明走过去问道："你在这干吗呢？"

那女子说道："我望月亮呢。"

苏明心想，像他们这些漂在城市里的人，看人的脸色还忙不过来呢，哪有心情仰望星空？于是揶揄说："你的兴致可真好。"

"也不是兴致好，看到月亮我就想起故乡，再说，望一望天，心里就少很多计较了。"红衣女子道。

想起这些天的事情，苏明有些不安，结结巴巴地问道："你……是哪里人？"

"我是湖北农村的，高中没毕业就来这里打工了。"

"打工？"苏明疑惑起来："那你为什么每天下午躲在家里？"

她有点不好意思了："我在一家二十四小时营业的超市上班，下午嘛，是我睡觉的时间。"紧接着，她又说："晚上我是不睡觉的，一是接班时间早，怕睡过头儿，二是……我从打工那天起就参加自学考试，前年就把大专文凭拿到了，现在正攻读本科呢。你说我能不能干？"

苏明愣了片刻，回道："能干能干，当然能干……我让你休息不好，真对不起。"

"不怪你，怪我自己神经衰弱。"她认真地说，"谁没个烦心的时候呢……我知道你在楼上住了三个月，从来没像近几天这样。失恋啦？"她捂住嘴，偷偷地笑起来。

在这个女子面前，苏明还有什么好隐瞒的？他把自己被炒的事讲给她听了。正在这时，她好像发现什么有趣的事情似的，指着苏明的嘴巴道："你那胡子怎么回事？"

苏明这才想起自己刮了一半的胡子，不好意思地摸摸脑袋，笑道："刮了一半，剃须刀坏了，我正要去买一个。"

女子突然站起身来，道："你等我一会儿"，说着，便回自己屋去了，几分钟之后，她拿着一个剃须刀递给他，道："你不用去买了，新的，还没有用过的。"

苏明连忙摆手道："这怎么好意思。"

女子说道："没什么不好意思的，反正我留着也没什么用了。"

"给前男友买的？"苏明这样想着，不由自主就脱口而出了。他拿到手里的，是一款吉列手动剃须刀，配有六个三层刀片。

"不是，给我爸买的，"说着这里，女人有些哽咽了："还没给他，人就走了。"

相识半年之后，他对她表白了，如今两个人正准备走进婚姻的殿堂。虽然没有房子，也没有车子，但他们对未来却充满着希望。

（苏雅）

爱的关怀是遮风挡雨的伞，是冬天里热乎乎的茶，是满脸油污时亲吻你的唇。每一个行为都很细小，甚至平淡无奇，但为什么，会有出类拔萃的美丽。

络腮胡，山羊胡、八字胡，一个男人蓄不蓄胡子，蓄什么样的胡子，都会给人留下不同的印象。同一个人，有没有胡子，有时完全会是两张面孔。

在历史上，胡须曾经与雄性画等号，是男人地位与身份的象征。在欧洲，从希腊时期开始，大胡子就是智慧和男子气概的象征。莎士比亚、托尔斯泰、别林斯基、金斯伯格等，都是以拥有大胡子而自豪的历史名人。伏尔泰曾经说过："思想像胡须，不成熟就不可能长出来。"在中国，关羽也因为长了一把好胡子而备受赞誉，被称为"美髯公"。

然而到了现代，大胡子早已经过时了，胡须是否干净整洁成了衡量男人仪表的一项标准，除了那些标新立异的"艺术家"们，大多数男人都得将胡须剃除，这叫仪容整洁。于是，剃须刀变得越来越重要，以至于成为商业社会里男人品位的象征。

男人的胡须，在女人眼中确实有着不同凡响的地位。她们对于男人胡须的关注，要远远超过头发。

在很多女人看来，男人坐在镜子前将脸涂满剃须泡沫，然后专心致志地将胡须刮得干干净净，有一种勾人心魂的性感。在另一些女人眼里，那种胡须似有似无、下巴有轻微青色的男人，有点雅痞的气质，简直让她们无法自持。当然，正所谓萝卜蔬菜各有所爱，如今仍有少数女人对那些大胡子男人青眼有加。

事实上，稍有情调的男人都懂得，女人们渴望看到的最性感胡须应该出现在这样的场景里：一个高大的男人，身穿格子衬衫，带着隔夜未刮的胡须，身上有淡淡香烟熏过的味道。当太阳的光线温柔地打在他的右肩上，铺陈着一层淡淡的光晕时，女人站起身走到他的身后帮他打开水龙头，拍湿脸颊，然后帮忙涂抹剃须的泡沫，并调皮地抹在额头一点点，便轻巧地跑开，然后男人微微一笑，拿起手动剃须刀开始刮胡须。这，就是剃须刀带给两人世界的幸福时光。

剃须对男人来说如此重要，所以作为一个聪明的女人，为他选择好的剃须刀不仅是一种关怀，更是一种爱的表达。这个小小的举动，会让他明白，你对他的爱不是金钱、地位，不是荣耀、容颜，不是外在的表象、刻意的迎合，而是长相守、莫相忘，是风中的同一件衣服，雨中的同一把伞，是贫贱中的同一碗汤，富贵中的同一颗心，是看你胡须长长后静静地帮你剃掉。

原来，爱就是这么的简单，看他剃完胡须后干净的嘴角，把脸紧紧贴到他的唇边，这种幸福感，千金不换。

美的形象是丰富多彩的，而美也是随处可见的。人类本性中就有普遍的爱美的要求。

在最浪漫的时刻

表白的时候

剃须刀是男人永远离不开的物品，每天游走在他的面颊。男人每天使用你送的礼物，会让你也成为他生活中的一部分。

如果你喜欢看他清爽的样子，送他剃须刀

在同等条件下，干干净净的男人更易让人产生社交好感。如果你希望他有更好的人缘，就好好从细节处照顾他，比如送一把剃须刀给他。在他的一举一动中，你会逐渐看到他清爽、优雅的模样。

如果他有了烦恼，送他剃须刀

男人的胡须日日"疯长"，可能也是他生活中小烦恼之一。当他剃须的时候，连烦恼一并剔除掉，简单生活，摒弃多余的欲念，让他的每一天都清新向上。

在他远行之前送他剃须刀

因为远行，不能每天清晨都帮他剃须了。这对已经有此种习惯的恋人们来说，无疑是遗憾的。送他一把新的剃须刀，最好是功能较多的那种，这样就是在告诉他，当你不在他身边的时候，请他尽量照顾好自己。

选择剃须刀的诀窍

看他胡须的状况

如果他的胡须浓密，每天都需要剃，最好选择摆动式剃须刀；如果胡须稀疏不用常常剃，可选择接触面部范围较大的旋转式剃须刀，以求完成高效剃须；对于胡须又密又长的，最好是选择双头或三头，甚至四头的旋转式剃须刀，这样才可能完成更完美的剃须。

依据他的习惯

如果他经常出差，就要额外注意剃须刀的电池状态。一般说来，干电池式、充电与干电池混合式都是不错的选择，这样可以避免因没电而尴尬；如果是经常开车的男人，可选用车载剃须刀，使用汽车电源充电；如果他的工作性质比较自由，基本可以在室内完成，或者在家工作的，可以选用充电式剃须刀。

参考他的面部皮肤状态

不要以为男人的皮肤就会和他们的肌肉一样结实，稍有不注意，就会引起大面积皮肤过敏、红肿。对于敏感肤质的男人，最好用手动的剃须刀，这样可以最大限度避免细菌的侵害。

送你一把剃须刀，让它不仅帮你除掉胡须，也除掉烦恼。

你就是我的理想型男，希望今后每一个清晨，亲手为你剃须。

Special present **14**

太阳镜
——爱在双眼所及之处

照顾你的眼的我的心

温情寄语

蓝色的海洋

金色的沙滩

强烈的光线如同一支无形箭

刺痛人们的双眼

还好有它

生日送你的那个太阳镜

就像那雨中的伞，雪中的炭

给你保护让我心安

生活告诉我们

不是所有的水都清冽甘甜
不是所有的树都绽放花瓣
爱不是喜欢那么简单
牵手不是有爱就能如愿
我们不仅要学会争取
也要学会让时间的流水
洗去失意和忧伤
爱情的阳光洒在心里
戴上舒适的太阳镜
换彼此一个青春焕发的容颜

以最特别的理由

太阳镜是眼镜的保护工具
也是时尚男士的标签之一
西装太阳镜的古典高雅
运动装太阳镜的活力有型
浴袍太阳镜的悠闲自得
无一不给男人增添魅力

男人戴上太阳镜
看清了别人　展现了自己
也遮挡了一些不愿理会的目光
女人们迷恋的眼神　是进入心灵窗口
让爱的凝视更加深情　更加持久
镜底的一抹坏笑　开启爱情的密码
隔着镜片的注视

能读懂的就叫默契

太阳镜诱发了情侣的想象力

引导他们走进爱的城堡

Part 1
爱的故事

费娜是一名自由职业者，具体来说，是个非科班出身的摄影师。大学读的是会计专业，可那种每天缩在小屋里算账的日子她实在是受不了。费娜喜欢到处跑，喜欢拿着照相机拍来拍去。后来，她拍的照片在一个国家级刊物举办的摄影大赛上得了一等奖，约稿逐渐多了起来，便趁机辞掉了会计的工作，干起了专职摄影师。这些年跑来跑去，虽然收入还算可以，却也没攒下什么钱。既没有存款，也没有爱情，可以说活到现在，除了那一套昂贵的摄影装备之外，一无所有。

有人说，对一个成年女孩的婚姻最上心的就是母亲。这一点费娜是深有体会。不知从什么时候开始，她妈就非常热衷地给女儿安排相亲，为此，她几乎调动了自己所有的力量，好像她下半生唯一的目标就是把费娜嫁出去。费娜是单亲家庭长大的孩子，父亲在她很小的时候就去世了，妈妈是想快点让她有一个依靠。为了不让母亲伤心，她的每次安排费娜都很认真地对待。然而，几年下来，这些相亲对象，要么见一两次就消失了，要么就跟费娜混成了哥们、朋友，没有一个是修成正果的。费娜没有机会花前月下，只能扛着相机四处跑。

眼睛对于摄影师来说，就如同嗓子对于歌手一样重要。费娜的眼睛本身就有一些散光，受不了强光的刺激，所以平时出门习惯戴着太阳镜。她虽然没有收集太阳镜的癖好，前前后后却也买了十几副，大多是需要的时候身边没有，随手便在附近买一副戴上。直到一次去青岛时买了那副茶褐色的太阳镜，她便再也没随便买太阳镜了。它虽然不是什么名牌，样式也谈不上时尚，但戴着却非常舒服，于是无论走到哪都带在身边。甚至对它已经产生了某种心理上的依赖，一旦不在身边就会心里发慌。那次糟糕的泰国之行，便是从丢这副茶褐色太阳镜开始的。

对于摄影师来说，泰国有着一种神奇的吸引力，它的人，它的景，都有着无与伦比的魔力。费娜攒了小半年的钱，终于可以开启泰国之旅了。同行的，还有她的闺密安雅。安雅和费娜是高中同学，现在的身份是全职阔太太，她去泰国不知有多少次了。费娜把她叫上，原本是想让她给自己当个向导。不料，正准备出发去机场的时候，她却突然打来电话，说自己突发肠胃炎，正在医院呢。

行程的一切费用都已经预付了，如果现在退的话会损失一大笔钱，况且费娜还有自己的拍摄计划。无奈之下，她只好孤身前往了。安雅说她的身体没大事，休养几天就好了，并且不住地道歉。费娜看时间紧急，安慰她几句便挂断电话，打了辆出租车匆匆向机场赶。

还好没有误了飞机，匆匆忙忙换了登机牌，又把行李箱办了托运，然后拿着背包来到登机口等待登记。就在这时，费娜发现了一件严重的事情。原本应该在背包里的太阳镜不见了！她把包里的东西全都倒了出来，铺了一地，还是没有找到！这时，登机开始了。或许在行李箱里，她这样安慰着自己。然而，这样的自我安慰毫无作用，一路上她都在想，那个太阳眼镜可能是丢在出租车上了。

下了飞机打开行李箱一看，果然没有，费娜的心情简直糟糕透了。然而，事已至此，只能平复心情，离开了机场。好像老天爷专门与她作对，那天泰国的阳光格外强烈，费娜只好先去买太阳镜。她用英语跟司机连说带比画，搞了半天，司机才把她带到一个商场前面，然而那里面根本没有卖太阳镜的。没有办法，费娜只好徒步去找，幸好遇到了一个华侨，把她带到了眼镜店。

这是一家小店，太阳镜的种类不算多，她挑来挑去，挑了一个和原来那个款式差不多的茶色镜。虽然戴着不是很舒服，也只好先凑合着了。这时，费娜肩上背着双肩包，手里拉着拉杆箱，奔赴酒店。她一边走一边想，真是太悲惨了，早知道这样就不来了。然而，就在这个时候，更加悲惨的事情发生了。有一辆车抽风似的朝她开过来，她急忙往旁边躲，不料脚下却被绊了一下，连人带箱子都摔在地上，太阳镜也不知掉到哪里了。当然，那辆车并没有撞上来，而是几乎擦着她的箱子开过去了。费娜忍不住骂了两声，从地上爬起来，正要找那个太阳镜，却听到"嘎吱"一声响，扭头一看，但见一只棕色的皮鞋正好踩在她的眼镜上，把它踩了个粉碎。

那只鞋的主人是一个比她大几岁的男人，高她一头，戴着一副黑色墨镜，他慢慢把脚移开，一言不发地看着费娜。这时，费娜积累许久的怒火终于爆发了。她不断地用英文指责对方，叫他给自己道歉。然而对方他丝毫没有想要道歉的意思，只是说自己并没有看到脚下的东西，还说费娜是一个不懂礼貌的人。二人吵了半天也没有吵出一个结果来，反倒是围观的人越来越多。

正在这时，他的手机响了，他转过身去，用标准的普通话道："喂，我这边遇上点事，一会儿过去找你。"说完便挂了。

原来是个中国人！真是没素质，给国人丢脸！费娜更加生气了，继续用中文叫他道歉。他见费娜说中文，似乎有些诧异，态度缓和了许多，抬头看看前面正好有一家眼镜店，于是招招手，费娜气呼呼地跟他走了进去。

走进眼镜店之后，他直接跟店员说："小姐，请把你们这里最贵的太阳镜拿给我。"

店员见生意来了，立即把店里最好的太阳镜摆出来，他随手挑了一个，道："就这个吧。"随即付了账，将太阳镜塞到费娜手里，道："喏，你厉害，我惹不起，赔你一个总行了吧。"说罢就往外走。

"等一等，有钱了不起吗？"费娜把眼镜丢给他，道："我要的不是这个，我要的是道歉！"

"我可以道歉，但你这歇斯底里的态度让人无法接受，你也要跟我道歉。"他又开始计较起来了。

费娜还真没有过这么斤斤计较的大男人，气道："你说谁歇斯底里？"

"算了，对不起。"他叹了一口气，道："我给你道歉行了吧，真诚地向你道歉，好吗？"说罢，他又拿着太阳镜递给我，道："这回你总算满意了吧？"

费娜没有接他的眼镜，转身就走了。在路边等了很多，总算打到一辆出租车，回到了酒店。在之后的两天，由于语言不通，各种不顺利时时发生，倒霉事一件接着一件，最后又在拍照的时候把她的宝贝相机碰了一下，上万元的镜头严重损伤，费娜的情绪彻底失控，在回酒店的路上便强忍着不让眼泪往下流，等下了出租车走向酒店的时候，眼泪便止不住了。正值中午，酒店前面有一个休息区没人，费娜便失声大哭起来，像个无助的孩子。

正在这时，有一个厚厚的手掌轻轻地推了推她的肩，道："小姐，你，没事吧？"

费娜抬头一看，竟然是那个踩坏自己眼镜的那个家伙，原来他也住在同一家酒店。费娜不想让他看到自己落魄的样子，但眼泪却还在不争气地往下流。

他递给费娜一张纸巾，道："你不要哭了。你再哭下去，别人还以为是我欺负你了。"

"不用你管，你走吧。"费娜接过纸巾道。

"你的朋友呢，找他们来陪你吧，你一个人在这里，不可以。"他的声音出奇的温柔，完全没有了那日的"嚣张"。他的安慰很管用，费娜的心情慢慢好了一些。

正在这时，老妈打电话过来了，问她这边的情况怎么，但说着说着又扯到相亲的事上了。为了不再让老妈继续唠叨下去，费娜直接说道："妈，你不用给我安排相亲了，今年春节我一定给你带回个好女婿行了吧。"说完，便急急忙忙地挂断了。

他听见了费娜跟母亲的对话，笑问道："是因为见过的坏男人太多，太失望才哭这么厉害的吗？"

"去你的！把太阳镜赔我！"费娜抽泣了两声，板着脸道。

"小姐，是你自己说只要道歉的，怎么又变卦了？四川人吗，会变脸？"

"赔不赔吧？"

他低下头，微微一笑，一点点无奈，还有一点点妥协："赔，我赔。"

那个晚上费娜睡得很香甜，对最后他那个妥协的微笑念念不忘。一个见不得女孩子眼泪的男人，应该不会太坏吧。这样想着，竟然有一点点喜欢他了。

第二天一早，他来给费娜送太阳镜，居然跟她在青岛买的那个一模一样，戴上去也很舒服，费娜的心情一下子变好了许多。他们一起吃了早餐，了解了彼此的大概情况。原来，他是一个做进出口贸易的商人，这次来泰国出差。巧合的是，他居然和费娜属于同一座城市。

目前，他的工作已经结束了，想在泰国玩几天，问费娜愿不愿陪他一起，她毫不犹豫地答应了。从那一刻起，糟糕的旅程变成充满欢声笑语的快乐之行。在这期间，费娜发现他一直戴着黑色墨镜，便问道："你怎么总是戴墨镜啊？耍酷啊。"

他笑笑，道："习惯了。你觉得不好看吗？"

"不好看，像黑社会似的。"

他说道："那你给我挑一个吧。"

于是，费娜给他挑了一个和自己的款式相似的太阳镜。他改了行程，他们坐同一班飞机回到了国内，走出机场，他似乎有些犹豫，但最终还是什么都没说，摆摆手就要走。也许，二人从此以后再也不会见面了吧。这时，费娜不知哪来的一股勇气，叫住了他："你等一等。"

他急忙转过身来，问道："怎么了？"

"那个，你愿不愿意找一个摄影师当女朋友？"

是的，费娜表白了。在泰国的时候，她就打听出他还是单身了。她知道，如果不表白，也许自己会后悔一辈子。这时，费娜的脑海中一片空白，等待着他的宣判。

只见他一路上僵硬的脸舒展开了，笑道："我的摄影师女朋友，你愿不愿意坐你男朋友的车回家呢？"

每个人都在路上，匆匆复匆匆，缘分只是匆匆中　把扶持，一声问候。就像夏日里的一丝清凉、冬天里的一份温暖。就如人们所说的，缘分在对的时间出现了，缘分来了是挡不住的。

现在，他们一起旅行，带着送给彼此的太阳镜，一起迎接未来最温柔的骄阳。

所以，如果期待最美的相遇，那么遇见就不要再与他错过！

（静安）

一个人有勇敢而率真的灵魂，能用自己的眼睛去观照，用自己的心去爱，用自己的理智去判断。不做影子，而做人。

太阳是无私的，也是炎热的。太阳给了这个世界需要的能量，却也能将世间万物轻易灼伤。这和爱情如出一辙。爱情是自私的，也是无私的，既可能相濡以沫、举案齐眉，也可能因爱生恨、无法自拔，爱情能给予人们精神中需要的能量，而这能量也可能会造成伤害。戴上太阳镜，就能避免太阳的灼伤；相互体谅，就能避免爱情的灼伤。

阳光是太阳对地表万物的凝视，青春是岁月对人生的凝视，送太阳镜给爱人就是我跳动的心对爱的凝视。在这里，凝视不仅仅是一个瞬间的动作，更是一种渴望，一种内在的流露。

你成为我凝视的对象，只因为一个原因：因为我想成为最关心你的人。

凝视便是爱。在眼神的聚焦处，可以达到极高的热度，这是付出者的灵魂的温度，一切沟通的灵魂，在那个温暖的中心，在凝视的被爱的中间，每个人都是兴奋的、赤裸的、脆弱的，所以会有那许多爆发和泪水。然而一些边界倒下了，一些连接得以建立，几乎可以感到一种近乎神圣的东西。这个东西就是我们常说的心有灵犀。

简单地说，世界是什么模样，取决于你凝视他的目光。

为什么我们总是容易忽略这些爱的凝视？

很多时候，我们都会为感情而发愁，像是一片乌云遮住了天空。你逢人就说自己不相信爱情，但你其实并不知道，是你自己遮住了温暖的阳光。

很多时候，我们总是很天真，总是遐想童话般的幸福能从天而降。等过了天真的年纪，我们才发觉，未来很远，遐想无边。因此，迷恋不切实际的爱梦，不如回望自己身边最真实的存在。

要知道，经历的才是真实的，拥有的才是自己的，想象如浮云，只能点缀在心空，不能融进生活。如果你发现，身边一直有个深情凝视着你的目光，勇敢地回望他吧。

我们总是爱忽略最近的幸福。戴上那满是爱的太阳镜吧，把无谓的多余的光芒都屏蔽，以最自然、最舒服的状态看看自己的周围，有等着你的人，有你爱的人，一直在陪伴你。

爱怕沉默，太多的人，以为爱到深处是无言。其实，爱是很难描述的一种情感，需要详尽地表达和传递。

在最浪漫的时刻

夏日来临之前

　　想要和他充分享受夏日的乐趣，首先要学会保护好彼此的眼睛。这样你们才可以一起在阳光下起舞，一起歌唱。让盛夏的热情在你爱的光芒下黯然失色吧。

在他买车之后

　　遮光板永远无法替代这种细节的关怀。你的细心会让他很感动。他会明白，在你眼中，他的健康和安全是最重要的。

在旅行出发前

　　当你们要去的地方光线强烈的时候，太阳镜必不可少。这时候的太阳镜不仅可以遮阳，还能让你们更清晰地望着彼此。

选择太阳镜的诀窍

方形脸适合大镜片

这种脸形搭配的墨镜应该尽量将脸部面积遮挡得多一些，而且最好佩戴椭圆形的墨镜，方框和圆框都会凸显方形脸的线条，要避免。

瓜子脸要注意添加框架装饰

这是公认最上镜脸型，可是在日常生活中，瓜子脸往往会给人尖酸刻薄的感觉，如果能在镜框上加以花色，则会显得平易近人许多。选用流行的豹纹图案，时尚又稍显性感。金属圆环作为镜框与镜架的结合点，增添装饰性。

长形脸镜框的造型要注意

这类脸型就是避免再挑与脸形相似的镜片，而镜框可以挑流线造型为佳，最近流行的倒三角形镜就很合适。当然，圆形的也可以选择。

圆形脸适合方形眼镜

圆形脸往往相对短小，像这种脸型适合佩戴较方一点的太阳镜，给脸部增添一些棱角。但切记，不要佩戴几乎将脸全部盖住的大镜片太阳镜，那会让脸看起来更圆。而且圆形脸的人不适宜佩戴圆形的太阳镜，否则会让脸部更加臃肿。

我对你的感情已经进入了盛夏，光线太强。这副眼镜送给你，以防被我刺伤。

保护你温柔的目光，也是我的责任。

Special present 15

老式烟斗
——彰显不凡的绅士气度

绅士伴侣，只为深沉的爱而生

温情寄语

虽然青春已逝
但两颗心却早已相通
也许只是少了一次表白
却也不必从头再来
无须抱怨岁月无声溜走
生活不能再做安排
人生本就这样无奈
错过的风景最美
遗失的感情最纯真
换个心情你会发现

沧桑才是时光的礼物
所有的过往凝聚在一只烟斗上
成为你我一生最珍贵的财富

即使生命里已没有春光
也不要总盯着寒夜后的霜
朝气不是容颜
而是心里的能量
我们的容颜会老
爱的信物也会陈旧
两颗心却可相依相偎
在生命中每一分、每一秒

以最特别的理由

烟斗是绅士的旗帜
是智者的工具
也是一个男人品位的象征
在上流社会
也有人将其视为男人的时尚
然而，烟斗并非适合每一个人
猥琐的人配烟斗会狼狈
愚蠢的人配烟斗会滑稽
虚伪的人配烟斗会做作
只有真正的男人，如你
才能成为烟斗的魅力主人
让沧桑为岁月留痕

香烟中的尼古丁
是披着天使外衣的魔鬼
在让人兴奋的同时造成伤害
烟斗既可用来抽烟
也是戒烟的极佳工具
抽烟斗之前的准备
抽之后的清理、保养
既缓解了烟民的口唇信赖
也成为人生的乐趣
久而久之
烟斗里就可以不必装烟叶了
从此，它就成为休闲的玩具
既可以把玩，又拿来收藏
在健康与闲适中安度晚年

苏梅是一个画家，她和《生命中不能承受之轻》中的女画家萨宾娜一样，是个喜欢到处流浪的女人，同时也是个坚定的"不婚族"。她曾经不止一次跟朋友们说，如果让她在一个地方，守着一个男人，生一窝孩子，她宁可去死。然而，当她游走了五十多个国家之后，却回国嫁给了一个上海男人，并从此安定了下来。对于这件事，不要说那些朋友们，连她自己都感到吃惊。

作为一个颇具个性的画家，苏梅对美有着独到的理解，她喜欢复古风格的建筑，并且觉得半旧的东西是最美的，因为它们既没有新品的矫情也没有老物件的沉闷。在全国大大小小的城市中，她觉得上海是最担得起"半旧"这两个字的。

漫步在外滩，百年的洋房依然那么雍容华贵，那么挺拔雄浑，仿佛一位半老绅士，叼着烟斗、挂着拐杖，闲看黄浦江流水和隔岸的璀璨灯火。氤氲水汽中，路灯亮起，她提一只随身小包，自万国建筑博览群前经过，耳边犹响着周璇的歌声。曾几何时，百乐门的舞场掌声雷动，灯红酒绿，后来，炮火硝烟又取代了温柔乡。时至今日，她却魅力依旧。到底是一座国际大都市，在奢华的现代喧嚣之下，还保留着半旧的里子、半旧的历史和文化遗迹，让人流连忘返。

就在这里，苏梅遇到了那个改变她人生轨迹的男人。他叫孙志，是一家外贸公司的客户经理，一个普通得不能再普通的男人，一个地地道道的上海男人。祖上给他留下来一套临街的老房子，因为离单位比较远，他自己平时也不住，便租了出去。不过，他在二楼右侧还给自己留了一间，每到周末的时候过来看看，一来散散心，二来也看看租户有什么需要。

这天恰是周六，孙志回到老屋，给旧木楼梯做一些整修，因为租户反映有些地方变形很严重，晚上走路会很危险。这是一栋两层的木质建筑，时光早已斑驳了楼体的颜色，从那隐约可见的朱漆还可以想象它昔日的风貌。正在这时，一个穿着碎花裙子的高个女子从楼下向他打招呼："嗨，你好。"

"你好。"孙志有些诧异地看着眼前这个漂亮的女人。

"额，我是一名画家，很喜欢这幢房子，我可以上去拍几张照片吗？"女人说道。

原来是这样，孙志连忙热情地说道："没问题，你随便拍。不过，你上来的时候要小心一点，木梯有些变形了，我正在修。"说着，他扬了扬手中的准备替换的木板。

沿着狭长高陡的楼梯，苏梅上了二楼。楼板果然有些问题，走在上面有咯吱咯吱的声响，当门外有电车经过时，也会感觉到微小的颤动。不过，这种感受却让苏梅有点小兴奋，忍不住想要询问关于这栋房子的古老故事。

苏梅拍完照片，看到孙志正在专心致志地修理楼梯，热得满头大汗。看他的样子，显然不是专业的木工，但楼梯经他修理之后却恢复如初，一点都不显得突兀。真是一个细心的男人，苏梅这样想着，看到他左看右看，好像在找什么东西。

"你在找这个吗？"苏梅走上前，从男人身后捡起一把榔头问道。

"正是，正是，谢谢你啊。"男人抹了一下额头上的汗道。

"你修得真好。"苏梅赞道，于是将相机放在一旁，给男人帮忙。

这个世界是如此奇妙，五分钟之前他们还是陌生人，现在却感觉如此亲近。她不是一个能随意和陌生人聊天的人，但在此情此景之下，她似乎感觉有什么东西在吸引着自己。他也不是一个逢人就能聊得来的人，对于眼前这个漂亮又有极强求知欲的女孩，说不出拒绝的话语。

修好楼梯之后，他带她来到空着的那个房间，希望请她喝一杯茶，她想都没想便答应了。这是他太姥姥曾经住过的房间。桌上旧式的深色首饰盒告诉苏梅，那是一个美丽得体的女人。旁边还有一个精致的盒子，上面的雕花引起了她的注意。得到允许之后，她轻轻打开，发现里面装着一个老式的烟斗。孙志告诉苏梅，这是他太姥爷用过的，太姥姥在丈夫去世之后一直珍藏了三十年，直到她自己也离开人世。在那个闭锁的年代里，在这个小小的房间里，老辈人的深情故事，有一种岁月的味道，让人不由自主地想要拥有一段同样胜得过流年的爱。

据说，他们没有现今年轻情侣间露骨的感情表达，却相互扶持着走了一辈子。太姥爷一辈子也没说过一个"爱"字，只在弥留之际，把太姥姥叫到床边，拿起这根老烟斗递给她，她为他熟练地装好，他却没有抽。只是彼此相看的泪眼，还有握紧不放的手。太姥爷死后，有人提议把他的烟斗也随葬，太姥姥却不同意，只说："他这一世吃了抽烟的亏，到那边就不要抽了。"太姥姥一辈子没做过太姥爷的主，只这一次，她替他做了一回主。

苏梅被这个故事感动了，她觉得眼前的这个说故事的男子是那么温柔，与这个古朴的房子是那么和谐。不知为何，她突然有一种想停下来的冲动，便问道："孙先生，你这里还有房间出租吗？我想在这里住一阵子。"

孙志犹豫了一下，道："其他没有了，只剩这一间了。"

苏梅心中叹息一声，心想看来是没机会了，这一间他肯定是不往外租的。不料，孙志转口便道："你如果喜欢的话，这一间便租给你。"

从那以后，苏梅便住进了这间古老的房子，她与孙志的关系也发生了微妙的变化。孙志只要有时间，便带她游览上海的诸多老建筑，并把自己知道的建筑的故事都说给她听，他们从陌生人到可以谈天说地的朋友，借了时光的助力，让他们在古老的情怀中发现了彼此真诚的心意，最终突破了遥远的距离走到了一起。

结婚之后，苏梅的画风陡变，却也在艺术上有了更大的突破。然而，她却发现孙志吸烟越来越厉害了。也许是工作压力太大，也许是已经养成了习惯，他的口袋里总是装着两盒香烟。苏梅说了几次，他总是敷衍过去。终于，苏梅下定决心，对他说道："亲爱的，你必须要戒烟了。"

孙志笑笑，又想滑过去："我也试过很多次，没有一次成功，戒烟太痛苦了。"

这一天，孙志回到家，苏梅却送给他一个新的意式烟斗，说道："我听说烟斗戒烟很有效。别着急，慢慢来。"

孙志眼里泛起泪花，拿过烟斗，感叹道："这世界上还是只有老婆好啊。"

借助于烟斗，孙志吸烟的量逐渐平稳地减了下去，到最后他已经不再往里面装烟了，感到烦闷的时候就把烟斗塞到嘴里叼一会儿。

从那以后，孙志变成了一个收藏烟斗的专家，太姥爷用过的那个烟斗，自然就是他最重要的收藏品。

（左哲）

我倚在时光的深寂处，想象爱情的缠绵。所有故事，激溢成文字里的幽怨，搁浅在无眠的夜里。行走在文字里的眷恋，染透了思念，漫过记忆的潮岸，荡漾成午夜里一道寂寞的风景。

历史上很多名人都酷爱烟斗，美国的幽默大师、小说家马克·吐温甚至曾夸张地说："如果天堂里没有烟斗，我宁愿选择地狱。"为什么烟斗会有这么大的魔力呢？因为对上了年纪的男人来说，烟斗就代表了阅历和过往人生中每个值得纪念的瞬间，代表了智慧。

众所周知，伟大的物理学家爱因斯坦是一位忠实的烟斗爱好者。工作之前，他甚至会在自己的面前放上一排准备好的烟草，以方便随时取用。

如今，随着物质生活水平的提高，老式的烟斗逐渐被更加便捷的过滤嘴香烟取代。然而，烟斗作为一种文化现象是不可能消失的。在一些古镇，仍然不难看到这样的场景：几位上了年纪的老人聚在一起聊天，或者什么都不做，只是散淡地、安静地待在时光里，与远处的老宅子相得益彰。仿佛只要上前给他点燃烟斗，在徐徐吐出的缭绕烟雾中，他就能化身百科全书，将自己半辈子看到和听到的历史、文化、趣闻奇谈，娓娓道来。

烟斗似乎天生携带着一种古老的气质，让我们的生命变得丰厚起来。无疑，抽着烟斗说故事，是一个享受人生，回忆人生的过程，也是人生中必不可少的过程。因此，烟斗的爱情是一种历尽沧桑之后的平和，一种走过风雨之后的相扶相搀，是人们所说的那种"百年好合"之后的经典爱情。

在我们漫长的人生岁月里，走过一段又一段路之后，时光的舟终于把我们带到彼岸，然后回头看那些走过的时日，理性、淡然，用某种美好的情愫，用温情宽容的眼光去看待自己，去打量别人，去忖度生活。

　　人的一生，在时间的长河里，就是一滴水，一个转瞬，非常短暂。然而，在这短暂之中却又会遇到很多事情。尤其是在感情方面，很容易受到伤害。但无论遇到什么事情，我们都不要绝望，要耐下心来去面对，回归平和的心态，这样才会抚平我们的创伤。就像那古朴的烟斗，沉稳，处变不惊。

　　让我们美好安宁地生活，与人生所有的不快乐和不美好和解。

　　如果能有幸在老去后的某一天，还能给爱人讲述自己的每个幸福的过往，那么，即便人生的长河已经奔腾到了生命的尽头，也能安静地走，因为，此生无憾。

　　虽然经历了岁月的洗礼，但真挚的感悟没有磨灭。生命是短暂的，而爱情是永恒的。有一个可以思念的人就是幸福。

在最浪漫的时刻

他生活中充满思考

如同写作者离不开音乐，思考者离不开的是烟斗。过渡嘴香烟可能让人精神放松，却无法让人有深刻的思考。设想一下，忙碌身影后，衔着烟斗，坐在廊下乘凉，闭眼冥思，若赶上清风徐来，怎能不将若有所思变成思有所得。

他是理性而成熟的男人

如果说香烟是爱好，雪茄是品位，那么烟斗就是一种获得的证明，一种放松淡泊的人生态度。

他是个有故事的男人

如果想进一步了解一个男人的故事，而又不知该如何才能打开话匣子，送烟斗给他是最好的方法。

他是个懂得享受生活的人

选烟丝，装烟草，清碳层，这一系列的使用和养护，一个对生活没有耐心的人是绝对做不好的。如果你喜欢的他是一个懂得享受生活的人，不用迟疑，送他烟斗吧，他会从中获得人生的享受。

选择烟斗的诀窍

检视烟斗的整体外形

先看烟嘴和斗柄是否齐平地嵌合，然后检视斗壁厚度是否相等，钵底的烟管开口是否对正。斗壁厚的要比薄的好，厚的斗壁不易烧穿，也不会烫手。

看斗钵和烟道的位置

一般来说，烟道的终点应该处于斗钵的最底部，和斗钵处于正切的关系。检验方法很简单，只需要用一根通条，从斗嘴处伸进去，如果能把通条顺利地探到斗钵底部，并且检查通条的位置处于斗钵的底部，就证明斗钵和烟道的位置基本正确。

感受烟斗的重量与手感

烟斗和主人的关系极为亲密，如果一把烟斗摸上去不舒服，或叼在嘴里不舒服，那么他就不会经常抽这支烟斗。一般人大多喜爱较轻的烟斗，主要原因就是重量大的烟斗叼在嘴里比较吃力。

希望我们的感情能像这个老式的烟斗，历经岁月的洗礼，仍有不俗的品质。

我知道，烟是你另一个伴侣，但我希望你陪它少一些，陪我多一些。

Special present **16**

手帕
——罗帕相赠情定今生

你一生的汗与泪，都被我的温柔包容

温情寄语

在这个生活节奏提速的社会
感情却在慢慢躲藏
当爱在意识里残存
你问我要如何找回
送出一块帕子
留住一个瞬间的温存

当他挥洒一次男儿泪
当他遭遇不可预估的挫折
当他需要一声鼓励

手帕一擦，悲伤不见了
手帕一擦，心里暖和了
手帕一擦，勇气恢复了
它这么小，又是这么大
不懂时不过一块花布
懂了就是一颗真心
一种支持，一份陪伴
传递祝福
铭记汗水
拧出来那个叫爱的琼浆

以最特别的理由

美丽的手帕从一只手交到另一只手
就不再是冰冷的工业产品
而是情感的牵连
是一种祝福的起点
一方手帕，可以寄托诸多温暖情愫
一方手帕，让他变得更加有品位
一方手帕，让他轻松变暖男
把心思与耐性折进手帕的时候
他翩翩的绅士风度便会顿然大增

手帕还能传递恒久的信念
爱过，风雨洗礼过，依旧继续走下去
用过，承载过，依旧崭新
在你需要它的任何时候

它都在身边触手可及
在你需要他的任何时候
他也会随时出现在面前
这就是人们喜爱手帕的情感初衷

那是一个阳光明媚的午后，天上的云白得像棉花一样。昨夜一场雷雨不仅洗刷了城市的天空，也缓解了这一波的暑热。街上行人不多，有些地方还残存的夜雨的积水，微风拂面，让人感到无比的舒服，好像回到了春天一般。

　　街口那家韩式料理店门前站了一个短发女孩，她正在打一通电话，表情似乎有些严肃，不停地点头。然而，当她小心的挂断电话之后，笑容立即挂在了嘴角，并且握紧拳头，奋力地向天空挥舞了一下。

　　她叫张洁，一个来自西北某小城的姑娘，已经当了八年北漂了。她上的是一所普通大学，专业也很偏，八年来一直在只有十几个人的民营小公司里打拼，工资少待遇低不说，还没有正常的休假，动不动就要熬夜加班。刚才那个电话是一通改变她命运的电话，对方通知她下周一去新星集团报到。新星集团，那可是大企业。如果没有这一通电话，她也许就会选择离开北京回老家了。

　　张洁不是一个害怕吃苦的女孩，否则也不会在北京苦熬八年了。事实上，她恰恰是一个努力求上进的女孩。她很清楚自己的短板，学历一般，长相一般，能力也一般，所有这些一般加起来，成了她事业上的鸿沟，无数次被大企业拒之门外。既然如此，她就要付出不一般的努力。这八年里，她把自己当成女汉子，把一切工作都当成学习的机会，不断积累着自己的经验,努力使自己变得强大。于是,她的世界除了工作还是工作。这八年里,她交过两个男朋友,都因为被冷落而离她而去。

功夫不负有心人,命运终于给她带来了转机。然而,当她走入新的人生阶段之时,也迎来了新的挑战。她进入新星集团才发现,大公司有大公司的严苛,新人在试用期要经历严格的内部考核,如果试用期不合格,依然会被淘汰。不过,八年的工作经验,以及坚强的性格,还是让她闯过了一关又一关。她抱有这样一个信念:要想赢得别人的肯定就必须超出对方的预期。因此,无论领导交代什么工作,她不仅要完成,而且要完成得比别人出色。

距离试用期结束还有半个月,张洁的表现还算可以,至少从来没有出过什么差错。从领导的态度,几乎可以肯定她应该不是被淘汰的那个。然而,天有不测风云,接下来发生了一件事差一点让她前功尽弃。

这天,公司高层要开一个重要的会议,地点在集团总部,距离张洁所在的办公地点有将近一个小时的车程。张洁在公司隶属于销售部,她的主管经理有一个重要项目要在这次会上汇报,材料都是张洁负责整理的,经理让她把所有材料都送到总部。由于担心路上堵车,张洁提前半个小时便出门了。她在公司门口打了一辆出租车,看看时间还很充裕,便放下心来。没想到,车子开到一半却抛锚了,她只好下车再另打一辆。

不料,天公不作美,这时突然下起了大雨。出门时太阳还挂在天下,所以她没有带伞,为了不让文件被打湿,她一直死死抱在怀里,并且佝偻着背,用身子当雨布。哪里还打得到出租车,她只好低着头朝远处的地铁口跑去,等她跑进地铁的时候,全身已经湿透了。不过,她顾不得自己,急忙去看手里文件,还好,文件并没有淋湿。

这天张洁穿的是裙子,这时已经全都贴在身上了。她手上拎着自己随身的小包,想找东西擦擦头上的水,却发现连一张纸巾也没有。看到自己狼狈的样子，她的眼泪再也忍不住了。是啊，自己这样拼，究竟是为了什么呢？多年的委屈，在这一刻化作了泪水，涌了出来，和雨水、汗水混在了一起。

正在这时，旁边突然递过了一块手帕。她先是愣了一下，抬头一看，是一个留着平头的年轻人，戴了一副眼镜。

"快擦一擦，地铁里有空调，一吹准感冒。"他朝张洁点了点头。

张洁轻轻说了声："谢谢。"便把手帕接了过来。

一个陌生的男子，一句简单的提醒，一块小小的手帕，在那个瞬间，竟让她感动得无以复加。自从来到北京之后，她似乎还从未经历过这样人情的温暖。

等擦完之后，手帕已经完全湿透了，都可以挤下水来。她捏在手里，想要还给人家，又有些不好意思。

他似乎看出了她的为难，说道："没事，拿着吧。"

她又说了声："谢谢。"

这时，他突然想起了什么，急忙把背上的双肩包取下来，将自己的外套脱下来，道："这个你穿上。"

"不用了，不用了，谢谢。"她尴尬地说道。她一个女孩，怎么可能接受一个陌生男人的衣服，这确实有些不太合适。

他似乎也觉察到了这种尴尬的气氛，连忙指着她解释道："你的裙子……"话话一半，他又收回去了。

她自然明白他的意思，被雨淋过之后，裙子已经完全贴在了身上变成了泳装，这样一定会引人围观的。此时，在地铁上她已经能感受到那种怪异的目光了。于是，她只好将资料先交给对方，将那件带着体温的衣服套在身上。

他看着张洁穿好，把资料还给她，道："这对你一定很重要吧？看你这样保护它。"

"嗯，公司资料。"张洁说道："你把联系方式给我，回头我把衣服还给你。"

那男的掏出一张名片，道："这上面有我电话和地址，回头你寄给我就行了。"

张洁接过名片一看，才知道对方叫徐磊，是一名出版社策划编辑。徐磊很快就到站了，他临走时把伞也留给了张洁，道："索性好人做到底吧。"张洁本想要拒绝，但想到手上的文件，拒绝的话也没说出口。有什么好拒绝的呢，人家的手帕都拿了、衣服都穿了，不是吗？

那天，张洁出了地铁，便拼命地向公司总部跑，终于在开会之前把资料送到了经理的手中。当她浑身湿漉漉地出现在会场，小心翼翼地拿出没有沾一滴雨水的资料时，立时吸引了所有人的目光。也是在那时，她给公司的高层主管们留下了极深的印象，不仅顺利转正，而且很快得到了晋升，从此在职场中变得顺风顺水。

张洁当然没有把徐磊的衣服快递给他，而是洗好晒干之后，在一个周末约他出来吃饭。吃完饭，她把伞和衣服还给了他，手帕却换了一块，说道："不好意思，你那块手帕我给弄丢了，这块赔给你。"

徐磊笑笑，道："丢了就丢了，还赔什么。"不过，他还是把新的手帕小心地收了起来。

张洁有些好奇地问道："你一个大男人，怎么会随身带着手帕呢，拿一包纸巾岂不是很方便？"

徐磊摸了摸头，不好意思地说道："从小养成的习惯，改不了。"

张洁笑了，一个习惯用手帕的男人，她觉得很温暖。自此之后，她也养成了随身带手帕的习惯。这时，她才发现，手帕是一件多么方便的工具，不仅在天热时擦汗，洗手后擦手，而且还可以在吃西餐前优雅地

抹去唇上的口红，在落泪的时候为自己抹去悲伤。

转正之后，张洁的工作压力反倒轻了许多，周末及节假日都能够好好休息。她只要有时间，便约徐磊一起出来。随着接触的增多，两个人的关系开始迅速升温。有时候，她也会带徐磊参加自己姐妹淘的小聚会。

有一次，张洁的闺密娟子一见面便开始控诉自己的男友。原来，她男友在出差时偶然结识了一个女孩。那个女孩似乎对他一见钟情，后来又多次主动联系，甚至追到北京来了。她男友一开始还想拒绝，但终于抵挡不住强烈的攻势，和对方发生了关系，随即便在那女孩的逼迫下，向娟子提出了分手。

娟子被男友抛弃，心痛得死去活来，自然迁怒到天下所有的男人，一直在痛斥男人的无耻。作为在场的唯一男性，连张洁都替徐磊感觉尴尬。那些好姐妹不停地安慰着娟子，甚至帮她一起骂那个负心的男人，但好像没有什么效果。这时，坐在一旁的徐磊，没有安慰，也没有痛斥，只是慢慢讲了自己曾经失恋的经历，那种痛苦，那种悲伤，比娟子的遭遇还要强烈。不料，娟子激烈的情绪居然渐渐平复了下来，在众人的开导下，决定放下过去，重新开始。

这件事情，让张洁重新认识了徐磊，他不仅是一个温暖的男人，更是一个智慧的男人，有着极大的同情心和耐心。与其让他成为大家的妇女之友，不如自己收入囊中。于是，她决定向他表白。没过多久，徐磊的生日到了，她送给他一块手帕，角上绣了一行小字：缘是邂逅，爱是心跳。就这样，两个人走到了一起。

人们常说："千里姻缘一线牵"，两个互不相识的人，在大千世界、芸芸众生之中遇到了彼此，并结为夫妻，这确是一种让人感到无法解释的缘。或许是前生注定，或许只是万千偶然中的一个，管它呢，既然走到了一起，那便唯有珍惜。

（卓玲）

于千万人之中遇见你所遇见的人，于千万年之中，时间的无涯的荒野里，没有早一步，也没有晚一步，刚巧赶上了，也没有别的话可说，唯有轻轻地问一声："噢，你也在这里吗？"

手帕曾经是我们生活中必不可少的物品，纸巾的出现让手帕逐渐淡出人们的视线，纸巾随用随丢看上去很方便，不像手帕用过之后还需要清洗。然而，相对于纸巾来说，手帕的优势却很明显，美观大方，吸油吸汗，更卫生，也没有纸巾漂白问题的困扰。更重要的是，手帕还有一层文化的内涵，体现了一个人的品位。

手帕至今已有几千年的历史。在我国，手帕是从手巾逐渐发展而来的。早在先秦时期，人们每天洗脸时，就已经使用手巾了，当时称为"巾"。但汉朝之前的手巾，只是为了洗脸时才用，平时并不用，所以称"面巾"更恰当些。汉朝以后，"巾"的用途扩大了，平时流泪也拿来揩拭，这时，有人已称"手巾"了。到了唐代，手巾有了进一步的发展，"手帕"的名称便是这时候兴起来的。

唐人王建在《宫词》中写道："缯得红罗手帕子，中心细画一双蝉。"从这首诗中我们可以看到，唐时的手帕已有绘画刺绣，成为一种很美的装饰品。或许是手帕越来越鲜艳精美的缘故，明代以后，手帕竟成了妇女们美好的象征饰物。当时，一些交往深厚的妇女，往往自称为"手帕姐妹"。

友情如此，爱情亦如此。唐代元稹的《莺莺传》中就有张生和崔莺莺在手帕上题诗相赠，倾吐爱慕之情；而直奔情感主题的，当算明朝冯梦龙搜集的一首民歌所云："不写情词不献诗，一方素帕寄心知。"

在古典名著《红楼梦》中，手帕更是被描述得传情入化。一次，宝玉让晴雯送了一双旧手帕给黛玉，黛玉接过手帕，感概万千，并在手帕上题了三首缠绵悱恻的诗，从此两人之间只有理解和信任，只有默契和融洽，黛玉所谓的小性子和尖酸刻薄统统不见了，后黛玉焚稿时，除了烧尽表露心迹的诗词，再就是宝玉送给她的那些旧丝帕，足见丝帕在人心中的分量。

手帕不仅是物品、装饰品，还是一种寓意的象征。不仅中国如此，连欧洲也是这样。欧洲的手帕最早出现在中世纪。最初，人们把手帕看成荣誉的象征，倍加推崇，就连国家法令也不止一次地重申：严禁下层社会把手绢作为礼物相互赠送。

事实上，手帕不仅是情感的载体也是身份象征，是潮流的表现。古代手帕做得都十分精细别致。宫廷显贵、名门望族，乃至闺阁贵妇、名媛，所使用的手帕常以金箔薄片镶边，珍珠点缀其间，十分华贵，十分精致。

也许有人会说，时代已经快把手帕淘汰了，时至今日，它的价值究竟还剩多少？事实上，再有设计感的纸巾，仍然不过是用过即扔的工业制品，你无论如何也难与它产生什么情感上的牵连。而一方手帕，却可以寄托诸多温暖情愫。单从这个角度看，手帕就不会被其他相似功能的生活用品所取代。

都说爱情是一种遇见，没有预期，也许下一秒下一个转角处就能遇见了你爱的人。既然生活中总需要如纸巾一样的功能物件，为何不准备几方手帕，享受附送的温暖情愫呢？

手帕款式繁多，花色各异，可以说有多少种手帕就有多少种爱情。送一块适合的手帕给爱人，这是美丽爱情的传递。

做人就像蜡烛一样，有一分热，发一分光，给人以光明，给以温暖。

在最浪漫的时刻

在他辛苦劳动之后

虽然这有点像电影里的某个温情镜头，但现实生活中，对他的关心理应如此细致。在爱人需要的时候适时地出现，总错不了。

在确立恋爱关系后

在初步确定恋爱关系后，送手帕其实也是一种宣告：从今天开始，我对你的关心将是无人能及的。好的爱人不仅会让对方变成暖男，也会让他自身感觉到温暖。

在旅游之前

不管这段旅途中是否会用得到，我的关心一直都在。即使这次用不到，还有以后，还有今生。

在购买西装之后

与西装相匹配的手帕，只能是爱人来挑选的。

选择手帕的诀窍

参考搭配

懂得在口袋里放手帕,也该懂得选择合适的手帕搭配礼服。现今,手帕的设计越见新颖别致,色彩和图案层出不穷,挑选适当的手帕来搭配衬衫也是一门学问。比如中规中矩的西装礼服可以搭配亮色的手帕,成为亮眼又不失得体的点缀。而对于颇具设计感的新潮西装,可能反而需要颜色款式保险一点的搭配,这样才不会喧宾夺主。

依据不同季节选择不同质地

是选择丝质的、亚麻还是纯毛的手帕,可以根据季节服装质地来挑选。比如,秋冬的礼服一般较深色,质地较厚实,可选较厚的亚麻或纯毛口袋巾,春夏季则可选轻盈的真丝。当然,这也只是一般规律。可以依据他的喜好来作调整。

手帕材质,纯棉,丝质有所需

擦汗用的手帕一般以纯棉为主,不会伤害皮肤,属于实用型。而丝质的手帕多用于装饰性搭配,比如西装口袋的丝巾等。

　　我相信陪伴是最长情的告白。当我不能时刻在你身边的时候，看见这块手帕，希望你能想起我。

　　在你任何需要我的时候，我都会去到你身边。

Special present **17**

香水
——提升气场与魅力

闻香识你，独特的味道忘不掉

温情寄语

伴随着一声清脆的响
低头看时
好好的一瓶酒已碎了满地
熟悉的香水味从身后飘来
闭着眼睛也能感知你的存在
你果然从里屋跑出
紧张地问我有没有受伤
我摇头道，倒是没有伤
只可惜了这一地的琼浆
你却莞尔一笑

用力地吸着鼻子说道

谢谢你送我这满屋的酒香

有时候人就是这样

只有打破桎梏的心

才能真正认识自己

就像这瓶中的酒

一口一口地品尝

哪有银瓶炸裂后这般惊心浓郁的馨香

你闻到的是酒香

我闻到的却是你身上那迷醉的男人香

大自然无时不在演示爱的勇敢

种子打破了大地的重压

破土而出，笑对蓝天

蛹打破了层层的困囿

破茧而出，自由飞翔

人打破心灵上的枷锁

生命轻盈如飞

让灵魂自由漫步

谁说香水是女人专利

真正男人味唯有知性女人懂

在最平凡的空气里

蕴含着汹涌的心动

这种感情如此圣洁

胜过教堂的钟声

让这种默契静静地发散吧

笼罩世界，护佑你我的爱

以最特别的理由

男人也可以追求更精致的生活
香水不只是女人的选择
也是男人个性的延伸
是男人的自信和魅力的说明
从男孩到男人，从阳光到成熟
男士香水成为这一跨越的桥梁

香水成了男人一种社交礼仪
不同年龄段的男士选不同香水
一款与气质、场合相和谐的香水
让他神采飞扬
更让周围的人心旷神怡
香水减压事半功倍
当工作压力排山倒海来袭
香水为他创造心情舒畅的环境
不为价格和品牌左右
跟着你们之间的感觉走
闻上去喜欢的就是最好的

在爱情的世界里，每个人都是平等的，每个人都是自己的主角。然而，每一个爱情故事却又有着各不相同的美丽。

敏霞是一个漂亮的年轻女孩，幼年时的一场医疗事故，让她的耳朵落下了残疾。从那以后，她便进入了一个安静的世界，只能隐约听到一点极高分贝的声音。

敏霞的父母是卖烤鸭的小贩，在集市上有一个摊位，祖传的手艺，味道不比那些大品牌差，但是这个市场太小了，每月的收入也只是勉强维持一家人的生活罢了。因此，他们即使想去大城市大医院给女儿求得更好的治疗，却也是有心无力的。以前还去找一些偏方，后来见没什么效果，也就逐渐放弃了。

因为耳朵的关系，敏霞不能去普通的学校读书，父母只好把她送到了市里的聋哑学校。在那里，老师们教给她很多，除了一个普通孩子必须掌握的知识之外，她还学会了手语。

不知是幸运还是不幸，敏霞喜欢上了舞蹈。音乐是舞蹈的灵魂，每一个舞蹈都伴随着音乐的节奏，这对于一个听力有障碍的人来说，无疑是一个天大的折磨。然而，敏霞在舞蹈方面却极有天赋，她身材匀称，动作灵敏，跳起舞来有一种别样的空灵，那种绝世的美，让观者无不震撼。

当上帝为你关上一扇门的时候，同时也会为你打开另一扇窗。对敏霞来说，上帝为她打开的窗可不止一扇。除了极高的舞蹈天赋之外，耳朵失聪的她，嗅觉却异常灵敏。

的确，敏霞的嗅觉高出常人，她对各种味道都极为敏感，即使闭上眼睛只靠嗅觉就能区分十余种气味相近的物品。不过，连她自己也没有想到，正是凭着超常的嗅觉，她闻到了爱情的味道，找到了一生挚爱的那个人。他叫付天格。

那天，市里举办了一场残疾人文化交流的活动，敏霞作为市聋哑学校舞蹈班的佼佼者，表演了一支独舞。在舞台上，她被台下一种淡淡的香气所吸引，顺着那香味的方向看去，迎面撞上一双纯净的目光。那双目光的主人就是付天格。

付天格也是一名聋哑人，父母都是英国华侨，他自己也生长在英国伦敦。这天，他在父母的陪伴下回国探亲，经朋友的邀请，来观看这次残疾人文化演出。原本，他是想随便看看就走的，不料他却被舞台上那个美丽的女孩打动了，眼睛一眨也不眨地看着她。当她的目光突然看向他时，他的心怦怦直跳，脸腾地一下红了。他不知道，这是爱的触动。

表演结束之后，敏霞回到了后台。她感觉有些落寞，她不知道他是谁，不知道他的名字，也不知道他住在哪里，她很想冲到台下去和他交流，但却知道这是不可能的。她是一个聋哑女孩，她不配拥有那双纯净的目光以及那迷人的味道。然而，正当她低头沉思的时候，那个味道却突然变得强烈起来，难道是他……她吃了一惊，猛地抬起头来，果然看到那双纯净的目光正站在门口紧张地注视着自己。她一下子变得开朗起来，脸上挂满的笑意，连忙站起身向他招手。

付天格见那心仪的女孩向自己招手，鼓起勇气走了过去，用手语告诉对方："你好，我是一名聋哑人，你刚才跳的舞太棒了，不知道是在哪里学的？"

那迷人的香水味让敏霞有些陶醉，她也急忙告诉对方，自己也是聋哑人，是在聋哑学校学的舞蹈。

两人第一次交流就这样开始了。他们本来相隔万里，素不相识，却因为残缺的美丽相识、相知，并且心心相印。她喜欢他纯净的目光，他身上那迷人的香水味。他喜欢她的开朗、活泼、自信和美丽。

两人相识之后，没过多久付天格便回英国去了。当敏霞觉得此生可能再也见不到他的时候，他又飞回来了。几次往返之后，天格向美丽的女神表白了，敏霞自然欣喜万分，毫不犹豫地把自己的心交给了他。然而，他们的爱情却遭到了家人的反对。

付天格的父母是很成功的商人，家庭条件相当优越，他们希望找一个各方面都正常的女孩来照顾自己的儿子。连敏霞的父母也不同意，他们虽然为女儿的婚事操心，并不在乎对方也是聋哑人，可是付天格的家远在英国伦敦，女儿嫁过去万一被欺负怎么办，他们想女儿了怎么办？连个电话都没办法给女儿打，岂不是让人心疼死。

然而，付天格并没有因为家人的阻挠而退缩，他带着温暖而纯净的笑容安慰敏霞，叫她不要担心，他有办法说服两家的父母。于是，他和敏霞商量之后，决定和双方的父母好好谈一谈。这场特殊的会面安排在敏霞家附近的一个酒店。

两人站在对面，用手语给大家打招呼问好，在全家人疼惜的眼神注视下，他们面带微笑。

"爸爸妈妈，不要感伤，我们都是成年人了。我们是上帝的孩子，我们不会被抛弃。我们残缺的身体一样可以承载一份完整的爱情。"这是付天格的开场白。

"爸，妈，我们想在一起，不是意气用事，不是相互同情，我们是真心喜欢彼此。我相信，这是命运对我们的恩赐。"敏霞勇敢地表达，让在场的长辈红了眼眶。

　　紧接着，付天格转身用手语对敏霞的父母表示："叔叔阿姨，你们不用担心，为了敏霞，我愿意放弃伦敦的生活，回到中国来。"这一瞬间，许多人流泪了。他们为自己争取爱情的方式是如此的特别，但表达的心意又如此真诚，真诚到不忍心再去拒绝他们。

　　在得到家人的许可后，两人终于走到了一起。付天格家里本来就有香水生意，他自己又对香水很感兴趣，与美丽的敏霞结婚之后，决定自力更生，开创自己的事业。敏霞自然也知道自己在舞蹈领域不可能再有更深的造诣，于是她决定只把它当成一种爱好，帮助丈夫一起开始他们的香水事业。为此，两人还专门去法国跟随著名的香水师学习调香。

　　敏霞异于常人的嗅觉让她很快成为国内顶级的香水师，尤其善于调配男士香水。当然，她调配的香水，丈夫往往近水楼台先得月，成为第一个使用的人。在家人的帮助下，夫妻两人的事业越做越大。

　　后来，丈夫提议要带敏霞到国外去治耳朵，敏霞却拒绝了，她对丈夫说："我已经得到了这么多的幸福，还奢求什么呢？你的味道，我闭着眼睛都能闻到，不需要听的。"

　　然而，付天格却很明白妻子的良苦用心，他自己各种方法早已经试遍，已经不可能恢复，而妻子却甘愿陪他一起，待在这个安静的世界。世界上最动人的相爱相守，莫过于此。

（孙洁）

　　爱情既是友谊的代名词，又是我们为共同的事业而奋斗的可靠保证，爱情是人生的良伴，你和心爱的女子同床共眠是因为共同的理想把两颗心紧紧系在一起。

世界上的男人可以分为两种，一种是不用香水的男人，一种是用香水的男人。

在有些女人眼里，男人喷香水就和娘娘腔一样，从心底感到腻烦。然而，在另外一些女人眼里，香水对于男人就像化妆对于女人，是一种平添魅力的方式，体现了一个男人的生活品味以及教养，那些远离香水的男人对她们来说，身上总是在散发一种粗野的味道，犹如身处窒闷的热带雨林，浑身都感觉不舒服。

究竟哪一种好呢？恐怕谁也不好说，只是男性魅力的不同展现罢了。萝卜蔬菜各有所爱，每个人都有权力遵循自己内心的选择。

不过，香水对于男人确实有着非同凡响的意义，无论你心中的他是谦谦君子，还是狂野型男；是浑身书卷气息，还是洋溢着江湖气概。只要他是一个喜欢喷香水的男人，都表明他有一种追求精致的生活观。从香水之中，你可以读懂这个男人的内心。

相信不少小资女性都曾经幻想过这样的男人：他应该有挺拔坚毅的鼻梁，架一副精致的眼镜，得体的衣服低调奢华，白皙而透露青筋的皮肤，脸上随时保持一种自信的微笑。无论何时，他身上都会有古龙水淡淡的芳香气味，也许，细闻闻还有一丝烟草香，好闻。这样的男人，自然会让你想和他在一起多待一会儿。

通常，这样精致的男人挑剔是一贯的，不只是生活，还包括爱人。想要从众多男人中找到他，不容易；找到之后想要把他抓在手中，更难。如果你有这样的心，不妨从香水开始。须知，喷香水的男人也有很多种，首先你要根据香水的类型将他们区分开。

馥郁香型的男人成熟稳重：具有香根草、烟草皮革的气味，属于传统男人香，这种香味粗犷又带有古典气质，令人产生舒适的安全感。

东方香型的男人温情神秘：以檀香、麝香为主调的香型，香气持久，给人留下阵阵温暖的感觉和浓郁的神秘色彩，通常那些含蓄而内敛的男士会选择使用。

熏苔香型的男人耐人寻味：这类香型通常使用清新的佛手柑、西柚、紫苏等成分为初调，用浓郁的檀香、橡苔等木香类作为中调，以香氛的初调和主调之间的微妙搭配产生时而浓烈、时而清新的气味，给人难以捉摸的感觉，充满了个性。

自然香型的男人豁达潇洒：用甘果、木香和多种香草组成的香料，又加入了茉莉和丁香花，塑造出新时代男性的新形象，给人一种爽朗宜人，充满阳刚气息的感觉。

兵法有云：知己知彼，百战不殆。通过香水的味道，知道了对方的个性，自然会事半功倍。不过，挑选好男人，有一个原则却要牢记，香水的味道越纯粹，爱情就越浓烈、持久。普通人去花店买花，常常喜欢色彩艳丽的花朵，而真正懂花的人却知道，色彩艳丽的花虽然香气浓郁，花期却极短，而且刺鼻的气味对健康没有益处。相反，色彩素雅的花，往往才是上品。这就好比爱情，外表越朴素单纯，越有内在的芳香和持久的生命力。

你的他喜欢什么样的香水，你们的爱情是什么味道，如今你懂了吗？

幸福就像香水，不是泼在别人身上，而是洒在自己身上。

在热恋时送他一瓶香水

香水这种礼物必须建立在彼此了解的基础上，才可能选得合适，用得中意。热恋中的两个人，对他的味道自然已经了如指掌，送他香水自然不会选错。

在重要时刻送他一瓶香水

在重要的时刻来临之前，精心为他挑选一款香水，能够帮他塑造一种崭新的印象：一个魅力十足，有足够掌控力和吸引力的男人形象。

在享受二人世界时送他一瓶香水

二人世界是享受浪漫的时刻，这时香氛的气味都是必不可少的，舒服的气味会让你们的爱更加甜蜜。试想一下，两人在家中享受烛光晚餐时，从他身上散发着迷人的古龙水味，那该有多么甜蜜啊。

改变他的习惯送他一瓶香水

生活中，大部分男人是不大习惯使用香水的，但习惯是可以培养的。如果你喜欢男人香水的味道，而且觉得喜欢的他已经对自己有了更完美的要求时，不妨送一瓶香水给他。

选择香水的诀窍

不要追逐名牌

　　香水是男人用来提高自己魅力的一件武器，不要觉得越是名牌越会显得有品位。如果能让别人闻到他身上普通香水的味道，以为是哪一名牌，这就真正达到了用香水的目的。找到他真正喜欢的香味，真正能体现他风格的香水。

尽量固定一到两个牌子

　　男人一般性格都比较稳定，所以找到适合自己的香水就好了，让它成为他的品牌。这样，他就会有了自己的标签，让人记住他身上的香味。

手腕测试法

　　购买香水的时候，一定要先测试。你先到柜台那里，选择自己比较喜欢的香水，分别涂到左右手的手腕上，闻一闻，然后去逛街。等你逛到一半的时候，再伸出手腕，闻一闻，继续逛。到逛完后，再闻一闻。你就会知道自己喜欢哪一个了。为什么只能选两种呢？因为种类太多，容易混杂。为什么分三次闻呢？因为香水的味道一般会分前味，中味，后味。根据酒精的挥发，里面的香料会一段段地挥发出来。为什么涂抹在手腕上？因为手腕运动量大，容易让酒精尽快挥发，你就可以在较短时间内，闻到三个阶段的香味。

茫茫人潮中，有千万种味道，但只有你的香水味我最喜欢。

你身上有一种妙不可言的温柔气息，我想那是香水的味道，也是爱的味道。

Special present **18**

护肤品
——温柔呵护，朝朝暮暮

拂去你一天的疲惫，让清新重现

温情寄语

清晨睁开眼
望着你熟睡的脸
发现几颗任性的痘痘
气鼓鼓地在向我宣战
你疲惫的样子让我心疼
内心美好的你
理应有相称的容颜
温柔地为你在网上下单
买了男性专用护肤品套装
看着你脸上的痘痘投降

我感觉自己像个威风的女将军
守护了我的爱，你的脸

青春留不住
人总是会老的
但积极、乐观与爱可以永恒
愿岁月慢一些爬上你的脸
愿时光为你驻足
万不得已之时
还要给青春加一道防护
不只是为了你
也是为了爱

以最特别的理由

粗心的男人不懂得爱护自己
任由皮肤饱受自然的戕害
烟酒也是凶手
制造各种可怕的事件
这时，爱他的女人必须挺身而出
成为他皮肤的守护神
莫要等到伤痕累累、无法挽回

细心的男人像女人一样保养
并不是他对自己太在意
而是他对生活有要求
爱他的你要全力支持

专用护肤品可以促进皮肤血液循环

帮助清洁深层的皮肤

给皮肤一些营养放松身心，增加自信

避免过早失去青春风采

把俊朗的模样尽可能长时间地保留

照顾他的肌肤和身体

对你来说也应是一种莫大的幸福

给他一个关心自己的机会

何乐而不为呢？

在这个世界上，一般人都认为女人是弱小的，需要被男人呵护。殊不知，在男人貌似强壮的外表下，往往住着一个极易受伤的灵魂。聪明的女人，应该懂得在必要的时候撑开手中的伞，为你爱的男人遮风挡雨。

严格来说，柳彤并不是那种典型的美女，她的五官线条有些硬，乍看上去有点男性风范。不过，作为一名模特来说，她有一双动人的大眼睛，乌黑柔顺的长发，以及凹凸有致的高挑身材，这足以让她出类拔萃了。

柳彤的性格也像个男孩子，说话喜欢直来直去，从不顾忌别人的感受。总而言之，小鸟依人这个词和她一点儿都不沾边。可能就是因为这个原因，如今已经24岁的她竟然没有谈过一场正经的恋爱。用她的话说是，暧昧分分钟，爱情很遥远。

不过，正所谓情场失意，事业得意。经过两年努力，她在模特界越来越受瞩目，很多时尚杂志都愿意与她合作。不过也难怪，相比于那些娇娇女，柳彤其实是一个配合度很高的模特，即使已经有些名气了，她也从不拿腔作势要大牌。

最近，《锐》杂志要拍一组具有民族风情的时尚大片，拍摄地在西藏，联系了几个模特都被婉拒了。这个时候的西藏是紫外线最强的季节，谁愿意去那里受罪？最后，杂志社找到了柳彤。以前，《锐》杂志社的主编对柳彤有过帮助，她看了一下自己的时间安排，当即便答应了下来。

负责联系模特的编辑小王有些不相信自己的耳朵，再三确认："柳姐，那边的条件可能会有些艰苦。"

柳彤微微一笑，道："能有多苦，我又不是在蜜罐里长大的。"

小王又道："至于费用方面……"

柳彤打断了她，道："我知道你们的标准，没关系，看姚主编的面子，我可以降稿酬给你们拍片。"

小王还不死心，又道："这次的摄影师可是韩栋老师，柳姐你听说过吧？"

韩栋是圈内有名的完美主义者，同时坏脾气也是出了名的。凡是和他合作过的模特，虽然拍出来的片子很棒，但没有一个是说他好话的。柳彤虽然没有和他合作过，但看过他拍的作品，也听别人说过他如何折磨模特，拍一组照片几乎是要扒一层皮。

柳彤却淡淡地说："我喜欢和敬业的人合作。"小王还要说什么，柳彤忍不住呛声道："我说你到底是想让我去呢，还是不想让我去，想让我去就别跟我废话了，忙你的去吧。"

一个星期之后，柳彤随拍摄组一行人进藏。在机场，她第一次见到了韩栋。他一脸疲惫的样子，胡子拉碴的，穿着一身看上去旧旧的户外运动装，背着一个大双肩包，乍一看不像个摄影师，倒像个拾荒人。他见了柳彤只是点了个头，也没有说话，一直耷拉着脸，感觉好像别人欠他钱似的。

小王偷偷告诉柳彤："韩老师最近刚刚跟前妻办完离婚，情绪不是特别好。"

这件事柳彤在网上也看过一些报道。韩栋的老婆是一个三线小明星，最近不知什么原因突然有些走红的趋势，便不愿再守着这个穷摄影师，提出了离婚。据说，办离婚的过程中，她就已经和别人同居了。两个人结婚才两年，没有孩子，也没有很多共同财产，所以离得也算顺利。

到达拉萨已经是下午了，拍摄组进城休息了半天，第二天便开始工作。刚开始还是比较顺利的，柳彤感觉韩栋没有那么凶，其实她是不知道，韩栋对她的专业态度及领悟能力很满意，如果是其他模特，总达不到他的要求，早就暴跳如雷了。

可能是一天的工作量太大了，当天夜里柳彤便出现了高原反应。她一整夜都没有睡着，头疼得厉害，但她不想耽误拍摄进度，没有跟组里汇报，用化妆品遮掩了自己的疲惫。不料，在第二天拍摄的时候当场晕倒了。等她醒过来，发现躺在医院的病房里，大家都围着自己。

韩栋见她醒了，生气道：“你有高原反应为什么不早说，你知不知道，这是会出人命的！”

柳彤有些委屈道：“我觉得应该没什么事，我的身体一向很好。”

韩栋吼道：“这事不是你觉得，你觉得！”

小王在一旁打圆场：“柳姐她也是为了工作，想赶进度。”转头，她又对柳彤说：“柳姐，韩老师这也是关心你。”

不料，韩栋一点面子也不给，直接道：“小王，你别在这和稀泥了，赶进度，赶进度，现在怎么样，所有人都要等着她！”

柳彤强忍着泪水，挣扎着从病床上爬起来，道：“我没什么事，大家不用等我，现在就开工。”

韩栋面无表情地道：“你别在这逞能了，你好好休息两天，身体好些了就飞回去。我已经跟姚主编打过招呼了，接替你的模特明天就飞过来。”

这一下可真把柳彤惹恼了，她指着韩栋的鼻子骂道：“姓韩的，我看你比我大几岁，才叫你一声韩老师，你怎么不知道自尊自重呢。我的工作，你凭什么替我做主推掉？你也太欺负人了吧你。一见面你就没给过好脸，你离婚心里不舒服大家都同情你，可这不是你颐指气使的理由，我得罪你了吗，你这样欺负我？”

在场所有人都惊呆了，看着韩栋一句话也不说，担心他突然爆发对柳彤反击，或者直接撂挑子走人。然而，都没有，沉默了一会儿，他说道："我自作主张换别人，是我不对，我向你道歉，但是我明天就要开拍，你能行吗？”

柳彤气咻咻地道："我没有问题。”

韩栋道："好，不过咱们丑话说前头，如果明天你再晕倒，我就直接换人，你没有意见吧？”

柳彤道："没有意见！”

柳彤在医院输完点滴之后，直接回了酒店，当天晚上睡了一觉，第二天直接上工。也许是她心里那股永不服输的劲儿帮助了她，之后真的没有出现特别严重的高原反应。

经历过这次摩擦之后，柳彤和韩栋的关系也发生了一些变化。在韩栋这方面，觉得柳彤虽然年纪不大，但那种敬业的精神着实让人喜欢，而且她还特别爱学习，求上进，因此对她多了几分尊重。在柳彤看来，她压根没有想到韩栋会向自己道歉，虽然脾气发得很痛快，但事过之后她觉得自己说得有些过分，着实伤了对方的心，因此心里总有些小歉意。

在这种心理的交错下，两人走出了最初的尴尬之后，接触逐渐多起来。在近十天的拍摄过程中，他们从工作聊到了生活，从生活聊到了感情。其实，韩栋也只有 32 岁，只是胡子拉碴、皮肤很差，看上去有些老。有一天，因为天气的关系，拍摄组早早就收了工。二人来到一间酒吧，韩栋喝了一些酒，便打开了话匣子，聊起了自己的感情生活。柳彤这才发现，他那坚强的外表下，其实是一颗极易受伤的心，不由地涌起一股想要保护他的冲动，失口说道："不是你不好，是她不懂得珍惜，如果我嫁了你这么好的男人，一定会像宝一样护在手心，谁也不让碰。"

听完这句话，韩栋抬起头来，愣愣地看着柳彤。柳彤这才意识到自己也喝多了，有些口不择言，但说出去的话就像泼出去的水，再也收不回来了。第二天，两个人再也没有提这件事，好像有意在躲避似的。

虽然是在躲避，但柳彤却无可救药地发现，韩栋已经走进了她的心。从那以后，闲下来的时间里，她脑海中想的似乎都是他。他的一举一动，一言一行，似乎都在牵动着她的目光。她发现他的皮肤很差，一问才知道他从来不用护肤品保养。作为一个摄影师，每天在外面跑，风吹日晒，皮肤怎么可能好？在西藏这几天，他的脸已经被晒伤了，都开始脱皮了，于是她强逼着他抹自己的防晒霜，晚上回去还敷一张极贵的面膜。在拍摄任务结束之后，拍摄组安排一天的时间让大家逛拉萨，柳彤看到一款男性专用护肤品套装，便买下来偷偷放进韩栋的大背包里，并附上一张纸条：一个男人，过了三十岁之后，就要为自己的脸负责。

从西藏回来之后，他们没有机会再见面，不过时常会发微信。一开始，总会聊几句最近的工作，后来聊天内容越来越跟工作毫无关联，聊得越来越晚，一晚上要说好多次晚安才恋恋不舍地入睡。

有时，他会拍一张自拍发给她，道："我才发现，原来男人也离不开护肤品啊。"

于是，她立即会打趣地回复："没错，继续用下去，你离胡歌不远了。"他回道："我要当吴亦凡。"

后来，他们偶尔也会约出来见面吃个饭，但却好像约定了一般，当面谁也不谈感情。当他的护肤品用完之前，她会再选一套送给他。

她知道，他需要时间从伤痕中走出来，她小心地呵护着这份情感，小心地呵护着他。她感觉自己的呵护，就像送他的那些护肤品，能让他恢复原来的容颜。终会有一天，他将走出阴霾，接受一个新的开始。

她期待着那一天，他受伤的心痊愈，恢复了爱的能力。到那时，他会向她表白。

（左哲）

爱，需要懂得，懂得关心，懂得体贴。唯有懂得，爱更能情意绵绵；唯有懂得，爱更添温馨无限；唯有懂得，爱方能经历弥新！

谈过恋爱或是踏入婚姻殿堂的人都知道，物质条件再好，在"年久失修"后仍有可能会变成一对怨偶。

因此，真正的爱是发自内心的对爱人的关心，这种关心体现在生活中的点点滴滴。正如法国思想家蒙田所说："生活乐趣的大小是随我们对生活的关心程度而定的。"一个人，无论男女，如果关心对方甚于关心自己，自然就是爱的具体表现。试想一下，当一个女人细心到关心爱人脸上长了一个痘痘，想着为他买护肤品；关心到他气色不太好可能是最近有些劳累，为他煲汤解乏，还有什么甜言蜜语比这更令男人感动的呢？

真正相爱的一对人，生活中是很少会争吵起来的，因为他们互相都关心对方高于自己。即便发生了争吵，也会很快就和好，正所谓"床头打架床尾和"，事后都会后悔自己之前的言行伤害了对方。

当她和你在一起之后，原来固执任性的脾气开始自我控制和收敛，并努力改进自己的缺点和不足时，这说明她真的很爱很爱你。反过来，男人对女人也是一样的。

爱人之间之所以会争吵，无非是各执一词，都觉得自己有道理，而如果爱得够深，就会很自然地和爱人的心往一处想，劲儿往一处使，这样怎么可能再吵得起来呢？所以，争吵频率高的男女，大都不是心中彼此有爱意的人，或者以前心中有爱意，现在对方关心自己越来越少了，所以落差引发了心中的委屈。

　　爱到浓时也许很想对方能为自己发生改变。但事实上，只能改变对方的某些行为，但改变不了那个人。如果你坚信"只要我们在一起，对方一定会改变"，恐怕会失望。人都会改变，但很难照你的意思改变，到最后会改变的，大概是你对这件事的态度：你会终于了解，然后耸耸肩，饶了自己，也饶了对方。

　　爱一个人就要爱他的全部，如果你只因他的优点而爱他，那么你们之间的爱情从一开始就注定要结束。付出了不一定有回报，但不付出就一定不会有回报。这就是在爱里为什么要主动去爱对方的原因。

　　如果实在做不到爱全部，也要做到包容全部，这是保护一段感情最实际的做法。而且，爱不仅仅是一种情感，还是一种能力。是一种让自己幸福也让别人幸福的能力，是一种化干戈为玉帛的能力，是一种化百炼钢为绕指柔的能力。

　　学会用理解和欣赏的眼光去看待对方，而不是以自以为是的关心去管束对方。

在最浪漫的时刻

在恋爱升温时送他护肤品

如果恋爱之初你的礼物是钱夹、手套之类，那么随着关系的进一步发展，关心程度也会加深。恋爱中期，该是护肤品登场的时候了。要让他知道你对他的关心已经深入肌理，你们已经是一体的存在。

在入夏前送他护肤品

夏季是个出油的季节，所有男人的皮肤都要经受考验。如果没有爱人的打理，一个夏天下来，鼻头的黑头只多不少。因此，夏季也是个可以看出男人究竟有没有人疼的季节。为什么要错过这个疼他的机会呢？

在分手时送他护肤品

如果感情已经走到了尽头，但牵挂的心还无法一时放下，送一套最适合他的护肤品吧。如此，对想要照顾他的心便是一个圆满的交代。

在发现他皮肤变差时送他护肤品

男人表达阳刚的方式可以很多样，但粗大的毛孔和明显的黑头绝对不是其中之一。男人为事业繁忙之时，不妨帮他监督一下皮肤状态，并适时加以关心，相信会收到好评。

选择护肤品的诀窍

先检测皮肤状态

在为他选择合适的护肤品之前，去和皮肤科医生交流咨询是相当重要的一个环节。选购一款最适合他的护肤品可能比想象的要烦琐但之后你就会明白，所有的付出都是值得的。

先购买试用装

确保护肤品不会对他的皮肤产生任何伤害是最重要的。所以，在购买前请一定要先取少量的产品涂抹试用一下，比如说手腕内侧。如果会伤害他的皮肤，就是再昂贵的产品也毫无意义。

不同肤质选择不同种类护肤品

因为男性皮肤有较厚的真皮层，所以皱纹产生也更深，衰老起来很迅速。因此，选择能够有效提供皮肤所需水分，清爽而不油腻的男性护肤乳尤其适合。如果是敏感肤质，就要选择泡沫型的洁面乳、温和性的爽肤水，天然型的也很好，最好是植物直接萃取，不含化学添加剂的。

世上最好的你，皮肤也理应享受最好的保护。

为你的魅力加分，也是我的任务，让我们一起加油吧！

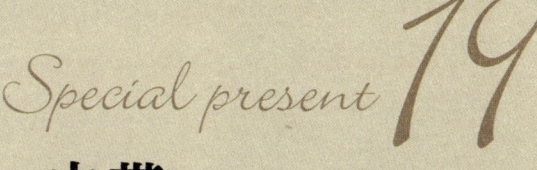

Special present 19

皮带
——最贴心的问候与牵挂

剪不断的关怀，最甜蜜的缠绕

温情寄语

两颗相爱的心
总想甜蜜地靠近
哪怕是一分一秒
也不愿与彼此分离
不在身边的时候
还有这甜蜜的缠绕
以我之名
照顾你的身形
一不小心
成为爱恋的点睛之笔

黑色的简约
棕色的浑然天成
它特有的小心思
帮你拒绝了平庸
细腻的纹路
出彩的图案
是我对你爱的勾勒
好像我柔情的双手
环抱腰间
松紧适度的抱抱
只为迎你低头望见的欢喜

以最特别的理由

皮带是男人的徽章
让他与司空见惯和中规中矩远离
皮带表露男人丰富的内心
看得出他是王者还是文人雅士
想要用无限的温柔缚住他的心
先让它代替你环抱腰际
这才是其中的深意

优质的皮带
寄托着无限的痴情
让他成长并领悟到
爱的甜蜜承载了责任
浪漫的诠释是永不分离

理性的解答是英气勃发的代言
精湛的工艺
揭示他的品位、身份与喜好
上乘的质地
表达他极简主义中低调的奢华

他曾是中戏毕业的高才生，毕业后因为一部小说而成为畅销作家。有人说，天才的另一面是笨蛋。这话不错。造物主很公平，给你一长必给你一短，给你一特别之长必给你一特别之短，所以它总是把天才的另一面制造成笨蛋。在创作上，他是个天才；在生活上，他也确实是个笨蛋，日子过得总是邋里邋遢。

在情感上，他是一个内向的人，不敢表达自己。那时候他还年轻，有话剧导演邀请他将自己的小说改编成话剧，准备在剧院上演。她比他小两岁，是个名不见经传的话剧演员，在他编剧的话剧里担任女三号。他喜欢她的纯净、开朗，却不敢表露自己的心声，只是在角落里默默地注视着她。

话剧上演之后，反响一般，没过多久她就被调到北京去了。从此两地相隔，更没有表白可能了，他也就渐渐把这份感情藏了起来。后来，在家人的撮合下，他与一名护士走入了婚姻的殿堂。然而，这段婚姻很快便结束。原因有很多，没有共同语言是其中之一，另外最主要的，还是护士无法忍受他的邋遢。

不过，他毕竟还是一名天赋极高的畅销作家，在别人的介绍下，没过多久便有了第二个妻子。他的第二段婚姻维持了七年。随着对生活激情的消失，他渐渐感觉灵感枯竭，无处下笔，创作进入了瓶颈期。没有作品，就没有收入，他与妻子之间的矛盾也渐渐凸显。经过几番争吵之后，她终于也离他而去。

当他的人生走到最低谷的时刻，她又重新回到了他的世界——她的工作调回了上海。这十几年中，虽然两地相隔，但他们的友谊并没有断，因为工作的关系，两个人偶尔还会见面。她听说了他的遭遇，主动约他出来吃了一顿饭，并且给了他许多的鼓励。这时的他已经不是当年的羞涩大男孩，当听说她也恢复了单身之后，不由得将多年压抑在心底的情愫全都倒了出来。

她哭了，说道："那时候，我还以为你喜欢的是那个女一号，很是伤心了一场，才主动申请调到了北京。"

"错了，错了，一切都错了，"他喃喃道："都怪我胆子太小，怕被你拒绝。"过了一会儿，他抬起头来，伸手去抹她脸上的泪："我们现在也不迟。"

经过半年的努力，他们终于说服家人，走到了一起。虽然此时她已经年过四十，青春不再，但他们的爱情是年轻的，并且茁壮地成长着。他习惯于书面表达情感，在空闲时就会写诗给她，而她也会一一回复，就算每天都能见面，书信依旧不断。他们就像热恋中的小男女一样，时常卿卿我我，非常甜蜜，让人不由得心生羡慕。

有爱做基础，一切都会变得美好。他在生活上邋遢，但她能给他无微不至的照顾。两个人偶尔会斗嘴，但从来不生真气。她是一个精致的女人，把生活打理得井井有条，他每次出门穿戴都是整整齐齐的，人们再也看不到他原来那种不修边幅的样子了。为了搭配他的衣服，甚至皮带都给他买了十多条。无论是家人还是朋友，都说他找了一位好太太。听到别人夸自己的妻子，他比听到别人夸自己的作品都高兴。

自从结婚以后，两人一起看书，一起品诗，一起喝茶，好像一对神仙伴侣。也许是他们过得太幸福了，连老天爷都忍不住嫉妒他们。结婚八年之后，他被检查出了癌症。

听到这个消息，她的世界崩溃了，眼泪止不住地流。然而，当她流尽泪水后，忽然领悟到现在她还不能倒下，他太需要她的加倍扶持和精心呵护。

每天，她都会想尽办法变着花样为他弄好吃的，可是随着病情的加重以及放疗、化疗带来巨大的反应，他的脾气越来越暴躁，动不动就呵骂她，还将她精心烹调的小菜踢翻在地。她不止一回偷偷抹掉委屈的眼泪，但却从来没有一声抱怨。

他每次醒来，映入眼帘的便是趴在床边疲惫的她，眼角还挂着泪珠。他觉得心里一阵酸楚，她昔日圆润的面庞变得憔悴了，她昔日白皙的肌肤变得枯涩了，他悄悄地用手指为她揩去脸上的泪痕，忍不住哭了。疾病和困境都没让他流过一滴泪，但现在……他知道她为自己付出了全部。

即使在医院里，他也戴着那条最喜欢的皮带。只不过他很快发现，原来扣在第三个眼还嫌紧，而现在到了第五个眼都往下掉。他和她都明白，不是皮带变长了，而是他在急剧地消瘦。每次看见他晨起扎皮带的时候郁郁寡欢的样子，她心里都似刀剜一般难受。

按照习惯，她每天都扶他去医院门前的花园散步。有一天他惊喜地告诉她，皮带竟然可以扎到第二个眼了。这证明他长胖了，病还有得治。看着他明朗的笑容，她脸上露出了一丝不易察觉的苦涩。原来，为了鼓舞他与疾病做斗争的勇气，她悄悄地将皮带剪去了一截。

他并没有一点点好转，继续消瘦，皮带则被她越剪越短。眼见就要露馅，她急得不知怎么办才好。

这一天，他却用虚弱的声音开心地叫了起来："皮带又可以扎到第二个眼啦！"她从三天前就没有动过一剪子了。她突然好开心，他真的是胖了，他的病一定是好转了。自从他得病以来，她从来没有像那天一样舒心过，幸福的笑容重新洋溢在她孩子般的脸上。

然而，就在这天夜里，他在她的怀中去了，脸上还带着微笑……曾经，她为了让他安心，每天剪去一截皮带。其实没多久他就发现了，他知道，他活不久了，应该在最后的日子里让她再开心起来，于是每次扎皮带前他都支开她，然后拼命喝水，喝到肚子鼓胀起来……他很开心，终于可以在生命的最后一刻如愿看到她消失已久的笑容！

自从他去世之后，无边的思念伴随着这位年过五十的老人。往日的焦虑、担心、奔忙，从早到晚为他准备好一切的她，一下子变成了一只停了摆的钟，泄了气的皮球。一切如昨，只是他去了。

在相当长的一段时间里，他总出现在梦里，那个傻乎乎的系不上腰带的蠢笨模样，那个一开始创作就忘记喝水，不分昼夜的耕耘者。后来，在儿女的宽慰下，她逐渐走出悲伤的阴霾，把他生前写完却没有来得及出版的书籍一并出版，这也算是以另外的方式去照顾他。

（谢芝）

爱情的欢乐虽然是甜美无比，但只有在光荣与美德存在的地方才能生存。宽容就像天上的细雨滋润着大地。它赐福于宽容的人，也赐福于被宽容的人。

腰带是人类服饰文化的重要组成部分，具有非常悠久的历史。在不同时期，腰带具有多种形式和名称，起到不同作用。腰带不仅具有实用和装饰作用，还是区分等级地位的重要标志，传达情感、表达礼仪的重要符号，是礼制文化的重要组成部分。

南北朝时期，妇女服饰中出现了束带，它与革带相比柔软而长，一般要在腰间缠绕一两圈之后再打结，能够系出漂亮的结式，并且可以有飘逸的带尾，为女性服饰增加几许妩媚动人的魅力。有传，此时期的女子在成人礼的时候，如果已经有了意中人，便可以将束带系在其腰间以定情。

到了唐代，官服沿用古制使用革带，北朝末期和隋朝初期，以革带上銙的质料和数目作为身份高低的标志。銙是一种装饰物，一般有玉、金、银、犀、铜、铁等不同质地，以玉最为尊贵。据《新唐书·车服志》记载，唐高祖时，规定"一品、二品銙以金，六品以上以犀，九品以上以银，庶人以铁"。妇女命服随男服沿用革带，但常服中以束带为主，以柔软绵长、缠绕花结为美。

在宋代官服中，革带依旧是表示官位高低的符号。这时，腰带的名称和种类则更加繁多，等级也更加严明。在日常生活中，常用的腰带有革带、勒帛、绦和看带。勒帛是丝质腰带，绦是绳索形的腰带，束腰之后可以下垂，宋代的隐士多采用。看带是在织成的腰带上再织上花纹装饰，较宽阔，后来称为鸳带，也有一定的比翼双飞的寓意。

小小一条腰带，寄托着爱心，具有浓郁的浪漫色彩。事实上，古人常借腰带来表达男女之爱，因此腰带在古诗词中屡屡出现。

南北朝时期的大文学家庾信曾在一首《王昭君》诗中写道："围腰无一尺，垂泪有千行。"柳永则在词中唱道"衣带渐宽终不悔，为伊消得人憔悴"，自誓甘愿为思念伊人而日渐消瘦与憔悴。陶渊明也曾说："愿在裳而为带，束窈窕之纤身。"表达希望缠绕在爱人身边永不分离的愿望。宋末贾琼之妻韩希孟，在元兵南下时被俘，义不受辱，在衣帛和练裙中写下："初结合欢带，誓比日月炳。鸳鸯会双飞，比目原常并……"然后投江而死。

到了现代，皮带虽然更多是用来装饰的配饰，但是异性之间也不会随便以此为礼物相赠。女子若买皮带送给男子，首先可以确定的是关系足够亲密，否则是十分不妥当的行为。其次，其中蕴含了这条爱的皮带将你我连接在一起的意思。所以，肯收下皮带礼物的男人基本上也是对送礼的女人心怀爱意的。

从古至今，腰带的材质、款式、长短虽然多有不同，但其中蕴含的寓意却很相似，寄托着男女之间浓浓的爱意。

真正的幸福来自全身心地投入到对我们目标的追求之中。

在最浪漫的时刻

在任何他需要的时候送皮带

对自己的衣着饰品搭配有要求的男人来说，皮带自然是一个不容忽略的配件，当他需要的时候及时送上，他会有一种自己一直被关心的温暖感受。

每次买裤装的时候都可以送他一条皮带

皮带通常不能用到坏了才想起为他买新的，在经济条件允许的情况下，每条裤子都应该有一个与之相搭配的腰带。

在属于你们的特别日子送他一条皮带

不管是情人节，结婚纪念日，还是他的生日，任何一个值得庆祝的日子里送礼物，皮带都是一个不错的选项。表达想一直和他在一起，永不分离的爱意。

在挑战面前送他皮带

在他的工作，或者生活上要面临很大挑战的时，送他一条皮带，表达自己坚强的支持。让他可以毫无后顾之忧地发挥自己的实力。一旦成功，这条皮带也是他成就的证明。

选择腰带的诀窍

送他的腰带要注重品牌

　　注重腰带的男人，通常都是对品牌有要求的，因此如果要送，最好是选择好的品牌。不过，购买原装进口腰带须注意，真正进口的国际品牌，一般都得上千元，只有顶级的商厦才有，而且每款腰带都有一张单独的进口关税单，否则都是假的。

做礼物的腰带颜色尽量低调

　　颜色选择可以透露一个人的性格特点，建议为男士选择腰带时一定要保持低调，以黑色、栗色或棕色的皮带为主，因为它们通常都配以钢质、金质或银质的皮带扣，这样的一条皮带会非常百搭，适合出席各种场合。

样式要综合他的体型进行考核

　　首先考虑的是尺寸，然后是风格。给体型高大威猛的男士，要选粗犷、大皮带扣的；给体型偏瘦的男士，要选精致细腻的。

送他优质皮质的腰带

　　送皮带还要看皮质，目前市场上主流是头层牛皮，性价比最高，也最耐用。此外还有羊皮、鳄鱼皮等。

　　我不想拴你在身边，因为我知道，你是高飞的雄鹰，而我愿意在家里等你回来，并在心里默默祝福你，飞得更稳，飞得更高。

Special present **20**

领带、领结
——风度与品味共存

细微修饰，展现审美与品位

温情寄语

当你老了，头发花白，睡意沉沉，
倦坐在炉边，取下这本书来，
慢慢读着，追梦当年的眼神，
那柔美的神采与深幽的晕影。
多少人爱过你青春的片影，
爱过你的美貌，以虚伪或是真情，
唯独一人爱你那朝圣者的心，
爱你哀戚的脸上岁月的留痕。
在炉栅边，你弯下了腰，

低语着，带着浅浅的伤感，
爱情是怎样逝去，又怎样步上群山，
怎样在繁星之间藏住了脸。

以最特别的理由

巴尔扎克曾经说过
领带是男人的介绍信
它揭示了身份、品位与个性
领带是女人送男人最经典的礼物
它不是束缚，不是圈套
而是一种锦上添花
适宜的领带会让他变得与众不同

一个女人送领带给男人
说明她已经爱上了他
这个系在颈上的饰品让他神采飞扬
美好的故事正在续写
爱情让生活掀开新的一页
它能紧则紧，能松则松
自由适度亦如女人对男人的掌控
他对领带的态度
也可以成为爱的风向标
聪明的女人可要仔细
别让他的脖系上别人的领带

雪莉，长沙人，是个生活上乐观直爽，工作起来雷厉风行的女强人，名牌大学毕业，年仅 30 岁，已经升任国内某知名广告公司的策划总监。在同事眼中，她是典型的工作狂，每天的会从早上八点半排到晚上七点，凌晨三点还能看到她与客户的往来邮件。而且，面对客户的无理要求，她也能礼貌而坚定地说"不"。有一次，客户因自己内部沟通失误而投诉雪莉团队的设计师，她并没有吃哑巴亏，而是有礼有节地回邮件跟客户说明事实，结果使对方总经理专门前来道歉。也许你会认为，她应该是那种典型的黄金剩女。这你就错了，雪莉有一个外国男朋友。

安森，挪威人，在中国留学四年，毕业后进了一家德国公司，也是在长沙。他与雪莉认识是在三年前，那时候他刚刚进德国公司没多久，在宣传部门工作。公司新产品准备上市，找雪莉所在的广告公司进行宣传。安森作为甲方代表，直接与雪莉进行沟通，一来二去，等项目结束之后，他也被雪莉给迷住了。

面对安森的大胆表白，雪莉最初还是有些犹豫。安森是那种高大帅气的北欧男子，穿上西装，打上领带，能够迷死一大片少女。他那一双粗眉深窝大眼，简直随时都在放电，平时走在路上，都会有女生不顾矜持地跑来和他搭讪。最重要的，安森的年纪还比雪莉小两岁。这样的男人，她雪莉能征服得了吗？不仅她自己有疑问，连身边的朋友也都纷纷表示不看好，觉得安森一定是个花花公子，身边女人无数。

然而，在安森猛烈的爱情攻势下，雪莉最终还是缴械投降了。不过，事实证明，所有人都看走眼了。安森虽然年纪轻，但却是一个很有担当的男人，他对雪莉贴心的爱让她很受感动。

自从与安森交往之后，雪莉依然是原来那个雪莉，理智干练强势，喜欢掌控别人，也没有因为有了男朋友就变得温柔可人，做低眉柔顺小女子。遇到约会与工作，她会首先选择工作。然而，安森一点都不介意她的强势，甚至在一般中国男人看来有些伤人的举动，在这个挪威男友眼中都是魅力无边。

在朋友聚会时，有人曾开玩笑地问道："安森，你怎么能忍受得了雪莉这样的女强人？"

安森很诧异，道："为什么要忍受，她非常优秀，那是她的优点，我欣赏还来不及。"

有时候，安森还会对雪莉说："你不需要为任何人改变，包括我。我爱的是你的一切，你只需要做你自己就好。"

事实上，雪莉在生活上不太会照顾自己，忙起来就会忘记吃饭，生活作息一片混乱，熬夜是家常便饭。很多时候，反倒是小男友安森照顾雪莉比较多。他们家的冰箱上贴着很多饮食的注意事项，是安森写给雪莉的。安森出差前，必定会去超市买很多食物把冰箱塞满。雪莉平时不太喜欢逛街，也很少给安森买什么礼物，唯一的礼物是她去北京出差的时候，偶尔看到的一条不错的领带。安森收到领带后视若珍宝，高兴了好几天。

通常，如果周末两个人都在家，他们会各自忙自己的事，互不打扰，给彼此一个安安静静的空间。到晚上，则挑一部彼此都喜爱的中欧文艺电影，拉上窗帘，整个光影世界只有他和她。这是他们的相处之道，彼此欣赏，彼此依赖，而又保有一定的私人空间，互不干涉。

然而，爱情并非总是一帆风顺，对他们的考验终于来临了。在一次体检中，雪莉被查出了家族性遗传病，这种病虽然对她平时没有什么影响，但在生育时会有极大的风险。事实上，雪莉的母亲就是在生她时去世的。得知这个消息之后，雪莉感到悲痛欲绝，她还曾经跟安森商量，几年之后可以将事业先放一放，生一对儿女。如今，这个愿望已经变成了遥不可及的梦。

　　擦完眼泪后，雪莉作出了一个惊人的决定，她向安森提出了分手。当时，安森正在挪威休假，接到雪莉的分手电话，便不顾一切地回到中国。

　　雪莉在睡梦中被钥匙开门的声音吵醒，看到安森风尘仆仆，随身只有一个小包从挪威赶回来，她第一次在男友的怀里流下了眼泪。这个时候，她终于变成了一个需要男人呵护的小女人。

　　当安森听雪莉说出分手原因，觉得荒唐无比，他握着雪莉的肩膀，表情凝重，一个字一个字地道："亲爱的，我不在乎你能不能生小孩，我爱的是你这个人，不是任何其他的东西。如果你喜欢小孩，将来我们可以领养一个。"

　　事情似乎就这样过去了，两个人的感情又进了一步，他们互相向对方保证，绝不再因为任何原因说分手。然而，两个月之后，他们还是分手了。当然，不是为了孩子。

　　安森所在的公司公布了一份新的人才发展战略，选出五个人去美国进修三年，然后直接回德国总部担任要职，而安森是公司重点培养的人才之一。这对于安森的职业生涯来说，无疑是绝佳的机会。然而，如果安森接受公司出国进修的安排，也意味着他以后就不能回中国工作了。

　　雪莉在安森的手机上偶然间发现了这件事，从聊天的记录可以看出，安森一直在犹豫。这天，他出差回来，推开门却看到了床上放着另一个男人的衣服，地上还有一根松散的领带，领带很时髦，但是这样满地纷乱的场景让他心口着实堵得慌。雪莉冷漠地看着安森，一副无所谓的表情，道：“是时候告诉你了，我爱上了别人，我们还是到此为止吧。”

安森感到非常绝望，直接冲了出去。等他走后，雪莉再也装不下去，瘫坐在了地上。那套西服和领带其实是她上周刚给他买的周年礼物，没想到命运却将它变成了分手的道具。

一个男人从浴室里走了出来，那是被她拉来演戏的男同事，他很不理解地对雪莉道：“你们都已经走到了现在，何必要伤害彼此呢，大不了你陪他一起去德国。”

雪莉叹了口气道：“你不明白。我可以放弃我的事业跟安森走，但我不能扔下我爸爸不管。六十多岁的人，如果要他跟着我出国奔波，重新适应陌生的环境，那对他来说是遭罪。我没办法给安森生孩子，难道我又要成为他事业发展路上的绊脚石吗？我怎么可以那么自私。”

遇到一个无条件爱自己的人，很难；而放弃一个无条件爱自己的人，更难。

安森最终顺理成章地去了美国，两个人的联系就这样结束了。转眼之间三年过去了，雪莉没有再交过新的男朋友，她似乎已经习惯了一个人的生活。她已经辞去了原来的工作，自己创业做起了广告公司，感觉比以前更加忙碌了，忙碌的工作也让她无暇再去谈新感情。

这天，她正在自己的办公室看方案，外面有人敲门，她头也没抬道：“请进。”

她听到脚步声，抬头一看，突然愣住了。进来的不是别人，正是她以为此生再也不会见面的安森。他看上去稍微有点发福，西装变得宽大了许多，但是领带还系着以前她买的那条。

原来，安森知道了事情的真相，他在自己进修结束之后，向公司提出了申请，愿意回到中国开辟新的市场，总部进行综合考虑，批准了他的申请。

时隔三年，两个人再一次深情地拥抱在一起。

对一个人最深的爱，就是绝不阻挡他走向更好的自己。如果真的不小心成了绊脚石，那就主动选择离开，雪莉就是这样做的。她选择用最无可挽回的方式让安森没有遗憾地去了美国。她不想看到安森为了她牺牲自己的梦想，既然梦想和她之间安森必须作出选择，她甘愿自动退出。

不是因为不爱而分开，而是因为太爱了。这就是她爱他的方式。

（艾米）

学会放弃就意味着成长。学会放手，你的幸福需要自己的成全。

——位服装设计师说："男人的一套西装，至少应该配备不少于十条的领带。"

衬衫与领带之于男人，就像化妆品与高跟鞋之于女人，永远在个人形象领域拥有不可替代的位置。

女人拥有明亮夺目的化妆品，琳琅满目的高跟鞋，仿佛一切都是造物主对女人的宠爱。如果上帝只允许男人拥有一件衣服，那便只能是衬衫了，搭配领带可以上班穿，敞开扣子可以郊游穿。当然，没什么比衬衫搭对一条领带，更能简单直接彰显一个男人的身份与地位的了。即使是一件并不出彩的衬衫，也可能在领带的搭配下显得与众不同。

领带和领结都可以从不同角度诠释男人的美，于细节处提升整体的时尚感。它们环在男人的颈上，好似柔情的你环住他的脖颈，呢喃几句，或者低声细语。这种亲密的关系是专属的宣告。爱情和死亡一样都是极其霸道的，它不由分说，更不允许与人分享。女人往往希望经过自己用心装扮过的男人是世上独一无二的。

男人应当了解，每次女人在整理家里的物品，从柜角里搜出来卷成一团的旧旧的领带时，都会轻声叹息，因为每个为他添置的物件都有一份爱意。也许男人会很奇怪，为什么女人这么容易寄情于物，这么容易感情化？因为女人是单纯的感情动物，天性促使下，她们总在爱与恨的两极急匆匆地跑来跑去。当一个男人发现自己的爱人已经能把百物化为万种柔情时，全身心地接受才是幸福的出路。

她可以把他的旧领带洗得很干净，然后依旧坚持说这上面似乎还有他脖子后面香甜而柔弱的气味。

柔情似水，就是女人的爱。

想要获得幸福的男人，要学会在每一个柔情似水的时刻，为她突然驻足。

温柔天下去得，刚强寸步难移。温柔而体贴人不仅是好性格的表现，而且是美好心灵的反映。

在最浪漫的时刻

婚纱照之前送他领带或领结

在人生中最甜蜜的时刻，送他领带或领结做礼物，把最好的他呈现给自己，这个过程就是幸福。当他在镜中看见英俊非凡的自己，也会充满力量。

在他表现优秀时送他领带或领结

不管是学业还是事业，当他取得了非凡的成就，请送他一条领带或领结，款式可以低调但质地一定要好。表达祝贺的同时也是告诉他，我的爱人，你的优秀让你足够拥有更有品质的爱与人生。

为男人选择颈上配饰的诀窍

手工缝制的领带是首选

好的领带必定运用了大量的手工缝制技巧，例如表面布料与内里的缝合如果足够到位的话，就会使领带本身非常柔软平整。当你轻拉两边时会感到手工缝制的收缩性，只有这样的领带在打结时才会具有可调节性。

长度角度要精准

领带尖呈九十度角，就是以中间线对分成两个等腰三角形，如果不是这样的结构，领带的平衡感就会失去，在打结时会影响到整体的美感。好领带的长度是 55 英寸或 56 英寸（约 139.7 厘米或 142.2 厘米）。领带的宽度也很重要，虽无硬性指标但基本上领带的宽度应与西装翻领的宽度相一致。

领带最好的材质是真丝

之所以苛求真丝质面料，是因为其颜色光亮却不耀眼。化纤面料的质感相对真丝而言也就稍逊一筹了。羊毛料、法兰绒、席纹呢，甚至是织边牛仔等，都是时下流行的领结面料。春天来了，找一些泡泡纱、马德拉斯棉布和纯棉质地的领结也是不错的选择。

　　在我对你的爱里，我永不纠缠。在我对你
的爱里，我甘心陪伴。在每个你需要我的场合，
让你隆重出彩。

Special present **21**

手织毛衣、围巾
——汇集心思的温暖

亲手编织，你的生命从此只有暖春

温情寄语

如果你想要一滴水
我愿送你一片海
如果你喜欢树上的红叶
我给你整片的林海
如果你要看一个微笑
我张开双臂等你扑来
如果你需要有人同行
我无条件陪你走向未来

不管是哪一种愿望

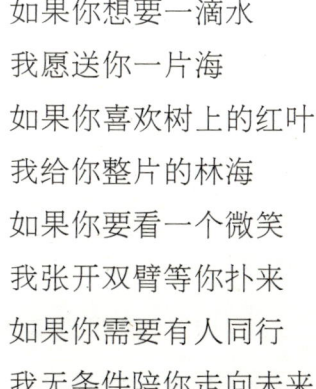

我都愿意满足
汇集全身的温暖
从头发到脚跟
恨不得让你一一体会
把我的爱随身穿戴
愿你不惧天空的阴霾
愿你不惧刺骨的寒风
愿你的世界
因我送的围巾而春暖花开

以最特别的理由

每个有爱的女生都应学点编织
因为世间男人千千万
总有一个值得你去为他编织爱
亲手编织的礼物
比那些买来的现成商品
总是要多一分温暖
为他编织一条围巾吧
从此他就会拥有一辈子的暖冬
在那些寒冷的冬日里
会让他时时想起你细心的叮咛
新款的毛衣也不错
让他轻松成为潮流尖上的男人
你还可以
将他最爱的色彩和图案织在上面
让他身上时时都留着你爱的印记

你送他的不是普通的礼物
而是你们之间爱的记忆

有人说，一条围巾最好的命运，是可以成为一个笨手笨脚的姑娘的礼物，去见证一段感情。因为那样的话，不论那感情是不是有了好的结果，对于围巾自己来说，总好过在一场虚假的流行之后，被搁置在仓库或者是衣柜的角落。

白颖是一个好到让男人心疼、女人羡慕的女人。她好像高速旋转的陀螺一样，一直生活在紧张和劳碌之中，从来没有轻松过，一旦闲下来，反倒觉得非常不适合，没有安全感。由于性格使然，她无论做什么都想要做到最好，从小到大一直都是学习尖子，英语水平更是让许多留学生都觉得汗颜。毕业之后，她到北京发展，现在已经成了一名出色的非诉律师，为许多大公司提供法律咨询。

不仅工作努力，在生活上她还特别喜欢照顾别人，跟她在一起，什么事情都不用操心，她都会帮你安排得妥妥当当。我常常开玩笑地说："颖儿，谁要娶你做老婆，可真是积了八辈子德了。"她笑而不语。

后来，那个"积了八辈子德"的男人终于出现了。这个秘密是那年夏天我去北京出差时发现的。我和白颖有着非同寻常的关系，我们不仅是高中同学，而且还是大学同学，毕业之后又一起去闯北京，只不过半年之后我撤回了老家，而她却在北京扎下了根。可以说，我们不仅是同学、是闺密，而且还有着革命友谊。因此，每次去北京出差，我都会住在她家。

白颖当了三年北漂，凭着自己的努力在北京买了一套小两居，虽然地段比较偏，而且还贷了款，但这已经相当不容易了。在她的家里，最显眼的就是那两个整面的大书墙，里面的书应有尽有，最多的就是法律专业和文学类的，除此之外，还有不少英文原版书。

　　白颖最近工作比较忙，很晚才回家，我来了两天都没有时间一起吃顿饭。这天下午，她特意打电话过来，让我留着肚子回家一起吃饭，她要亲自下厨为我接风。可是，等她回家时已经是晚上九点了，冰箱里只有一根辣椒、三颗西红柿和几个鸡蛋。她说还是去外头吃，我说你做的鸡蛋面我最喜欢了，于是她做了两大碗鸡蛋面，两个人吃了个干干净净。

　　吃完饭后，我抢着刷碗，她却拿出了毛线织了起来。这让我着实有些诧异。白颖虽然样样优秀，但手却特别笨，大学时我们同宿舍的姐妹一起学针织，数她织的最不像样，后来她就再也没动过毛线。这会儿是怎么了，居然织起毛线来了，一定有情况！

　　果然，在我的逼问下，她如实招了出来。有一个男生叫谭凯，湖北人，中央美院的硕士研究生，现在北京海淀某国际知名服装企业上班。他和白颖一样，家境普通，但却极为聪明，最大的愿望是成为国际知名的服装设计师。

　　"既然他是设计师，对服装的品位一定很挑，您老人家的手工，他能看上眼吗？"

　　白颖道："所以我才要练呀，你没看我织了拆，拆了织嘛。"

　　"你这是图什么呀，平时工作又这么忙，给他买一件不就得了。"我有些不满道。

　　白颖道："你不知道，他有一条很漂亮的围巾，据说是前女友织的，我一定要把她比下去不可。"

　　"什么！前女友的东西他还留着，这种男人你也要？"我的怒火一下子就起来了。

然而，白颖并没有理睬我的愤怒。在她看来，谭凯便是那个应当倾尽全部去爱着、护着的男人。后来临走时，她还有意安排我和谭凯见了一面，可我只觉得那个男人很精明，看上去很会哄女孩开心。

经过几次修改之后，在情人节白颖还是将她的"作品"送了出去，然而她并没有得到期待的好评。谭凯虽然嘴上敷衍了几句，但却没有见他戴过。白颖问他时，只说不知道放哪了。

"其实也不能怪他啦，我织得确实不太好。"听着白颖在电话那头颇感失落的声音，我竟无言以对。我想说："把你的心意不放在心上的男人，不值得去爱他。"可是，最后我什么也没有说。

半年之后，谭凯果然提出了分手。事后白颖才知道，一个富商的女儿看上了他，决定资助他去法国进修，条件自然就是和她结婚。对他来说，这是一个千载难逢的进阶机会，他决定抓住。对谭凯来说，像他这个来自乡下的穷孩子，即使再有才华，如果没有贵人扶持，没有好的机遇，苦熬一辈子也不可能在时尚圈出人头地。分手是谭凯到法国之后提出来的，只是发了一条短信，这真是一种让人痛恨的没有担当的行为。没过多久，白颖便听说他结婚了，妻子也很快怀了孕，一家人在欧洲过得有滋有味。

听白颖用平淡的语气讲着，好像在说别人的故事。然而，我能听出这平淡之中的悲伤，我不能再责备她，只能说些无关痛痒的安慰话。那段时间，她晚上回家后，经常和我微信聊天，我们虽然都有意避开感情问题，但从她的言谈中，还是能感受到她的寂寞。是啊，一个人孤身在北京，没有一个关心的人相互扶持，怎能不寂寞呢？

不过，当我再次来到北京的时候，发现白颖已经有了新的动向。因为我发现她又在织围巾了。我既为她走出上一段感情的阴影高兴，又担心她受到新的伤害，于是问道："那个人怎么样，说来让我给你把把关。"

白颖笑了笑，道："一般吧。"

第二天我就见到了这位巨蟹男，虽然样子没有上一位英俊，但却成熟稳重。我看他脖子上围着一条灰色的围巾，针角很粗，并不十分讲究，便打趣道："这么难看的围巾你还戴，回头我们家颖儿织好了，把这条直接扔垃圾桶就好了。"

他赶忙向我摆手，示意我不要往下说，白颖在一旁却笑道："这回你拍马屁可拍到马蹄子上了。他脖子上那一条也是我织的。"

我有些诧异道："既然已经织了一条，怎么还在织。"

白颖看了他一眼，道："他说我织得好，又向我定制了一条呗。"

我叹了一口气道："果然是爱屋及乌啊。"一句话，说得三个人都大笑起来。看着男人憨厚的笑容，我终于放下心来。我知道，这次颖儿找对了人。

（高洁）

幸福有它的两重性：一方面在于福至心灵，时来运至……另一方面，也是最实际的方面，就是知足常乐地安度日常生活，这也就是说，头脑清醒，不干蠢事。

杭州的灵隐寺有这样一副对联:"人生哪能多如意,万事只求半称心。"奉劝世人看淡人事,莫要过于计较,爱情又何尝不是如此?

恋爱中的人们个个像辛劳的织女,每天都在编织着爱的霓裳。女人在织,男人也在织。甜蜜的爱情霓裳由相爱的两个人共同编织,五彩缤纷,有着幸福的味道。如果彼此都努力编织并知足常乐,那么这才是幸福。如果有一方不知足,那么另一方即使付出再多也只是徒劳。幸福要经得住时间的考验。你今天幸福,但你并不能保证明天幸福。从这个意义上讲,那些沉浸在幸福中的女子,对这幸福有所担忧,害怕它突然消失,这也可以理解。不过,只要把握好尺度,一切幸福都可掌控。

面对幸福,你不可以贪婪,因为幸福本身就是有节制的。你不可以炫耀,因为幸福本身是朴素和宁静的。你不可以一厢情愿地认定这是自己命好,因为从宏观讲,有巨大的力量凌驾于我们卑微的生命之上。你不可以僭越,将那功劳仅仅归于自己,不能忘了自我的幸福是许许多多人和机缘相助的善果。

用心准备的爱的礼物,只为最值得的那个他送出。如果,你在不辞辛劳地织毛线,他会放下手中的事为你捏一捏酸胀的肩膀,或是忽然端上来一碗加了糖的银耳莲子汤,甚至可以就着他的手,伸出头来吃掉小半碗的莲汤,自己手里还握着竹针。这件亲手编织的礼物才有更多温情的价值。即便他无法一直陪伴，至少在第一次看到礼物的时候，有真心的触动，以他自己的方式。

真爱是需要珍惜和回应的，而且也值得去回应。

所谓幸福的人，是只记得自己一生中满足之处的人；而所谓不幸的人只记得与此相反的内容。

在最浪漫的时刻

秋天来了，送他一套亲手编织的礼物

天气还没有转凉，但爱人已经提前为你做好了保护。就算你的他是个冰山王子，这份温暖也让人不忍拒绝。亲手编织的东西不仅传递了温暖，也更有深情。

告白的时候送他一套亲手编织的礼物

如果你是不善言辞的，也没有好的文笔，那可以用灵巧的手编出你的心。如果尺寸没有把握，可以先从围巾开始。

婚后的第一个秋，送他一套亲手编织的礼物

因为他拥有了你，从此他的每一年都不再有寒冬。亲手编织为他遮挡严寒，这就是你的幸福。这样的关心怎能不让他有"娶妻如此，夫复何求"的感慨。你们的感情也会像你编织的温暖一样，越来越厚，越来越美。

过年之前送他一套亲手编织的礼物

有心的你，其实可以在为他编织新年的祝愿时，多编织两条送给公婆。爱他所爱，疼他所疼。温暖全家的礼物，送给他的世界。

编织要做哪些准备

毛线依据单个项目数量采买

对毛线的准备最好是有针对性的。比如，这次想编织的是一件宽大的毛衣，那么需要解决以下几个问题：需要计算大概需要多少重量的毛线；需要的基本线和新奇类的线各自比例大概是多少；这些毛线大概需要多少钱。针对单个项目数量采买毛线可以发挥毛线的最大价值，避免浪费。

依据毛线选择毛衣针

毛衣针的种类有很多。简单地说，细线用细针，粗线有粗针，这是一般的大原则。至于细到几号，粗到几号，就要织样片来确定了。

钩针的选择以毛线粗细为参考

购买钩针时，最好带上一根想要钩织的毛线，以便选到一根钩针头和毛线一样粗细的钩针，钩针头比毛线稍粗一点也可以。而且，在选择钩针时，要仔细观察针尖是否光洁、细滑，但是不能太尖以免使钩起的毛线分叉。此外，钩针的弯钩深浅也要适宜，太深则会使毛线不易脱钩，太浅毛线则不易被勾住。

有我在，你的每一天都温暖如春，不会再有寒冷与孤单。

如果一个月的编织可以换你一年的温暖，这对我来说就是最大的幸福。

皮鞋

——最贴心的舒适感

爱的路上，只想和你一起走

温情寄语

别把幸福想得太遥远
有时候
只是一步的距离
多往前走一步
你就能看到他深情的笑脸

无论幸福在何方
牵起他的手一起走
翻山越岭
风雨兼程

历经泥泞曲折
渡过悬崖险滩
爱的脚步从未停息
不必在乎外界的变迁
只在乎我们内心的获得

人生的旅途
前途也许很远也许很暗
多少风波都愿闯
只因彼此不离弃的目光
有你有我有情就有一片天
不必去猜测天意
只要珍惜相处的日子
待到落日黄昏
才能怀念昔日一起走过的远方

以最特别的理由

皮鞋是一个成熟男性的必备之物
送一双名牌皮鞋给他穿在脚上
打上鞋油，锃亮锃亮的油光可鉴
昂首阔步走在城市的柏油路上
甩出一串节奏明快而又清脆悦耳的足音
立时会引来不少艳羡的目光
招来不少赞叹之声

皮鞋是古老手工艺的代表

笔挺的西装需要配上一双好皮鞋

才能显出男人的生活品味

没错，是好皮鞋

好皮鞋是优秀男人一种趣味追求

好皮鞋是他生活中不可缺少的行头

好皮鞋是正式场合必不可少的礼节

好皮鞋很耐用会长时间陪伴他

作为他的真心爱人

你有义务让他在人群中展现风采

送他一双好皮鞋就是在向世界宣传

不管这条路有多长

你都要和他一起走下去

不管人生多么曲折

你都会一直陪伴在他身边

他出生在东北农村，从小与父亲相依为命。高一那年，父亲生病去世了，失去了经济支撑的他只好放弃学业，跟随一个远亲跑到上海讨生活。很快他就发现，那个带他出来的人是个赌棍，自己辛苦挣来的钱都被他骗去输掉了。于是，他选择逃跑。

离开赌棍之后，只要有钱赚，他什么活都干。今天在饭店里洗碗，明天在工地上打零工。被凉水泡到发白的双手，被钢筋磨出茧子的双手，满是彩漆的裤子和鞋子……衣服破了还可以凑合穿，但鞋子破了就真的撑不住了，只得去垃圾堆里翻别人丢掉的旧鞋来穿。

当然，有活干就是好的，至少可以不用饿肚子。最让他感谢命运之神的，是在一家饭店的时候，遇见了她。她是在饭店里帮厨的小工，主要负责切凉菜和洗盘子。从一开始，她就对他印象深刻，因为他总是被经理责骂。她是山东人，在上海也没有什么朋友。他们年纪相当，有着相似的遭遇，都处在最卑微的社会底层，不知不觉便走到了一起。他们谈生活，谈理想，谈眼前的烦恼和家乡。最开始是在饭店，到后来休假的时候便约着一起出去玩。

在饭店他们有工作服，但鞋子却是自己的，她见他的鞋子已经破得不成样子了，而且看上去也极不合脚，就给他买了一双新布鞋，虽然只有三十多块钱，但这却是他人生中收到的第一份礼物。从此，她成为他在繁华城市中最真实，也最贴心的存在。之后没过多久，两个人便走到了一起。对于无依无靠的两个异乡人，这是再简单不过的事情了。

两个人都是苦出身，最懂得节省。经过一年多的省吃俭用，他们终于攒下了一点点钱，辞去了饭店的工作，开了一个小小的夫妻店。店面不足三平米，与其说是店不如说是一个档口更贴切，主要卖手机壳和手机配件，也给人贴膜。为了节约房租，这里白天是店，晚上便被改造成一个"家"。

三年后，他们有了自己孩子，花费陡然增加了许多，小小的店面再也不能维持一家三口的开销了。于是，他把小店交给妻子，然后凭借闲暇时自学的快速盲打，在一家电子公司应聘做了文员。

他知道自己的短板，因此在工作上比别人要努力十倍，除了做好自己的本职工作，他还抓住一切机会为公司拉客户、拓市场，做许多"份外事"。终于，在六年之后，他被破格提拔为销售总监。那一年，他三十五岁。

他回到出租屋之后，发现桌子上放着一双崭新的皮鞋。她迎上来给了他一个大大的拥抱，道："老公，你是最棒的，当上总监之后，就要穿皮鞋了。我们的路还长，你穿着这双鞋，把步子走得更踏实吧。"

后来，他又跳槽到了另外一家更大的公司，积累了许多经验和资源，待时机成熟之后便辞职与志同道合的同事一起创业。这一年，他40岁，儿子已经上小学四年级了。

从当上销售总监那年开始，每年生日他都能收到一双皮鞋。看着手中崭新的皮鞋，他突然想起，结婚这么多年，两人还没有举办过婚礼，真是太委屈她了。于是，他带她回老家，风风光光地办了一场婚礼。

（宋小词）

幸福是靠一步一个脚印走出来的，也唯有这样相伴前进的感情才最为坚实和珍贵。

人们常说，婚姻就像一双鞋，鞋子合不合适，只有脚知道。其实，在恋爱阶段也是同样的道理。鞋子是外表，谁都能看得见；脚却是内涵，旁人难以看到它在鞋子里的状态。鞋子千姿百态，脚更是千差万别。

世上有各种各样的鞋，鞋永远比脚多，脚能选鞋，鞋难选脚。一双脚可挑选千百双鞋，一双鞋无法挑选千百双脚。一个人可拥有多双鞋，一双鞋却无法拥有多双脚。鞋再多，脚仅两只。

同一双鞋，你穿着不合脚，总有人穿着合脚；你穿着合脚，总有人穿着不合脚。鞋因人而异，适合别人的，不等于适合自己；适合自己的，才属最佳。即使金子做成的鞋，不合脚也不能穿，只贪图鞋而委屈脚是最愚蠢的。

有的鞋亮丽鲜艳，引人眼球，但鞋子里的脚只能痛苦地蜷缩着；有的鞋外形虽平凡，甚至是没有鞋跟的平底，毫无气场，但鞋子里面的脚舒心地平放着，丝毫不用费力地就能让穿鞋的人走稳每一步。

这就提醒了我们，如果把鞋子当礼物送给爱人，价格样式尚在其次，关键是合不合他的脚。只有他穿着很舒服，才是关心到位了，才能有事半功倍的效果。

如果一个女人只知自己的脚的忧乐，无法感知心爱男人双脚的酸痛，自然不是一个称职的爱人，因此也得不到对方的感激与真情。

从另外一个角度看，鞋其实最具奉献、牺牲精神。脚在上，鞋在下；脚在里，鞋在外；脚在温暖鞋中，鞋在雨里泥里雪里荆棘里。鞋一生被踩在人的脚底，经受各种磨难，被路磨、山磨、石子磨、台阶磨、坎坷磨、挫折磨，始终无怨无悔。

爱情的路其实也像这鞋子一样，一旦爱上了对方，就开始了奉献的旅程。为了满足对方的愿望，给对方最好的一切，而在不自觉中磨炼着自己。原来是个大小姐，衣来伸手饭来张口的人都会愿意为对方去学习；原来为了好皮肤绝对不下厨的人，会为了爱人的胃去面对油烟……而在这个奉献的过程中，她也看到了他的变化。原来，自己只是其中的一只鞋，而爱人就是另一只鞋，只要脚不停，一只鞋就会永远追赶着另一只鞋。只有脚停下了前进的步伐，两只鞋才有机会相见、互诉衷情。正是这种感同身受的相互理解与陪伴，才是真正的成双成对。

相爱不一定要跟对方厮守一生，而是给对方最需要，最向往的。爱一个人就应该让他去过他想过的生活。

在最浪漫的时刻

生日时送他一双皮鞋

每个男人从稚嫩到成熟都要经历从足球鞋，休闲鞋到皮鞋的过程。成年之后每个生日送他一双皮鞋，是对他成熟的认可和鼓励，也是对他的一种支持。

升职时送他一双皮鞋

升职时送爱人一双皮鞋寓意步步高升，也表明你会成为他背后最有力的支撑。同时，还可以给自己也买一双，寓意共同进步，不会拖他的后腿。要知道，成为永远与他匹配的优秀女人，也是你的努力方向。

结婚纪念日送他一双皮鞋

这个特别的日子送皮鞋，顾名思义，是想和他继续一起走下去，而且对你们的未来有更多的信心和更好的期许。

选择皮鞋的诀窍

了解他的脚型特点

每个人的脚型都有自己的特点。有的人平足，有的人脚背比较高，有的人脚趾很长等，各种状况都是可能存在的。在送贴心的皮鞋之前，先要对他的脚有一定的了解，这样才能送对礼物，他穿着才会舒服。

查看鞋面皮革真伪

真皮是有毛孔的，一般用眼难以看清时，可用大拇指按压皮面，查看在拇指旁边是否有细密的皮纹纹路。有细密的纹路、放开手后细纹消失、皮鞋表面丰满弹性好的为较好的天然皮革，有较大较深皱纹的是皮质较差的天然皮。若无细小的纹路，则大多不是天然革皮。

鞋里也不容忽视

皮鞋的鞋里，是为了防止延伸变形并改善脚面触感而使用的补强性材料。鞋里材料要求具有细腻的触感、透气、优良的吸湿排湿性、不掉颜色等性能。中高档皮鞋的鞋里，均采用天然皮革和棉布制作。如果鞋面是天然皮革，鞋里即是人造代用革，只能算是中低档鞋。多数消费者忽视了对鞋里材料的选择和鉴别，这是错误的。

愿我们彼此相扶相帮，每一步都变得平稳扎实。

愿你穿上这双鞋，与我一起走出更美丽的人生路。

酒具

——男人的品位与内涵

用酒香沉淀出人生的韵味

温情寄语

两个酒杯轻轻碰在一起

发出清脆的声响

在二人的世界里

你在我耳旁说着甜蜜的话语

就如同这杯中的葡萄美酒

把我的心全都灌醉

倒入酒杯里的是什么

引得圣贤雅士为其高歌

我愿那是爱的琼浆

是你为我斟满的过往
点点滴滴 不只香甜
还有抹不去的记忆

以最特别的理由

酒具是酒文化最原始的载体
有了酒具
酒在入口前才有了诗意的停泊
才有了量定的情谊
才有了感情的延伸
酒具从来不是配角
真正懂得美酒的人都知道
好酒只有配上好杯
才能喝出最极致的韵味
越是好酒对酒具要求越高

否则一味滥觞海饮
就只是个不入流的酒鬼

如果美酒是美人
那么酒具就是华服、珠宝
不仅相得益彰，更是天作之合
没有好酒具就是辜负了精挑细选的美酒
也辜负了美酒里饱含的深情
送他一套顶级的酒具
提升他对生活品质的追求
他对你的爱的品质
也会随之提升

在同事眼中，葛斯斯是个沉默的女孩，看上去显得有些孤单。到公司已经半年了，平时除了工作之外，很少和其他人交流，上班一个人来，下班一个人走，中午要么带饭，要么定快餐，都是一个人趴在桌子上埋头吃，从来不跟别人一起出去。

除了性格偏内向之外，葛斯斯各方面条件还是不错的，时间久了，公司的一些单身男青年们便开始蠢蠢欲动了，然而面对各种邀约，斯斯的态度是一致的：礼貌地回绝，不给对方一丝遐想的空间。渐渐地，有一些小道消息便在同事中间流传，葛斯斯是有男朋友的，只不过去美国了。后来，又有人说，葛斯斯和男朋友已经分手了。

原来还在情伤之中，难怪看上去这样消沉。那些如狼似虎的大龄男青年们听说这件事后，顿时怜香惜玉起来，熄灭的火苗重新点燃，又开始向斯斯献起殷勤。然而，没过多久，斯斯却突然变得开朗起来，同时宣称自己有男朋友，瞬间把众人心中重燃的火苗给浇熄了。细问才知道，原来是和前男友复合了。人们很快发现，斯斯变开朗的同时，酒量也显露了出来，公司销售部的那些男同事也拼不过她。每次喝完酒之后，斯斯像变了一个人，有说不完的话。有一次部门聚会之后，斯斯拉着公司里最要好的张小琴讲起了自己的爱情故事。

他叫李磊，和她是大学同班同学，大二那年两个人就在一起了。大学里的爱情，虽然浪漫，却也往往平淡无奇。那时候，同宿舍的六个女孩有四个恋爱了，正当她感到有些失落的时候，李磊向她表白了。他长得不算出众，个子中等，但是很有才华，尤其唱歌很好听。斯斯原本对他印象就很好，于是回去考虑了一个晚上，第二天便同意交往了。

两人交往之后，斯斯发现自己真是无意中捡到了一块宝。除了相貌平常之外，作为一个男友，他各方面都很出众。他读过很多书，随时能够引经据典，而且口才很好，是个不折不扣的段子手，常常把斯斯逗得喘不上气来。后来，斯斯逐渐发现，他的家境也很好。不过，对斯斯来说，这一点并不是好事。她的家境一般，父母都是普通的职工，住普通的房子，过普通的日子，平时给她的零用钱也仅仅是刚够花。虽然李磊行事已经很低调了，但偶然在他身上出现的一些奢侈品牌，还是让她感到很有压力。尤其是当他送贵重的礼物时，她更是感到为难：拒绝会伤他的心，接受她又觉得不安，想着自己没有能力回送他同等的礼物。

斯斯生日的时候，李磊送了一个最新款的手机给她，几千块钱。眼看他的生日就要到了，选个什么礼物给他呢？她想来想去，决定送他一套酒具。李磊非常喜欢喝葡萄酒，她经常跟着他一起喝，以至于自己都快成一个品酒师了。因此，送他酒具一定喜欢。不过，她看来看去，发现自己没有能力买整套酒具，最后用自己半年省下的几百块钱买了两只高脚杯。这件礼物果然让李磊很高兴，后来他们每次两个人喝红酒都拿出来用。

虽然两个人一起度过了幸福的大学生活，但斯斯的担心最后还是应验了。门不当户不对的两个人终究是要分开的。斯斯一直都知道李磊的母亲不喜欢自己，虽然她在平时没有表现出来，但大学毕业后却强迫儿子去美国留学，这样理所当然的就把两个人分开了。李磊很爱自己的母亲，虽然一开始挣扎，但最后还是如母亲所愿，去了美国。临走时，他问斯斯："你愿不愿等我三年？"

斯斯原本以为他们会很干脆的分手，可是李磊却这样问她。她犹豫了，最后还是决定："我等你。"

李磊很高兴，道："三年后，我一定回来娶你。"

在随后的三年里，李磊一共回过五次国，也就是说，他们只见过五次面，其余的时间都是通过网络联系。

异地恋的辛苦，只有真正经历过的人才能体会。彼此身边都有无数的诱惑，而且也都知道对方会面临这样的诱惑，虽然相信彼此都会信守承诺，可是往往就会朝着消极的方面去想，尤其是看着别人成双成对，而自己形单影只的时候，那种强烈的对关怀与爱的心理需要就会像潮水一样涌出来。于是，爱情就成了相互折磨。

在这三年里，他们不知道吵过多少次，冷战过多少次，每次都是他来道歉，于是两人重归于好。在这种猜疑与互相折磨中，三年的时间终于熬过去了。正当她盼着李磊赶快回来的时候，他却让她再等两年。他在美国遇到了一个很好的工作机会，是他梦寐以求的大公司，他要去积累实践经验，两年之后回国创业。

等，等，等，她再也等不下去了，断然提出了分手。随后，她换了工作，进入现在这个外资公司。情伤，让她从一个开朗的女孩，变成了一个离群索居的沉默的女人。她也想试着开始新的生活，只是周围全都是他的影子，一旦她与别的男生接触，立时就有一个声音跳出来，指责她对他的背叛。都已经分手了，哪里有什么背叛呢？也许，是她爱得太深了吧，在内心的最深层，早已经认定彼此的所属。爱了六年，虽然没有一纸婚书，但却已经在内心烙上了彼此的印章。

有一天，她突然收到一件包裹，是从美国寄来的，打开一看，是她给他买的高脚杯，但却仅有一只，另外还有一瓶红酒。已经半年多没有联系了，她忍不住发信息问他："你什么意思？是要把以前所有东西都分割清楚吗？"

他回道："你收到啦？"

她继续追问道："你究竟什么意思，说清楚。"

他没有回答，直接拨了视频，她犹豫了一会儿，还是接通了，问道："你到底是什么意思啊，我们都分手这么久了，究竟想要干吗？"

他在镜头里嬉笑道："我们好久没有一起喝酒了，想跟你再喝一个交杯酒。"

"你没事我挂了啊。"说着，斯斯就要去关视频。

"等一等！"李磊赶忙阻止。他见斯斯没动手，便道："亲爱的，我们复合吧。"

"对不起，已经不可能了。"斯斯断然道。要是在她刚提出分手的时候，李磊能够一直坚持挽留，没准她还能回心转意，可是半年多过去了，他没有一点音讯，她的心也逐渐冷了。不，也许是带有一种恨意吧。

"为什么？"李磊问道。

斯斯犹豫了一会儿，道："我已经有男朋友了。"如今，也只有这样说能让他彻底死心了。这样，两个人就都解脱了。

不料，李磊却道："你别骗我了，这半年多你的情况我一直都知道。"

"吴月这个奸细！"斯斯骂道。吴月是斯斯无话不谈的闺密，当初她和李磊谈恋爱的时候，她就一直在旁边当电灯泡。也只有她，才会向李磊"告密"。

李磊忙道："你别怪吴月，是我求她帮忙的。"

"帮什么忙？"斯斯冷哼一声道："帮你监视我啊！"不过，话虽这样说，斯斯心里多少有些开心，至少他没有像想象的那样，把自己都忘了，原来他还在一直关心着自己。只是吴月可气，她为什么不告诉我呢？

李磊又道："亲爱的，再等我五个月，五个月之后我就回国了。"

斯斯道："你不是还有一年半吗，怎么五个月就回来？"说到这里，她才注意到李磊的头发变得半黑半白，便责怪道："你怎么染了个这么奇怪的头发，半黑不白的，多老气。"

李磊摸了摸自己的头，道："哦，你说这个啊，这不是染的。这半年多，我在公司没日没夜的学，想把两年的时间压缩成一年，把创业需要的都学到手，这也是为什么这半年多我没有联系你，不知不觉头发就白了这么多，倒像是故意染的了……喂，斯斯，你怎么了！"

斯斯已经是泪流满面，哽咽道："傻瓜，你着什么急，哪怕让我等你一辈子，我也等啊。"

李磊劝了半天，才把斯斯劝好，两人打开红酒，倒进当初斯斯当年买的高脚酒杯里。

"亲爱的，干杯！"

"得说点什么吧？"

"为我们的复合，干杯！"

"不，为你那些白掉的头发，干杯！"

"好，为我的白头发，干杯！"

两个杯子都贴着屏幕，通过视频碰到了一起。虽然隔着一个太平洋，但斯斯觉得就像当初在上学时，她靠在他的臂弯里一样。

爱情就是这样，过程也许是一种惊心动魄或者一种无言地坚持，结局却往往出人意料。的确，在爱情这条道路上，会有多少事情在阻碍着爱情的发生与发展？生活中，又有哪一段爱情不是需要历经考验的？我们反过来想一想，不经过考验的爱情，我们又怎么知道它就是真正的爱情？

距离和时间的考验，只不过是爱情考验的其中之二而已，但即使只是这两道考验，无数的爱情已然灰飞烟灭。

（谢芝）

每一段爱情，都要经历期盼和失落，犹豫和肯定，微笑和心碎。笑着笑着就哭了，哭着哭着就笑了，恋爱就是这样吧？哭泣不要紧，只要曾经微笑，事后又思念，那么，你还是爱着这个人。

中国是酒的国度，酒具也很讲究，作为酒文化最原始的载体，既有金、石、玉、瓷、犀角与奇木等材质上的区别，又有樽、壶、杯、盏、觞与斗等器型上的分类。酒具的优劣，可以体现饮酒人不同的身份。

关于酒具，最经典的论述，莫过于金庸先生在《笑傲江湖》中通过祖千秋之口说出来的那番议论。他说：饮酒须得讲究酒具，喝什么酒，便用什么酒杯。喝汾酒当用玉杯，唐人有诗云："玉碗盛来琥珀光。"可见玉碗玉杯，能增酒色。关外白酒用犀角杯，增酒之香；葡萄酒用夜光杯，古人诗云："葡萄美酒夜光杯，欲饮琵琶马上催。"高粱酒须用青铜酒爵，始有古意；米酒其味虽美，失之于甘，略稍淡薄，当用大斗饮之，方显气概；百草美酒，乃采集百草，浸入美酒，故酒气清香，如行春郊，令人未饮先醉，须用古藤杯。百年古藤雕而成杯，以饮百草酒则大增芳香之气；绍兴状元红须用古瓷杯，最好是北宋瓷杯，南宋瓷杯勉强可用，但已有衰败气象，至于元瓷，则不免粗俗了；梨花酒当用翡翠杯，白乐天杭州春望诗云："红袖织绫夸柿叶，青旗沽酒趁梨花。"杭州酒家卖梨花酒，挂的是滴翠似的青旗，映得那梨花酒分外精神，饮梨花酒，自然也当是翡翠杯了；饮玉露酒，当用琉璃杯，玉露酒中有如珠细泡，盛在透明的琉璃杯中而饮，方可见其佳处。

现代酿酒技术和生活方式对酒具产生了显著的影响。在民间，酒杯比较普及的分为小型酒杯和中型酒杯两种，小型酒杯主要用于饮用白酒，其制作材料主要是玻璃、瓷器等，也有用玉、不锈钢等材料制成。中型酒杯既可作为茶具，也可以作为酒具，如啤酒、葡萄酒的饮用器具，材质主要是以透明的玻璃为主。

在城市里如果将酒具作为礼物送给心爱的男士，通常是葡萄酒酒具，没有谁会送青铜酒樽或喝白酒的小酒杯作为示爱礼物的。

玻璃做的葡萄酒杯作为爱情信物，除了它的实用价值外，其实还有一个寓意。爱情就像放在桌子上的酒杯，需要两个人细心的呵斥，否则就会失去下面的支点，掉在地上摔得粉碎。

爱情如酒，需要岁月增添芬芳。把对他（她）的爱恋用美丽的酒杯送出，去盛载两人的深情厚谊，共享人生的沉醉。

在最浪漫的时刻

在庆功会开始前送他一套酒具

庆功会上也许用不到你送他的酒具，这没有关系。你送的这套，当他私下和知己好友聚会时更加适合用。你要让他感受到，你和别人不一样，不只是来祝贺他的，而是关心与他相关的所有细节。为他着想，事事想到他之前，这很重要。

在新房落成后送他一套酒具

当你们有了生命中第一套属于两个人的房子，赶紧去买一套像样的酒具吧，以后你们在一起的日子还有很多值得举杯庆祝的日子。

在分手时送他一套酒具

也许爱情已经不在，但曾经彼此拥有。过往的每一次真实的甜蜜都值得深深珍藏。感谢眼前的彼此，就算爱情到了尽头，不再有结果，但还可以是朋友。举杯和过往告别，也祝福你的将来有更美好的爱。

如何选择好的酒具

酒具先要看是不是一整套

　　酒具是现代生活中常用到的物品，如果要送的话最好就送一整套。通常，一套完整的酒具应包括一只酒樽，一套水杯，一套红酒杯，一套香槟杯，一套白葡萄酒杯，一套烈性酒（威士忌等）酒杯。每一只不同杯口及杯身形状，不同杯壁厚度，不同花饰及不同设计家族的水晶杯，似乎都代表一份美丽的心情。

酒杯要的选择要依据酒的类型

　　酒杯的选择直接关乎品酒的乐趣，根据葡萄酒类型选择合适的酒具能够提升品酒的感受。一般来说，饮用葡萄酒的最佳选择是水晶杯，它美丽的外观和澄清透明的杯身有助于我们观察葡萄酒的色泽。酒杯的形状也很重要，基本要求酒杯口应微微收缩，可以让酒的香气聚集在杯口处，饮酒者可以闻到美妙的酒香。

醒酒器的选择可根据品酒师的推荐或者他的喜好

　　醒酒器的作用是让红酒与空气充分接触，醒酒的目的是加速单宁软化、充分释放葡萄酒封闭的香气。醒酒器的选择可根据品酒师的推荐或者他的喜好，无论是外观、质量、价格在市场上都会有很大的选择空间。

我愿与你分享每个值得举杯相庆的时刻。

这美丽的酒杯，就像我们的爱情，需要我们共同呵护，才不会破碎。

茶具
——在茶香四溢中细品幸福

岁月是一壶清茶，让生活充满清香

温情寄语

花开的时间总很短

化为茶后变久远

思念你的味道是茶的香

读得懂你眼中的依恋

可时间太匆匆

青春只是一段驿站

又岂能锁得住这似水的流年

生命中有多少缘

就有多少种香茗

有多少种爱情被搁浅

就有多少位爱人被惦念

有一种遇见像苦茶

浓情总在离别之后上演

这一世

你为他手心里的宝

他就似你杯中的茶

窗外夜色正妖娆

呷一口香茗

咀嚼着思念的味道

人生百味尽在唇齿之间

以最特别的理由

器为茶之父，水为茶之母

泡茶不可缺壶、船、盅、杯、托、碗

看似烦琐的过程

蕴含宁静致远的道理

静心是快节奏生活中难得的时光

茶具是心灵的空间和身处的世界

容得下对人生最清醒的思考

蕴含着茶文化的精彩故事

用好杯，喝好茶，品味人生

你会有超出平常的收获

好茶具喝出来的不只是茶香

还有美，还有健康

与其让烟伤害他的肺
让过量的酒损毁他的肝
不如让一套好茶具
培养起他饮茶的健康好习惯
聪明的男人都懂得
只有真正关心他的人
才会为他的健康费心使力

每次回到小镇，坐在茶铺里，喝着这里特有的老谢药茶，仿佛穿越时空回到童年。坐在外婆对面，小心翼翼地捧着白瓷茶杯，一边喝着茶，一边听她讲她和外公的故事。

外婆与外公的结合是媒人介绍的，过门之前彼此都没见过面。外公虽然没读过什么书，却不是个安于现状的人，他原本在乡下还有几亩地，结婚之后便租给别人，凑了点钱带着外婆来到成都。一开始，外婆给人洗洗衣服、缝缝补补，外公就去车站扛大包，虽然辛苦，日子却也还勉强过得去。几年之后，他们有了一个儿子两个女儿。

俗话说："天有不测风云，人有旦夕祸福。"有一天，外公在干活的时候，车上的货物整个倒了下来，全砸在他身上，等扒拉出来已经人事不省了，车站管事的叫人直接给抬回了家。车站和雇工有协议，发生意外责任自负。

外婆一个不识字的乡下女人，见这情形早就慌了神，还是房东探了探鼻息，告诉她："人还活着，找大夫瞧瞧，没准还能救回来。"

瞧大夫，说得容易，哪来的钱啊。可是救人要紧，外婆拿着家里仅有的准备买米的一点钱，把孩子们交给房东看着，就出门去找大夫了。

外婆回想起当时的情形，总是说："那是我一辈子最难的时候。"她给人家大夫磕了数不清的头，还是被人轰了出来。进了三家门，三家都轰了出来，到了第四家，腿都已经站不稳了。她已经打定主意了，要是再被人往外轰，直接就在墙上一头撞死了。

万幸，第四家的谢大夫真正是个悬壶济世的好大夫，他没等外婆讲完，立即收拾药箱，叫外婆前面带路，他说："救人要紧。"

在谢大夫的救治下，外公的命总算是捡回来了，在床上躺了三个月之后，居然可以下地走路了。可是，当初那个健壮如水牛的外公却再也回不来了。正所谓："病来如山倒，病去如抽丝"，外公受了那么重的伤，身子骨算是毁了，不要说去扛大包，甚至连走远路都呼哧带喘的，腰是弯的，再也直不起来了。

谢大夫真是我们家的大恩人，见这样一个家境，不仅医药费没有收，而且还给外公指了一条谋生的路："我这里有一个药茶的方子，原料很便宜，喝了不仅生津止渴，而且强身健体，你们两口子就开一个茶铺子，挣钱谈不上，至少应该能糊口。"

外公一寻思，城里扛大包干不了，回乡下种地自然也干不了，于是把心一横，向谢大夫讨了这药茶的方子，带着老婆孩子回老家，先把地给卖了，然后在镇上盘下一个小茶馆，卖起了茶水。

四川人是最喜欢喝茶的，到处都是茶楼、茶馆，我们这里虽然只是个小镇，但交通很便利，南来北往的都要从这里过，再加上谢大夫秘制的药茶，生意还算是很不错的。这小小的茶铺，一共有两层，二层是茶室，谈生意的可以去那里；一层是棋牌室，打牌的便在这里。茶铺里只供茶水，除了秘制保健药茶之外，其他普通的茶也提供，只是不供食物，但如果客人想吃饭，可以去附近的饭馆代买，这代买的活计，就被我妈妈、姨妈和舅舅三个人承包了。

茶铺的生意，说容易也容易，说累人其实也挺累人的，平时煮茶端水、擦拭茶具、打扫卫生不说，打牌的人经常到了深夜也不散，外公外婆就轮流来守着。有时候，外公身体不舒服，外婆就只好一个人守到半夜，等人都走光，打扫完卫生已经是凌晨两三点了。胡乱睡一会儿，就又要起床做饭了。

刚开始的时候，外公还要每天喝中药，外婆每天早上四点多就起床熬药，等药熬好，天也就亮了，正好开门做生意。到后来，外公觉得外婆太辛苦了，索性把中药停了，只喝自家的药茶。他有一把祖传的紫砂壶，把煮好的药茶直接装进壶里，不忙的时候就端起来喝两口，一天下来能喝七八壶。

那些年，外公时常发病，用外婆的话说，一年总得去那鬼门关前面走上几遭。因此，早早地就把后事准备好了，寿衣自不必说，连棺材都预订好了，只等外公一咽气，直接就往老家的祖坟里埋。可是，也真奇了，外公拖着这个病身子居然又活了三十多年。从死神手中逃回来之后，外公总说："是咱家这药茶好，能延年益寿呢。"于是，茶喝得更勤了。可外婆却对我说："你外公是不忍心留下我们孤儿寡母，所以就跟阎王爷打哈哈，不肯走。"

时间久了，外婆对外公的状况也习惯了，每次发病也不像从前那么慌张了。那时候，外婆的身体因为常年的劳累也出现了问题，时不时便头晕目眩，腰背疼痛。因此，她有时候就会开玩笑地对外公说："他老汉儿，你还别说，没准我还走你前头呢。"

外公摆摆手道："别瞎说，等三个孩子长大了，还有你享福的时候呢。"

外婆看着我舅舅，道："娃儿，听见没有，你老汉儿说让我享福，你到时候给不给我享哦？"

舅舅很干脆地高声道："等我长大了，妈和老汉儿什么都不用干，光享福。"

一句话，逗得大家哈哈笑起来。

说归说，外婆的身体越来越差，她又舍不得花钱去看大夫，就也跟着外公喝一喝家里的药茶。没想到，这药茶还真灵验，外婆的身体也慢慢好转起来。

靠着这小小的茶铺子，日子就这样平淡地过着，外婆的三个儿女渐渐的也都长大了，两个女儿都嫁了人，小儿子也准备要娶亲了。外公却又一次病倒了。大家都以为，这次外公也会像过去那样，过一段时间就会好起来，可这次幸运之神没有光顾外公，他在鬼门关前边溜达了这么多年，终于走进去了。

外公去世前几天，外婆总是坐在床尾，替他揉脚，跟他聊天，说说年轻时候的事：初次见面时各自傻乎乎的模样；孩子们小时候怎样的调皮捣蛋；在成都的时候如何遇到好心的恩人谢大夫，等等。

那个时候，外公已不能开口说话，只是默默地流眼泪，手常常想要抓住东西，却没有力气。他会在精神好一点的某个瞬间，用手指一指屋外，外婆就会和他说最近家里茶社的近况。外公张张嘴，指指喉咙，外婆就知道他是想喝药茶了。外婆会将那套里屋用了几十年的老茶具搬出来，在外公的注视下，一步步，慢慢地为他煮茶。这可能就是他们爱情故事中最惬意的时刻吧。

（兰若）

轻吟一句情话，执笔一副情画，绽放一地情花，覆盖一片青瓦，共饮一杯清茶，同研一碗青砂挽起一面轻纱，看清天边月牙爱像水墨青花，何惧刹那芳华。

茶具，按其狭义的范围是指茶杯、茶壶、茶碗、茶盏、茶碟、茶盘等饮茶用具。我国的茶具，种类繁多，造型优美，除实用价值外，也有颇高的艺术价值，因而驰名中外。

常言道：器为茶之父，水为茶之母。泡茶要选择于茶相应的茶具，才能把茶本身的品质、香味和口感发挥出来。在日常生活中使用的茶具，也需要根据茶叶的种类、人数的多少以及各地饮用习惯而定，比如绿茶配玻璃杯，花茶配盖碗，铁观音、普洱用紫砂等。

陆羽在《茶经》中记录的用于置茶、煮茶、饮茶等大小器具就达 28 种之多，可见茶具对于茶之重要性。在中国的茶史中，盛茶、饮茶的器材从金、银、铜、锡，至陶、瓷、竹、木，再至紫砂、玻璃，其种类、款式繁多，分类精细。中国茶文化源远流长，以至于茶、茶具与人融合为一体，每一种茶具都有自己独特的情感寓意。

茶壶是什么呢？茶壶似爱巢，是孕育茶汤的见证。它时时刻刻都在呵护着茶，与茶相互滋养。茶壶的形式各异，姿态万千，圆润光泽，柔美流畅，在整套茶具中最为亮眼。它表达了一种艺术之美，源泉之美，活性之美。

茶杯，象征着生命的繁衍。它们承载了爱的结晶，好似众多的子子孙孙一样。捧一杯茶，感受茶的温度，杯的细腻，各有千秋。或将其收拢，排列而置，又体现出了传递、团结与凝聚。

茶盘的第一要求是四平八稳，妥妥当当。茶盘的存在，彻底联结了茶叶、水和茶具，他默默地托起新的生命，容纳废物。在茶盘上演绎工夫茶，才能尽显"工夫"本色。

除了茶壶和茶杯，还有茶匙、茶漏、茶夹、茶巾等许多茶具，它们就像调节器，发挥着各自的功能。洗杯、取茶、滤汤……因为有了它们，工夫茶的过程变得更加完整、优雅，每个细节的体现都恰到好处，成全了工夫茶的流畅之美。

爱情就像茶叶与水的浓情糅合。品茶，是对叶与水细细品味，爱情，是两个人慢慢融合。泡到一定程度，茶叶与水才会质变成"茶"，这时的水更甘醇，这时的"茶"才更让人回味留韵；两个人，需要时间与心境，相知相伴的日子衍生出名叫"爱情"直至"婚姻"的美茶，这时两人才会懂得珍惜，才会更知给予，这时的爱情焕发出更和谐的生气。

一个高潮构不成一场电影，一处景点汇不成一片风情，一纸证明挽不回一份真爱，正如一片茶叶透不出一杯茶的绝美。品茶，品在这份历程，这盏杯中风景，这片水中人生，爱与被爱，在茶香暖雾里升腾。

品茶、赏茶，豁然之间，似乎听到了杯与盖之间的低声交流，感受到人与茶之间的心灵相通，精神相契。

在最浪漫的时刻

在他独自创业时送一套茶具

在他为事业迈出第一步的时候，办公室里放上一套你送的茶具，意义深刻。

在他第一次带你见家长时送一套茶具

这时带的礼物不可太多物质化、太浮夸，而茶具则是最能展示内涵的礼品之一。同时，一套茶具多个茶杯可以将好茶与家人一同分享，表达一种渴望成为其家庭成员的美好意愿。而且，爱好饮茶的长辈还是很多的，如果正好他的父母也有此爱好就更加事半功倍了。

在你们结婚十周年时送一套茶具

一般说来，经过这么长的光阴，彼此都已经逐渐褪去稚嫩，对人生和爱情都有了更深的感悟。在闲暇的时光，与爱的他坐在客厅里或者露台上，沏茶品香茗，回顾过往，憧憬未来，这无疑是一段美好的时光。

如何选择一套好茶具

实用性和艺术价值上为茶具分等级

茶具的优劣，对茶汤质量和品饮者的心情，都会产生直接影响。一般来说，现在通行的各类茶具中以瓷器茶具、陶器茶具最好，玻璃茶具次之，搪瓷茶具再次之。因为瓷器传热不快，保温适中，与茶不会发生化学反应，沏茶能获得较好的色香味；而且造型美观，装饰精巧，具有艺术欣赏价值。

根据客厅格调选择茶具

要用茶具作礼物赠人，最好还要参考一下对方客厅的格调。在装饰格调古色古香的客厅中，最好设置一套仿古陶瓷或富民族特色、民俗情调的瓷质茶具，以使客厅更显雅致而庄重；如是"现代式"或"西洋式"的客厅，宜摆放带现代色彩的茶具，如高身茶壶、长脚玻璃杯，以使客厅更显文雅而清丽。

根据对方喜好选择外形

茶具是比较私人的用具，所以在选择茶具的造型及外观方面，最好依对方的个人喜好来选择，最重要的是让他看得舒服满意。

买茶壶要闻壶味、看精密程度

如果要送的是茶壶，在选购时应嗅一嗅壶中味，有些新壶会略带瓦味，这倒还可选用，但若带火烧味或其他杂味，如油味或人工着色味则不足取了。壶的精密度是指壶盖与壶身的紧密程度，密合度愈高愈好，否则茗香散漫。

　　如果你是一盒难得的香茗，那么我愿化作这套与你相衬的茶具，静静地陪在你身旁，让你的精彩在水中绽放，助你散发恒久的幽香。

渔具

——享受闲适的幸福时光

钓的不是鱼，而是两个人的幸福

温情寄语

爱情就像垂钓

只有香的饵

好的鱼竿

再加上足够的耐心

才能钓上肥美的大鱼

当然，也许这些都具备了

你仍然一无所获

这时千万不要着急

因为爱情是一种缘分

它可以上你的钓钩

也可以上别人的

真爱需要等待
等待是丝丝缕缕的藤蔓
曲折而蜿蜒
做耐心的垂钓者吧
以平静的心态
继续享受垂钓的乐趣
真命天子
就在那碧水湖畔之间
属于你的那条爱情的鱼儿总会到来

以最特别的理由

喜欢钓鱼的男人
是懂得生活真谛的男人
他们耐心十足
他们舒心惬意
对待爱情也不急不躁、绵绵不绝
这样的男人也许没有甜言蜜语
却有着可以托付终身的沉稳
给这样的男人送礼物
不用犹豫，精美的钓竿就是最好的选择

垂钓是一种富有魅力的文化休闲
既可以锻炼心性、耐性
又让人变得喜欢规划

把应做的事情都做好
只有这样才能安心享受
清新的空气、充足的阳光
待到落日之时带回小小的收获
玩舟清景晚，垂钓绿蒲中
落花飘旅衣，归流澹轻风
如此美景，如此享受
怎能错过
如果你的爱人太过忙碌
不妨送他一套渔具
这样你就可以和他一同享受垂钓的幸福时光

爱情有很多种形式，有的人是低到尘埃里还要开出花来的卑微，也有的人是自此天涯不相问的骄傲。然而事实证明，在爱情的世界里，卑微者往往因被动而饱受情感的折磨，以至于无法享受爱情的甜蜜，而终日只是苦痛。

经过了两年的折磨，黄莹终于被迫结束了一段感情。这个时候的她处于人生的最低谷，前男友很快开始了新的感情生活，而她仍然处在伤痛之中。她感觉，自己的世界好像崩塌了，人生突然之间失去了意义。

就在这个时候，王雷走入了黄莹的视野。王雷有着男神应该具备的一切条件，香港中文大学硕士毕业，在外投行工作，外形阳光俊朗，没有什么不良嗜好。因为工作上的关系慢慢熟识之后，他开始有意无意地主动接近黄莹。就像张爱玲说的：同性可以了解，但异性却可以安慰。天生敏感的黄莹自然接收到了这个讯号，并迅速地作出了回应。她将自己的失恋讲给他听，给他送书、水杯以及盆栽植物。人们常说，走出失恋最好的办法，就是再开始一段新的感情。的确是这样，在与王雷的接触中，黄莹将前男友带来的伤痛逐渐淡忘。

然而，当黄莹作出回应之后，王雷却和她玩起了猜谜游戏。他虽然有时表现得对她很是关心，可却从来不主动提及感情。那段时间，她像个闺中怨妇，经常找朋友倾诉，倾诉的内容无非是他到底对自己有没有意思。

他这样关心她，究竟是出于绅士的礼节，还是出于男女之情？每天只是想这个问题，就会让她死掉无数的脑细胞。

她心情好的时候，就会讲王雷的种种细腻体贴，于是便可以毫不费力地推导出他对她有意思的结果。假如某一天王雷对她不那么热情，她就会说些他对她如何不在乎的话，于是朋友们都义正词严地提醒她："这是男人惯用的伎俩，无非是只想跟你搞暧昧，不想和你认真交往。"

当一个人将自己全部精力奉献给另一个人的时候，喜怒哀乐都会被对方裁定。那样卑微而热烈地爱着一个人，连张爱玲都干过这样的事情，普通青年又怎能逃得过？但是爱情这个天平，一旦有一方付出太多，难免会失衡。王雷的反应让她变得有些迷惘。

半年之后，她突然辞去了工作。朋友们一开始都感到奇怪，后来才知道，原来王雷和她摊牌了。他对她说："你适合更好的男人来爱，你应当绽放得更加璀璨……"多么熟悉而老套的台词。

黄莹突然变得愤怒："喜欢就喜欢，不喜欢就不喜欢，哪有那么多的借口？当初不喜欢的话为何又要搞暧昧？"对一个直来直去的女人来讲，没什么比隐晦更让她讨厌的了。可是，在爱情的世界里，卑微者永远是受伤的那一位。

辞职之后，黄莹似乎把一切都放下了，几年的工作多少有些积蓄，她开始满世界跑，用旅行的方式治愈多年所受到的种种伤害。果然，与不领情的男人们相比，大自然对她还算不错，带给了她全新的生命，她不仅精神状态变好了，原先时常出些小问题的身体也恢复了健康。

回国之后，黄莹重新找了一份工作，恢复了正常的生活。这个时候，人们意外的发现，她确实改变了很多。以前的她基本上是坐不住的，如今周末时竟然会找个清静的地方钓鱼。

朋友们问她："怎么喜欢上钓鱼了？"

她说："想体会一下自己耐心地等待一份收获的感觉。"她甚至还跟朋友开玩笑道："姜太公其实是个爱情专家，不知道吗，愿者上钩。我不关心我的收获，也许反而会有收获。"

朋友们都认为她这是被伤得太重所以矫枉过正了，而她则坚信自己的爱情霉运已经离开了。现在的她，已经在一场又一场说走就走的旅行中，忘记了曾经那个看似傲娇，实则自卑的女人。她变得自信而从容，开始尝试过一种即使只有一个人也能开心的生活。

俗话说："有心栽花花不开，无心插柳柳成荫。"在黄莹几乎不再关心爱情这个问题的时候，爱神却在鱼塘边朝她放了一箭。

每当黄莹周末去固定鱼塘钓鱼的时候，总会看到一个三十多岁的"大叔"，他不钓鱼，只是在一旁看着别人钓。一开始，黄莹以为是鱼塘老板的亲戚，过来帮忙的，后来才知道只是住在这附近，周末无事便到鱼塘周围来散步。作为鱼塘最年轻、也是唯一的女性垂钓者，黄莹自然而然地吸引了"大叔"的目光，她不关心别人的收获，只一心钻在自己的世界，时常拿着一本书读。没过多久，"大叔"就主动跟她攀谈了起来，

他被她的沉静所深深吸引。

　　"大叔"表示，他并不会钓鱼，希望黄莹能够教他。有什么理由拒绝呢？黄莹欣然接受了他的请求，并且将自己以前用过的钓具先借给他练手。经过半年的接触与熟悉，两个人终于走到了一起。从此，周末的鱼塘便由一个人的孤芳自赏，变成了两个人的甜蜜浪漫。从恋爱到结婚，两人都送过对方许多的礼物，而"大叔"最珍惜的却是当初那一根钓竿。

　　有位作家说得好：有理想有情怀的人总是这样，总是要比别人走更多的路，因为实现理想的道路没有捷径。无论爱情还是人生，期望得到最为美好的一部分，就要忍受最为痛苦的煎熬与等待。

（萧豆）

　　缘分如同钓鱼。有些是鱼和鱼的相遇，有些是鱼和钩的相遇，有些则是钩和钩的相遇。

在古代汉语中，尤其在民歌中，常常以"鱼"来作为"匹偶"或"情侣"的隐语，而钓鱼就被用来比喻男子追求意中人。《诗经·卫风·竹竿》有云："籊籊竹竿，以钓于淇。岂不尔思，远莫致之。泉源在左，淇水在右。女子有行，远兄弟父母。"一枝钓竿细又长，钓鱼钓到淇水上。难道思念都抛却？路远怎能回故乡！左边泉水细细流，右边淇水长悠悠。姑娘从此远嫁去，父母兄弟天一头。"籊籊"，形容竹竿细长的样子。男子以长竿钓鱼，却因鱼已远游而无法如愿，象征佳人已远嫁，无缘好合。

用长竿钓鱼的男子是可悲的，但世事哪能尽如人意呢？我们不必一味沉浸在悲伤之中，抛开名利的得失，去粼粼的波光中领略大自然赋予的美好，从垂钓中得到放松。不再刻意地去追求什么，心情性格自然愉悦，性格自然开朗。有了在大自然中搏杀的经历，还会担心在爱情的战场上一败涂地吗？

钓鱼能帮助迷茫者找到自己的位置。当你变成一个年轻的雕塑，眼里只有鱼浮，起伏不定的水，还有水面上灿烂无比的阳光时，你也已经同时成为别人眼里的一道风景。真正的缘分与获得往往在努力之后的不经意中。

猫咪为什么不能每顿都吃上鲜鱼而只能吃猫粮？因为它们不会垂钓。在爱里，每个人都是馋嘴的猫咪，不想做爱情的失败者就要自己学会捕食的方法，从等待中学会专注，从沉静中拯救自己贪婪的心。

　　总之，你只有专注于自己正在做的事，才能出色地完成它。如果你总是盯着别人的花开，早晚会荒废了自己的花园；如果像钓鱼人那样紧盯着自己的鱼浮，总会有机会看到在你面前跳动着的幸福。

　　美丽的容貌有消损的时候，优雅的灵魂却能够永恒。学会在爱中沉静地等待往往会有更多的收获。

在最浪漫的时刻

在他心烦意乱时送一套渔具

人有七情六欲，所以难免会烦恼会发脾气。在他的情绪已经快到暴躁的边缘时，以平静而温柔的方式拉他一起去钓鱼吧。让节奏慢下来，送渔具给他，不仅是礼物更是送他一种可以放松的生活。

在他需要一个人待着的时候送一套渔具

人需要陪伴也都要独处，人能在陪伴中获得鼓励，却只能在独处中思考自身。爱他，就要尊重并给予他一段属于自己的时光。而在这种时光里，你可以送他一套渔具，让他能在独处时收获更多。也可以避免你无暇陪伴他的尴尬。

在他步入中年时送一套渔具

当他过了三十五岁，对于人生有了自己的感悟时，送他一套渔具，他会乐意接受的。因为在这样一个年纪，阅历和性格都需要他改变自己的步调和节奏，慢下来的时光他会自然去思考。

选择渔具的诀窍

初学垂钓者基本五样即可

钓具可以去渔具店购买，刚开始的时候，只需要购买垂钓必备品，比如：鱼竿、鱼线、浮漂、铅坠、鱼钩等。

不同技术用不同等级的鱼竿

如果你从来没有钓过鱼，可以先买一根便宜的鱼竿试着钓鱼，等到你有足够的钓鱼知识和经验，就可以考虑买一根合手、漂亮的鱼竿。好的鱼竿不仅外观漂亮，而且承受力、负重、韧性、手感俱佳。

选择导线环看个人习惯

钓竿一般不配置导线环和绕线轮，但为了收放线方便和易于控制鱼线的长度也可另行配置。现在的渔具店有出售手竿用导线环和绕线轮的，非常轻巧，不过也有人用手竿钓鱼是不习惯用绕线轮的，个人习惯不同选择也不同，适合自己的就是最好的。

希望有一天，你能在繁杂的公务之后，抛开所有烦恼，远离尘嚣置身大自然之中，持一钓竿，看满眼的青翠，伴着虫鸟垂钓。

高尔夫球具
——高雅的幸福与健康

碧草蓝天中的你，真实也惬意

温情寄语

春天开始一点点发芽
快乐开始拥有了想象
在碧草青青的地方
有一个吸引我的身影
运动的你是如此迷人
即使输给了你
我的嘴角也不自觉上扬
这是不是幸福的症状
不知不觉已因爱而缺氧

天空低下头就能看见你
大地抬起头就能望得见你
而我却要走很远很远
才能寻到你的踪迹
没有一种游戏
能玩得如此尽兴
你领先我
走了很远很远
我这边小路依然如故
它蜿蜒曲折
终点却依旧是你的心里

以最特别的理由

青山碧水间挥洒汗水
椰风绿草中有力一击
优雅矫健的身姿结合指挥的部署
这是一种可以享受大自然的运动
这是一种能够强身健体的运动

这是一种充满趣味性的室外游戏

高尔夫没有裁判

贯穿始终的自觉遵守规则的诚实和信用

更能感受人与人之间的关系

礼貌谦让和运动精神

是高尔夫运动吸引人的精髓

美丽的风景、安静的场地

处处为别人着想的氛围

这是高尔夫运动最让人感觉舒心的地方

弹指一挥间，赵琳进入高尔夫球场公关这个行业已经整整十年了。这是她毕业后的第一份工作，从什么都不懂的菜鸟到主管，这十年她走得辛苦也孤独。

也许是这个行业对个人素质的要求吧，她对于各个层面的知识、新鲜事物永远处于极度饥渴的状态。因为每天要与不同的人打交道，所以她的情商也变得越来越高。不仅具备与人沟通的良好技巧，而且能够随不同的客户风格而随时转换，堪称高球公关界的"变色龙"。

然而，不管别人口中多么羡慕她的优秀，三十二岁的年纪，终究让她成为一个被催婚的"剩女"。

有个同事曾经问她："你是打算和工作谈恋爱了吗？"

她苦涩地笑笑，耸耸肩道："也许吧。没人追，有什么办法呢？"

同事揶揄道："你这么优秀怎么可能没人追，是眼光太高了吧。"

是啊，总有人说她眼高于顶，她自己也不愿反驳，可实际情况却只有她自己清楚。

家人多次劝说她转行，做轻松一点的工作，以她的资历和能力，完全可以不必这么辛苦，也好有时间谈恋爱。可是，每当这个时候她就退缩了，她太热爱自己的工作了，爱情和工作如果要她选择，还是先让爱情等等吧。

公关是一个与人打交道的工作，这么多年下来，她认识的人不计其数，其中有不少达官贵人、精英富商，但赵琳却从来没有在自己的客户身上动过心思，相反她还有意识地保持着与客户的距离，客户是客户，朋友是朋友，她不想混淆自己的工作和生活。不过，也有一个例外，这个例外就是戴骏新。

戴骏新是赵琳十年来唯一一个从客户变成朋友的人。之所以他会成为这个例外，可能是性格的原因。有这么一种男人，总是在适当的距离给你关怀，不会冒昧地接近也不会刻意地疏远。在你需要的时候出现，却始终不会过度进入你的私人生活。但是很多时候，你还是能感受到他对你的特别的关注。这样的男人，怎么可能一直维持客户的关系？

赵琳向别人介绍戴骏新的时候，会说是她一个老朋友，但事实上，细究起来他们相识也只有两年的时间，之所以说"老"朋友，可能正说明他们之间联系的频率确实比较高吧。

她很喜欢和他一起打高尔夫。因为她一直觉得，从高尔夫能看出一个人的性格，有些人打高尔夫球喜欢动球，你就知道这个人可能喜欢占小便宜；有些人打球非常认真，在乎每一杆的质量，你可以知道这个人特别具有竞争性；有些人打球的时候一旦打不好就骂杆弟，喜欢迁怒于人，你就能看出这个人不太敢于去承担自己的责任。赵琳之所以把戴骏新变成朋友，正是因为在高尔夫看到了他为人正直的一面。

除了一起打球之外，两人还很喜欢一起看球场封场前的美景。有时候景色美得让人心醉，丰富的色彩宛如油画一般，所有打球的人都走了，在这画一般的世界里，只有他们两个人。

不过，两个人在一起时，也并非总是这样和谐，有一次就遇到了尴尬。尴尬源自于一个"热心"的球童。这个球童应该是第一次工作，完全没有摆正自己的位置，当她要推杆的时候，他在一旁画蛇添足的"指导"，却忘了找球。最后，她在评分卡上写了良好，这位球童居然厚着脸皮请求她帮忙给改成优秀，因为依据俱乐部的规定，客人打分没有达到"优秀"，球童就会被处分。打了这么多年的球，她还是第一次被胁迫评"优秀"，只是强忍着心中的不满。不料，那球童见赵琳不给他改，又去缠戴俊新，张口就说："您夫人……"这时，她再也绷不住了，二话没说，扭头就朝门口走。

他简单处理了一下，然后快步跟上了她，在他的安慰下，她渐渐恢复了情绪。

"当我的夫人很亏吗？哈哈。不要生气了。"亏他在这个时候还笑得出来。

"嗯，怎么说呢，亏也不亏。"

"洗耳恭听。"他表现出很认真的神情。

"财产统统归我，就不亏。"她说完这句，狡黠一笑。

在相互打趣中，刚才的气也渐渐消了。

在他们相识两周年的那一天，他约她到一个新建的球场去体验。虽然都喜爱这个运动，但时间长了，打的次数多了，两人都觉得有点索然无味了。

"赵琳，咱们老这样打高尔夫，是不是有点太过平淡了？"他率先说道。

"没错，我也感觉有些乏味了。你点子多，有没有什么好法子？"她问道。

"不如今天我们下一点小小的赌注。"他说道。

"好主意！"她当即响应道。

因为有了赌注，两个人都兴致盎然，急不可待地来到高尔夫球场，开始了他们的第一次有赌注的比赛。他今天的运气似乎特别好，一路领先，很快就打到了最后一洞。他只要在接下来的几杆里，将球击进洞中，赌注就会轻松地落入他的囊中。她虽然一直在奋力追赶，但两人之间的差距拉得实在太大，就算是一个职业高手也已经无力回天了。

看来，今天这场小赌算是输得彻底了，可是等打完之后她才发现，他们只约定有赌注，并没有具体说要赌什么。

"你说吧，想要什么？"她一副任人宰割的样子。

"很简单，下周二请我吃一顿饭。"他露出神秘的笑。

"没问题，地点你选。"她大方地说道。

然而，等她回到家一查，才发现下周二居然是七夕。他故意把时间安排在中国的情人节，难道是有什么预谋？他究竟是认真的，还是一个老友间的玩笑？她感觉心里很纠结。

七夕如期而至，她带着那份纠结来到了他指定的饭店。映入眼帘的是桌上一个超大的高尔夫球场模型蛋糕，虽然只有两个洞，但还是很逼真。他突然出现在身后，抱着一大袋子，是一个球具套装。

"送给你的，以后你用这套，局局都会赢我。"

"你这是……"

"我想成为你这辈子的专属球童。"说着他单膝跪地。这时，她的父母家人以及朋友都从里屋出来，她的眼睛模糊了。难怪这些天她觉得大家都怪怪的，原来只瞒着她一个人。

从此，属于他们的爱情便扬帆起航了。

（萧豆）

爱是充满耐心的接近，爱是因为理解而包容，爱是充满活力的追求。

爱情就像一场高尔夫。

有一个年轻人，失恋让他悲观至极。为了让他换个心情，朋友拉他去打高尔夫，他提不起精神，又不好拒绝，只说过去看看风景。

事实上，他在球场还是个绝对的新人，于是朋友给他介绍了一位年逾七旬的老教练。教了几次之后，教练便看出他的不对劲来，于是说正式打十八洞去吧。

年轻人感到很意外，怎么还没怎么练就上场了？看来这个教练也是走过场的。这人生中怎么这么多走过场的人啊，想到这里他情绪更加低落了。

教练先开球，只见杆子一挥，球飞出去，笔直向前但距离不太远，很一般的程度。

年轻人心想，还做教练呢，这技术也不怎样嘛。

"年轻人，我知道你在想什么，不要着急。"老教练说道。

果然，接下来教练的每一球都没有任何失误，朋友心里开始慢慢佩服起来。就这样很快就到了最后一洞。最后一洞，是要打过一个小湖泊，才能到达湖对面的果岭。

教练同样表现完美，一杆便打到了对面的果岭，而年轻人准备了老半天，迟迟不敢下杆。

教练似乎一下就看出来他的小心思，说："这个湖，一般人都打不过去的，你知道为什么吗？"年轻人摇摇头说不知道。

教练说："在与人较量的东西已经不光是技术而是心理质素的时候，要学会想象。你现在只需要做到眼见水而心无水。"

一场球下来，年轻人看透了球场上的不少"障眼法"。树丛、沙坑、水塘，它们都是来迷惑你的心的，不是你的技术不如别人，而是你的心。人生中很多东西就像打高尔夫一样，眼中如果看不到沙坑或水塘，一球一球慢慢打，一定会越打越高。

"小伙子，你是失恋了吗？"这时，老教练突然问道。

朋友有些沮丧地说："我已经失败那么多次了，重新一球球慢慢来，哪来得及呢？"

教练一愣，随后平淡地说了一句："我四十岁才开始学习打球，现在已经快三十年了。"

年轻人听了，心中一凛。在爱的路上，有不少沙坑、灌木丛，甚至暴风雨，大部分人沮丧、畏缩最后放弃了。如果根本不把它们当回事，依旧一天一天努力地慢慢走，爱情也会像高尔夫，一定会打到最后一洞。

没有抓住一段感情，不要紧，再努力，或许会有更优秀的人在等着你。

胜利的道路是迂回曲折的，像山间小径一样，有时会先折回来，然后伸向前去，走这条路的人需要耐心和毅力。

在最浪漫的时刻

运动社交，送他一套球具

　　如果你的他经常出席运动社交的场合，不妨送他一套高尔夫球具，相信他会用得上。用自己的专属球具，即体现专业，用着也会更顺手。

给共同爱好的他一套球具

　　如果他和你一样，都是热爱高球运动的人，或者他喜欢这项运动，而你也有心去学习的话，不妨先买一套合适的球具送他。相信这会给你们的交往带来新的契机，增进彼此的了解。

选择高尔夫球具的诀窍

球杆的选择不能单看价格

最贵的球杆不一定最好，适合自己体型、挥杆动作的球杆才是好的球杆。初学者在开始时，只要先选合适的六、七或八号铁杆学习基本动作即可。

买球杆要根据防伪标记识别假货

很多著名的品牌高尔夫球杆都有其独特的标记，比如CALLWAY的铁杆杆头的右下角就刻有一个小指甲大的椭圆形的防伪钢印。几款1号木杆的第一个大字母里会印有一个很小的其加工厂英文名称第一个字母的小写，广大爱好者可以通过浏览其官方网站和咨询当地代理商来以此识别真假。

根据组装做工辨别球杆

一购买时一定要仔细观察球头和杆身连接处做工是否正规牢固，不结实的连接通常很容易折断损伤，假杆由于成本低廉，在选材上一定漏洞百出，杆身和握柄质量是否优质便取决于此。

舒适轻便的着装

打球一定要戴帽子，除了可以保护头部与头发免受紫外线侵袭外，宽大的帽檐也可以保护眼睛。高尔夫球帽大致有圆边帽和棒球帽。舒适、轻便、合身是选择高尔夫球装的原则，布料选择棉质能吸汗通风者为宜，如果选择抗紫外线功能的布料更佳。

爱情就像高尔夫，需要不断的练习，才能熟练掌握。

汽车钥匙扣
——小物件，大心意

情义相连，愿你的旅途一路闪烁

温情寄语

金属的声音跳跃着
耳朵里流淌着摇滚
我皱起了眉头看向车外
音乐立即换成了我爱的古典
回头望一眼你
钥匙扣上忽闪忽闪
是我送的钻石龟
傻乎乎的可爱
像你一样
胜过窗外满眼的绿色

一起的路上

沉默却不沉闷

安静享受爱的愉悦

坐在副驾上看你的脸

虽然只有侧脸和长睫毛

却足以让我感到心安

真是神奇

平时喜欢嬉闹的你

在开车时却是如此专注

凝聚的眼神闪烁着男性的魅力

世上最深情的告白

不是靠嘴巴说出来

而是用内心的在乎

以最特别的理由

钥匙扣很小但代表一种陪伴

钥匙扣很小但代表一路的祝福

为你精心挑选的钥匙扣

具有特殊的纪念意义

它是一种专属的标志

在不能陪伴你的时间里

它可以代替我留在你的身边

这是一种可以随时装进口袋的礼物

我也很想变成它

被你装进口袋随身携带

更想一直坐在你的车上

看着我送你的钥匙扣随着旅途摇晃
如同我们的感情一路过往
充满曲折、起伏与未知
却一直平衡地走向前方

多年来，紫娟一直无法定义林伟和自己的关系，"蓝颜知己"这个词在社会上流行起来时，一开始她觉得他挺像的，但仔细一琢磨就又不像了。

初中的时候他们就是同学了，大学毕业之后他们又成了邻居。说是青梅竹马吧，却又总感觉少了点什么。说是普通朋友吧，却又多了一些什么。在紫娟看来，林伟似乎把她当成了自己的家人。她手上有林伟家里的钥匙和汽车钥匙，每次他出远门的时候，她都会定期登门，去照顾他家阳台上那一堆大大小小的活物，有花、金鱼，还有两只没良心的小乌龟。

林伟家中所有一切紫娟都非常熟悉，甚至比马虎的林伟都熟悉。有时候，林伟找不到东西了，只要打电话给紫娟，她准能说出那件东西在什么地方。紫鹃像照顾自己家一样照顾林伟的家，除了照顾那些活物之外，她还会顺便帮他打扫屋子，洗脏衣服。

紫鹃是个喜欢安静的姑娘，常常宅在家里，工作之余她爱好手工，擅长厨艺，有自己的一个美食部落和一批粉丝。林伟则完全相反，他是待不住的性格，他的心很大，希望自己在有生之年走更多的地方，看尽世间美景。林伟做事果断利落，同时也是个性情至上的人，但常常却又显得很是鲁莽，而且经常丢三落四的。他总说，幸亏紫娟那有一把他家的钥匙，否则不知道要撬多少把锁，毁多少扇门了。

有一个周末的下午，紫鹃正在家里慢条斯理地做手工：一个漂亮的卡包。林伟从深圳打来了一通电话："娟子，拜托你一件事，我一会儿给你手机上列一个单子，把我家里的东西收拾一下寄过来，剩下零零散散的你就看着处理吧，能卖的就卖掉，卖不掉又不好扔的东西就搬你家去，送你了。回头你再给我找个房产中介，把房子卖了。娟子，你知道吗，小梅沙真是太美了，我决定在这里定居了。在这里，我还认识了一个漂亮的导游美眉，回头你过来玩，我介绍你们认识。"

　　紫鹃听着林伟语气躁动，情绪兴奋，似乎恨不得马上让北京的家消失，专心扎根在深圳的绿水青山之中。当然，还有新认识的美女的怀抱。她心里涌起一股莫名的失落感，甚至钢针扎破了手指也没有觉得痛。她放下手中的活计，找出林伟家的钥匙，强打起精神来到那间她再也熟悉不过的房子。

　　按照林伟发到手机上的清单，紫娟一件一件给他整理出来。然而，当她把这些东西都装好，回头再看的时候，却发现一点都不像收拾过的，余下的东西实在太多了，每一件都刻着他们共同的印迹，这些印迹都留在了她的记忆里。紫鹃不忍心把它们抛弃在没有主人的无名空间，于是又开始收拾剩下的东西。先是一个移动硬盘，里面装着她和林伟最喜欢的电影；一个笔袋，是她亲手缝制的；还有一串铜铃，那是林伟十四岁那年为自己买的礼物，已经陪伴她度过了十几年，上次来家里的时候落在他这里忘了拿回去。不知道为什么，越是收拾这一件件充满回忆的东西越是伤心起来，她终于忍不住，扑在他家的沙发上哭了一场。

　　虽然，早就知道林伟是个潇洒不羁说走就走的人，但紫鹃还是觉得难过。她心里想着：我可以帮你打包所有的东西，可是我自己呢？以前，她从没有想过永远与林伟分开在遥远的两地，将会是什么样的心情，现在她体会到了。她一一回想自己这些年究竟是以什么样的状态陪伴在他身边的：如果他高兴，她也报以会心的微笑；如果他悲哀，她就陪着他一起默哀；如果他落下少见的男儿泪，她会温柔地递上手帕；如果他沉默不语，她也从来不没话找话。

紫鹃很快地搜罗了一箱自己曾经送给林伟的宝贝，好像每找到一点儿，就能抓住林伟的尾巴不让他跑得太快。她想鼓足勇气的试一试，看能不能把这个将要走远的浪子拉回来，她不能再欺骗自己。

翻着翻着，她翻到了他的汽车钥匙。林伟毕业后的第三年，用攒了好久的钱买了辆小车。她送给他的钥匙扣，现在还在钥匙上，那是一短串手工的贝壳，用特殊的喷漆做了加固。她拍了一张照片用微信发给林伟。

"怎么了？"他很快就回复了。

"喜欢这个吗？"

"喜欢啊，这不是你亲手做的吗？你手那么巧！"他还附带了一个夸张顽皮的挑眉表情。

"以后，我不在的时候，让这个钥匙扣好好陪着你。"

"……你怎么了？"

紫鹃没有再回复。

半小时之后，他打电话过来，她没有接。第二通，第三通……还是没有接听。他又发了一个信息给她，写道："傻瓜，我会经常回去看你的，别搞得这么伤感。"

"对我来说，分开了，就是结束了。"这是她最后的回复。发完这一条，正好她也收拾累了，倚着个抱枕靠在床边休息，准备顺便翻翻床头一本书，想分散一下精力。

书下面的棕色本子引起了她的注意，顺手打开，原来是他的日记。她赶紧合上，她知道看别人的隐私不行，但是本子里夹的书签悄然滑落，这是那年高考之前她送给他的加油签。上面写着："谁考不好谁就是大笨蛋！"

好幼稚的自己，这么多年过去，怎么似乎也没有成熟一点。也许从那个时候开始，自己的世界就已经是在与他一起经历和分享了，只是自己没有往爱情的道路上走。

电话那头，是一个已经傻掉的人。他打电话她不听，他于是给她的父母打电话，问她是否回家了，得知没有回家，他急得抓心挠肝，请他们到自己家里去找找看。紫娟听到门铃响，打开一看，发现是自己的父母，诧异道："爸，妈，你们怎么来了？"

父亲见女儿像是哭过的样子，忙问道："娟子，你怎么了，是不是和小伟……"

"我没事。"说了这句话，她再也不肯说了。

第二天中午，父母都不在家，有人敲门，她打开门一看，林伟突然出现在面前。

"你怎么回来了？"她有些诧异。

"鹃子，车钥匙给我。"林伟显得有些急切。

她有点不知所措，但还是缓缓交出了车钥匙。他把钥匙环取下来，不由分说地戴住了她的中指上，然后大声地说："娟子，做我女朋友吧！"

她喜极而泣，似乎已经等待了很久很久……

于是，林伟回家把打好包的东西又放回原位，再也不提去深圳定居的事了，他说："异乡再美，也永远不会成为故乡。"

很多时候，离别是最好的试金石，当我们即将失去的时候，才发现曾经的拥有是多么珍贵。

（谢芝）

当我出现危机的时候，你不需要为我做任何事，你只要陪着我。此时或许只是相互握手，但已足够。有你在，我就不孤独。

唐朝诗人卢照邻说："得成比目何辞死，愿作鸳鸯不羡仙。"一语道破爱情的真谛。若能像鸳鸯一样如影相随地陪伴彼此，此生足矣。

人生在世，总会遇到一个对自己而言极其特别的人。他可能只是你纯粹的精神寄托，但却不能被单纯的划为朋友，因为你对他倾注的关爱超出了一般朋友的界限。为什么会这样？因为这个人让你感受到了精神上从未有过的默契感。

生活中，我们可以和没有默契的人一起工作，却绝不可能和没有默契的人相爱。当你发现，自己身旁有一个这样的他：在你烦恼的时候，他是你最忠实的听众，你最真实的朋友。他不会因为你的喋喋不休而远离你，不会因为你的胡搅蛮缠鄙弃你。他会告诉你一件事情最好的解决办法，然后陪着你一起走出阴霾。而在你快乐的时候，他会静静地快乐着你的快乐。

你应该感到庆幸，拥有这样一位朋友，拥有这样一份感情，纯净而又热烈，真挚而又绵长。同时，你也要明白，这样的人就是值得你去爱的那一位，你们之间的吸引力只会随着时间的推移和理解的增多而越来越强大。

爱是陪伴，是一种默契的演绎，是对彼此特殊的吸引。

在 20 世纪的 70 年代，威斯康星大学的心理学家伊莱恩·哈特菲尔德进行了人类历史上第一个关于爱与吸引力问题的系统研究。他们的研究表明：人们接触的时间越长，越容易发展友谊或爱情。根据这一理论，你跟某个人待在一起时间越长，那个人就越有可能喜欢甚至最后爱上你。这一原理解释了为何很多人最后会和自己的发小或者邻居结婚。

那么，怎么样才能做得到陪伴？

只要是爱情就会有占有欲和控制欲，最初在一起的两个人像两个对弈的棋手，各自都有着自己的算盘，希望对方在自己的掌控之中。殊不知，与这两种欲望相比，对爱的依赖感才是最关键的。如果能让对方对自己产生依赖，那么占有欲和控制欲就会都被满足了。

现在的社会，不管是爱情小说还是爱情偶像剧，为了吸引人的眼球都在制造美丽的谎言，扪心自问，这些真的是我们所需要的吗？简简单单的"陪伴"二字比这些更真实。

陪伴难不难？不难，陪伴不需要很多言语，只要你不说分手，我就不会先走。

生活中有不少情侣，在相伴的旅途中，不过是一段路上的同行者，说不定就在下个路口转弯或者分开，而真正能够携手走完人生路的寥寥无几。

当你想把一份代表陪伴的小饰品送给一个男人的时候，很可能你已经开始由喜爱升华到爱的程度了，这也是陪伴的起点。

不是所有的喜欢都会变成爱，可是爱的前提却一定是喜欢。

在生与死之间，是孤独的人生旅程，保有一份真爱，就是照耀人生得以温暖的灯。

在最浪漫的时刻

在他买了第一辆车时送钥匙扣给他

这时送他钥匙扣是一种祝贺，也是一种宣告。一旦他用了你的礼物，说明你们的关系已经很亲密了，可以看情况采取一定的措施了，告白的成功率很高。

在两个人第一次自驾游时送钥匙扣给他

这时候应该已经是交往中了，但第一次自驾游还是有特别的意义的。送钥匙扣给他，表明你愿意在人生的旅途中勇敢地陪伴在他身边，不管前面是崎岖难走的山路还是平坦的公路。

在他要换车的时候送钥匙扣

换车了说明他又进步了，送他新的钥匙扣，让他明白，像钥匙扣陪伴钥匙一样，你也会逐渐提升自己，让你们一直都共同进步，成为让人称羡的一对。

选择汽车钥匙扣的诀窍

手工钥匙扣是首选

会做手工的女性可以考虑自己做钥匙扣，这其中爱的意义不言自明。人与人的交往，心意是十分重要的，这种礼物的作用自然会比买来的更显著。

依照需求选择材质

软胶钥匙扣，可塑性强，可以根据自己想要的尺寸和形状定做，开模费一般也不会太贵，饰品店这种材质的最多，缺点是容易变脏。亚克力钥匙扣，也即有机玻璃，是透明的，中间可以放彩色纸张进去，其硬度决定了钥匙扣的磨损程度。锌合金钥匙扣，锌合金是可塑性比较强的金属之一，一般表面通过滴油或者镀稀有金属做防锈处理。

皮套钥匙扣注意皮于的质地

皮套钥匙扣，尽量选择真皮，质量太差的皮套不耐用，如果没几天就坏掉的话，也会影响对方对你的印象。

富有科技感的太阳能钥匙扣是不错的选择

太阳能钥匙扣，中间有太阳能电池板，阳光一照射，里边的图案若隐若现。太阳能钥匙扣是高科技产品，送这种礼物显得你时尚且有品位。

　　我愿意坐在你的身旁，与你分享人生路上每一处美景。

Special present 28

车饰摆件
——每一个旅程，与你相伴

共同见证稳稳的幸福

温情寄语

那天真的好浪漫
你开车带我看月圆
有点害羞，却很幸福
这种感觉我很喜欢
当我温柔靠在你身边
将头轻轻陷入你臂弯
感觉爱情悄悄来临
一切纷扰全消失不见
月光出奇地温柔
静静洒在大地上

夜幕下的你很英俊
我们眼神交换
似乎明白什么叫作圆满
车内的那对亲吻鱼好像我们
怎么办
从今以后
每一天都会期待与你相伴

人生是一段旅行
我们在这段风景中相遇
给予彼此最大的惊喜
然后因为不舍
才一起踏上了新的征途
一直走，一直走
走到年华老去
走到拄着拐杖才能继续
走到已经不能再开车
再摘下这辆老爷车里的吊饰
听它讲述见证过的最美爱情记忆

以最特别的理由

每个男人都希望自己的车和人一样帅气
每个男人都希望自己的车和人一样有人关爱
在越来越紧张的社会里
需要各种饰品来装点美化生活
时尚车饰是有车男士必不可少的物件

可以为他的品位与个性作最直观的展示

在车里摆放一个爱的物件
就会变成天下最深情的祝福
祝福他每次上路都平安顺利
祝愿他的每次旅程都有好运相伴
爱的物件不必只送一次
每次更换摆件都是一次新的表达
只希望他越来越好

不知从什么时候开始，国内也流行起了单身旅游。喜欢单身旅游的人通常都更为自信、优雅、不羁，拥有较强的独立性。他们独自一人出发，不屑于走马观花的旅游团，不喜欢目的性和功利性太强的旅游，相信一切随缘。他们更能够活在当下，享受单身的快乐。

有人单身旅行是为了排解忧愁，有人是为了独自享受旅途风光，甚至有人是为了寻觅良缘。旅行目的虽不同，但享受风景之后的心情都是相同的，都会有一个圆满的收获。

马露露就是一个热爱单人旅行的背包客，那种远离喧嚣，行走在陌生的街道，每走一步都意外惊喜的感觉让她乐此不疲。她不太喜欢在国内转悠，虽然各地风俗不同，但同样的面孔，说着同一种语言，让她觉得少了许多刺激。因此，一有时间她就会往国外跑，而且每次都去不同的国家。

在她家的墙上已经挂满了世界各国旅行的照片，旅行日记也写了不知道多少篇。为了与更多人分享自己的旅行人生，她开了脸书，记录每天的新奇经历。作为一个二十多岁的姑娘，这种单身的异国旅行的确很冒险，许多人不能理解她的行为，觉得她简直是太疯狂了，甚至有朋友直接喊她是"疯婆子"。而她依然我行我素，享受着那异国的浪漫时光。

这一次，她选择了西班牙。飞机降落到马德里之后，她只停留了一天，便向那些不起眼的小城进发了。一路上，靠着那一口中国腔英语以及临时学的几个西班牙语单词，居然没有遇到什么麻烦。

快乐的时光总是很短，转眼在西班牙已经待了六天，她准备坐第二天一早的飞机回国，因此必须在当天晚上回到马德里。可是，她却在一个叫在塞哥维亚的小城附近迷路了，身上带的食物和水都没有了，时间接近傍晚，温度骤然降低，单薄的外套已不足以抵御寒冷。

她想找个地方先把肚子填饱，但主路上所有的餐厅都已经挂牌，表示客人已满。一个人旅行的缺点在这时候凸显出来。幸好，街边的便利店在售卖快餐、熟食和饮料，还能看到几个像她一样的背包客。就在她想要穿过小巷子去吃点东西时，旁边餐厅门口那个满面笑容的大叔热情地把她拉了进去。

餐厅很小，所有人都一目了然，她是里面唯一的亚洲人。她拿起满是西班牙文的菜单，胡乱地点着菜。其实，她最大的目的还是要问路。

"我想坐晚上的那班六十路公车到火车站回马德里，在这附近可以坐吗？"点完了菜，她开始向侍者求助。

她摊开地图，连说带比画，对方似乎明白了她的意思，可是他那蹩脚的英语却有些让人听不太懂，于是她拿出一支笔让侍者在地图上画出来。侍者迅速地跑回柜台，拿了一张餐巾纸，用笔在上面画了辆小汽车，指指自己，指指她，做了个开车的动作，又在地图上画了两个点，距离看上去很远。

她猜想，自己想去的地方离这里还很远，而眼前这个陌生的胖乎乎的侍者大概是说可以开车送她一程。她迷糊着点了点头，但一边吃心里却在一边打鼓。这样真的靠谱吗？这家伙不会是坏人吧？可是，万一他是好心呢？而且，现在看来也没有别的办法了。

店里的人越来越少了，最后只剩下他们两个人。她上了他白色吉普车，车上很简单，几乎没有任何私人物品的痕迹。她开始感到害怕，陌生人、黑夜、强壮的男人，不安全……很多不安的词语在她脑海中出现。

胖子可正和她状态相反，下了班，回家路上显得高兴极了，一边按着车里的电台寻找她可能会喜欢的音乐，一边观察她脸上的反应。

"你不要紧张，你是日本人？"他终于选了一个还算抒情的音乐，冲她快乐眨了眨眼睛。窗外的景色荒凉无比，没有车，也没有人。虽然到此为止，他都很友善，但她依旧有点手足无措。

"你叫什么名字，是经常旅行吗？有脸书吗？"他一连串的提问，她只回答了名字。

突然，她发现路线方向好像不对，立即提出抗议："这方向不对吧，地图上不是这边啊。"同时，她一只手伸到了书包里，暗暗地摸索着防狼喷雾。

"哦，你好聪明，我现在是要带你去比你找的车站更快的车站，新建的，就在我家旁边不远，你会更快回到马德里的。"他用蹩脚的英语解释道。

她没有任何回应，心里在想那个关于他的说法到底有多大可能。胖子似乎看出了她的不安，为了缓解紧张的氛围，还和她说起了自己的初恋。他的初恋竟然是个日本女人，这让她有些意外。

她连忙表示自己是中国人不是日本人，也不是韩国人，有点无厘头地打断了他对美好前女友的回忆。又过了大概十几分钟，汽车往右一拐，新火车站到了。他开门把她放下，又叽里咕噜说了一堆话，而她基本上已经没有心情再去仔细琢磨了，一路飞在车窗外的魂魄收了回来，客气地谢了他两句，转身就跑进了火车站。

可是，由于天黑状况不熟，她居然没有找到售票口，正当她郁闷之极的时候，一只大手拍了拍她的肩膀。原来他还没有走，手里拿着刚刚买好的火车票，拉上她就跑，一直拉她到了检票口。

她急匆匆地进了检票口，一个回头，看到他在检票口外远远地挥着手，快乐得像完成了什么重大任务。她才想起来，还没有给他买票的钱。她走回检票口想要把钱给他，他却没有收，只是紧紧地拥抱了她一下。列车开动了，透过车窗，她发现他竟然还没有走。好像还在大声喊什么。可她实在听不清楚了。

　　她把这段温暖的回忆记录在了脸书上，得到了不少人的关注。但让她感到意外的是，他们竟然在两年后又联系上了彼此。原来，她照片中那辆大白吉普车让他的朋友认出来。脸书上重逢，这种概率和中彩票差不多，也许这就是缘分吧。

　　她想起这个热心的小伙子车里太简单了，应该为这个留下温暖记忆的车子做点什么。于是，她在脸书上上传了一张车饰摆件的照片，并对他说："这个送你，好不好？"

　　他给她发的信息说："你知道吗，车站里我和你说，我想有第二个亚洲女朋友。可你没理我，直接就走了。"

　　她一下子手足无措起来，"不是吧，这个胖子。"

　　她只回复了一个笑脸。没有答应，但也没有拒绝。她的心情有一点喜悦，但又有很多的犹豫。难道说这就是一见钟情吗？她不知道。在异国的小城，遇到一个浪漫的小插曲，也是人生一种难得的体会吧。

　　我们也许分离在世界的各个角落，没办法相拥相伴；我们也许常常失意心塞，没有办法在每个对方需要的时间出现，但生活还是那么美好，因为这个世界有爱，有热心的帮助，也有戏剧性的一见钟情。

（苍石）

　　每一个开始，都只会是一个续篇，而真正写着故事的书，却总是从一半开始翻开。

世界上关于爱情的故事有很多种，但只有一见钟情最让人惊喜，所谓"一闪而过动我心，但见佳人美娉婷。此生中意誓不悔，共续真情谓生平"。

有人说，爱情不适合用"闪"这个字。爱情不是烟花，只要那一刹那的美，噼啪一声在天空绽开，美不胜收，热闹非凡，美则美矣，转瞬之间，就繁华落尽。火焰纷纷飘落，天空归于静寂。爱情要的应该是小火慢熬，应该是细水长流，就像古人推崇的：执子之手，与子偕老。但谁又能说一见动心后就不会与子偕老呢？

简单地说，一见钟情的感觉是一种很安静，甚至很自然的体验，像是你因为伸懒腰而抬头的时候，却忽然看到彩虹，你很自然地惊喜，然后微笑，不自觉地眯起眼睛去细数它的颜色。

其实，这种感情一样可以像细水长流一样深入骨髓。《红楼梦》中的贾宝玉，并不是因为相处久了才爱上林黛玉。林黛玉进贾府的时候，宝玉第一次见她就已经认准了这个独一无二的神仙似的妹妹，对她倍感亲切。四目相对的一瞬间，心就已经为之而动了。这就是爱情，没有时间来作利弊权衡，没有心思思考得失，一刹那，便是命中注定。

世上最容易发生一见钟情的时刻，就是在旅行途中。在旅行起程之前，人，尤其是女人都容易幻想一下。总希望在一段新的旅途或新的爱情里，发现另一个自己。这其中最具代表性并被广为称赞的就是《罗马假日》里，赫本和派克成就的最老套但又最传奇的爱情。

如果你幸运地遇到想象变为现实的情况，也无须多虑，坦然接受就是，拒绝福气才是真正的傻瓜。

爱情多姿多彩，有一见倾心的惊喜，也有细水长流的温馨，还有忽喜忽悲的小冤家型……可是，爱情总有一点相同，那就是会为对方的快乐而快乐，愿意去分担对方的重担，不离不弃。

在最浪漫的时刻

在买车后送他一个摆件

车和人一样，有自己的风格，甚至性格。送他一个与他和他的车相搭配的车饰摆件，说明你对他的理解已经不是停留在表面。你了解他的喜好、他的品位、他的风格。总之，你是懂他的那个人。

确定恋爱关系后送他一个摆件

在两个人陷入爱里面之后，生活中原本属于单身的痕迹都会慢慢消失。他的车会因为有你的关心而变得温馨、舒适。小到摆件、钥匙扣，大到座套，都会有一些爱的改变。这是很自然的事，是你已经入主他的领地的一种宣告。

在汽车保养的时候送他一个摆件

他的车需要保养了，不应该只是零件上的，也应该是形象氛围上的。你送他一个新的摆件，象征一段新的愉快旅途即将拉开序幕。不管什么东西在变，你对他的关爱都不会变。

选择车载摆件的诀窍

在买摆件之前先买防滑垫

再好的摆件都有滑落损毁的可能，尤其是在驾驶员刹车的时候。因此，摆件一定要带着防滑垫。你要选购摆件，首先要买的就是防滑垫。

颜色最好简单一些

男人的车里，摆件的颜色还是建议选择简单大方的，以纯色最佳。除非你的他是一个动漫迷，否则最好不要用太多可爱的模型，否则会给人留下滑稽的印象。

香水座摆件挑选香味很重要

香水座的摆件形状很多，由于是带有香味的，所以选择的时候尽量选择薄荷等比较提神的香味。形状的话根据他的喜好来就可以了。比如，有的人不喜欢棱角，有的人不喜欢不规则的形状，那就尽量避免。

当爱你到深处时，想变成任何一件你经常用
的物品。你经常开车，所以我会像这个摆件一样，
静静地陪着你。

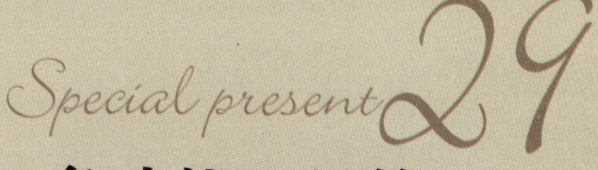

多功能工具箱
——实用贴心的最佳礼物

有你在，我便心安

温情寄语

风不会使我惆怅

雨不会使我忧伤

即使前路布满荆棘

也不能使我的心

变得不明朗

当你在我身边

触手可及的地方

坎坷变成了坚定的步伐

艰险变成了闪亮的徽章

你若是一片森林
可以阻挡得了放肆的骄阳
你若是一面高墙
可以抵抗彪悍的炮火
我感恩
我的世界里有你
在每一段踌躇的时光
你把臂膀借给我
在每一个束手无策的时刻
你轻松帮我解决难题
人生漂泊不定
我的心却因为有你
感到安全满满

以最特别的理由

每个人都有需要助手的时候
男人也不例外
在踏上靠近大自然的旅途中
多功能工具箱比很多高科技产品更有用
在所有人力不够的时候助力
给男人们最实在的加油
它是车载工具家庭里的老大哥
它可以帮我们换轮胎
它可以帮我们支起大大的帐篷
它可以刨地三尺找到吃的东西
它可以帮我们最快速解决野味

它甚至可以化腐朽的木板为神奇的小舟
它是鼓励我们绝处逢生的正能量
当你送给他这么多助力的"兄弟"时
他那一句谢谢很像蜜语甜言

当阳光再次投在旅馆木质的露台上，陈冲手捧一杯绿茶，正在慢慢欣赏自己刚刚制作的手绘画册，这是他根据上一次旅行获得的灵感而画的。旁边放着女友萍萍送的书，是贝爷的《野外生存手册》，虽然他是个画画的，但她却知道他崇拜的人不是什么美术大师，而是有野外生存技能的真正男子汉。

此时，他的萍萍正坐在木桌另一端看着清新的空气发呆。古城的晨光照在她的脸上，是那般的静谧，那般的美丽。他抬头看着她，心中涌起一种特殊的亲密感，她是懂他的。他的父母不懂他，亲友不懂他，而这个在旅途中偶然碰到女子却完完全全的懂他，难道不是上天恩赐的缘分吗？

萍萍感觉到了他的注视，转过头来迎着他的目光浅浅一笑，然后继续慵懒地靠在竹椅上，看向远方，他也回到自己的画册上。他们都不说话，专心又随意地享受着这宁静光阴。

陈冲与萍萍的相遇、相识，确实是一个偶然的机缘。萍萍是个散淡不羁的女侠，几年前她独自一人背包南下，先游了大理，然后到了丽江，准备下一站去香格里拉。那是一个月光如洗的晚上，她住在青年旅舍，和旅人们聚在院里闲聊，聊人生、聊旅行，嬉笑声中夹杂着感慨唏嘘。

萍萍坐在院子一角听了一会儿，觉得没什么意思，便站起身来四处走。这时，她看到不远处一个穿白衬衫的男生坐在柔和的灯光里，膝上垫了画板，低头画着什么。朦胧灯影中衬托出他侧脸清晰的轮廓。

萍萍带着满心的好奇，慢慢地走了过去。只见纸上屋檐错落伸展，青色的瓦棱角分明，檐角斗拱生动得仿佛有了灵魂。萍萍抬头，但看院外的屋檐上月华如霜。她第一次发现，原来画有这么神奇的力量。

他察觉到她的存在，但没有抬头。看了一会儿，她见他放下了画笔，便没话找话地问道："你是专程来丽江写生的吗？"

他仍然没有抬头，道："我是到处行走写生的。"

她又问："你是搞艺术的吧？"

他这时才起头来，道："我只是个流浪画家而已。"

她一听，笑了。

一个身材纤瘦的画画的文艺男，这是她对他的初印象。不过，在随后的接触中，她发现他和自己一样，其实也是一个爱好旅游的驴友。两人越谈越投机，于是相约一起自驾游。

他的车是一辆越野吉普，与他柔弱气质不太搭。虽然车子看起来有点旧了，但是感觉很硬气。后来才知道，这是他淘来的二手车，就为了旅行时玩得更尽兴。

经过认真筹划，他们开始了野外探险之旅。

萍萍细心地发现，他的车子后面装了两个大工具箱，于是好奇地问道："这两个箱子里都是什么？""工具啊，我们去野外，没有它们可不行，会吃大亏的。"他颇内行地笑了笑。她点点头，但其实并不太懂。没过多久，这辆二手车就给了他一个施展身手的机会——轮胎爆了。

当时，他们正走在一条没有任何遮挡的土路上。临近晌午，骄阳似火。带的水倒是够多，但是人这么一直烤着肯定会中暑，何况这次不只他一个人，还有一个美女在车上呢。陈冲跳下车，淡定地将多功能工具箱拎出来，拿出遮阳伞递给萍萍，让她先下车，把伞打上，然后将救护棉布洒上水递给她，让她保持自己的正常体温。

做完这些之后，他才将千斤顶拿出来，将轮胎爆掉的一侧撑起，用工具箱的扳手将车胎的螺丝一个个都卸下来，然后换上备胎。从下车到完成换胎，前后只用了二十多分钟，这让萍萍感到很吃惊，她没想到这个看起来柔弱的男人，竟然有这么大的力气，会做这么多的事情，遇到困难麻烦这么利索。当然，最关键的是，他会对自己照顾得这么细心。

这二十分钟里，他在按部就班地做事，她在静静地观察他。没多久重新上路了，他的额头出了不少汗，她把毛巾递过去。

之后的几天里，他们一起在靠近沙漠的戈壁上行走、拍摄，这里与古香古色、自然安谧的云南小镇天差地别，但他却能从中获得无限乐趣。这种热情将她也感染了他们一起搭建露营帐篷、取火，不断发现野外生活的新乐趣。

夜晚临睡前，因为担心会出意外，他特意在各自手腕上拴了一根布绳，只要她有需要，用力拉一下他就能感觉到。因此，整个旅程她都睡得十分安心。

经过这一段时间的接触，她越发对他感到好奇，一连问了许多问题："你靠卖画为生吗？""你车上带药品了吗，你在路上生病了怎么办？"……

"一定要把什么情况都考虑好，把所有东西都准备好才能起程吗？我觉得有一个工具箱就足够了。"他告诉她，"整天在温室里喊着远方，说着流浪，却因畏惧窘迫、疾病而不安，终其一生，都只能把自己塞在那个格子里。没有一点未知的尝试，一切都按部就班，毫无波澜，那生活就失去了意义。"

经过几天的旅程，两个人又回到了那个清风明月，初次相识的小院。夜晚，树影斑驳。萍萍红着脸颊站在这个刚认识不久的年轻人面前说："我不知道自己会不会后悔，但我想以后只要有机会，都要和你一起旅行。我会带上自己的工具箱，那里面是药品和我认为能救急的小玩意。"

有时，即使料到那个早已写好的结局，还是会冒险开始一个故事。最庆幸的是，彼此都愿意在结局之前勾画出最美的轮廓。

第二天清晨，萍萍早早坐在院中，她问他下一站去哪儿。陈冲说，因为她的出现，他决定改变自己的计划，在这里多陪她几天。他牵着萍萍的手，踏过悠长的青石板路，看过闲适的水草游鱼，穿过自在的人群街巷，坐过浪漫的酒吧小屋。在一家银器店，陈冲拉着萍萍买了一对项坠。坠子的形状很像一把斧子，似乎寓意着，他们的牵手是无畏前途的艰难的。

萍萍幸福地戴着项坠，在日光里看他画画：画飘向远方的河灯、画弯弯的拱桥、画客栈的窗子、画萍萍的鞋子。陈冲把满意的作品摆在路边，也随时给游人画素描头像。每有一分收获，萍萍都乐得像个孩子一样。

晚风拂面，水光跳跃，两人相互依偎，丽江的一切美好仿佛只为他们呈现。

她说："你要带我去看世界吗？"

他说："好，我们一起去看世界。不过，我们先在这里度蜜月吧。"

她说："我真心地希望到我生命的最后，依旧有你在我身边。"

他说："我们现在的彼此就是最好的彼此了，真希望让时光永远停在此刻。"

旁边的酒吧唱起歌谣，人们渐渐入睡。在相识的第二个月，他们踏上了新的旅途，还是那辆越野吉普，还是他们二个人，不同的是，多了一个属于她的多功能工具箱。

时光模糊着所有的来路和去向，但依旧有有情人顶着风雨兼程，微笑着。

（弓静）

爱情也有"工具箱"，为对方排忧解难，保驾护航。

Part 2
爱的旋律

只有懂得爱的人才能真正体会这句话的珍贵：关心别人就是关心自己，欣赏别人就是欣赏自己，理解别人才更易被人理解，帮助别人是获得快乐的源泉。

记住别人的好处，学习别人的长处，宽容别人的短处，理解别人的难处……这些都是与人相处的真谛。须知，丑化别人并不能抬高自己，奉承别人并不能赢得尊重。在与爱人相处之时，也可从中得到借鉴。

与爱人的相处：当爱人谈话时你倾听，当爱人皱眉时你微笑，当爱

人疑惑时你坚信，当爱人休息时你学习，当爱人放弃时你坚持，于是，当爱人失去你时终会后悔莫及。

在爱情里虽然没有对与错，但每个人都有优缺点。自己的优点少提起，别人的缺点也一样。自己的优点多承认，别人的优点也是一样。看到别人的长处和优点，正视自己的缺点和短处，剔除傲慢与偏见，修养自己，气质自然脱俗。

在自己与爱人之间，在他人与自己之间，关键是要看自己。自己丰富才能感知世界的丰硕，自己仁慈才能懂得他人的善良，自己知足才能发现生活的喜悦，自己坦荡才能感悟生命的壮观，自己好学才能感知世界的新奇，自己善良才能感知世界的美好。

这人世，没有什么比结缘更美好的事情，与一朵花结缘，与一本书结缘，与一个人结缘，然后相扶相持，笑看人世。也许，有些缘份注定无法把握，但总会有一些记忆，暖了这一路的细水长流。纵然隔着岁月，因了懂得，喜悦安生也会常驻心底。

因为懂得，所以慈悲。一份爱，若珍惜过，已足够感念，一个喜欢的人，若能遇见，已足够幸福。

人说爱情就像在捡石头，或许刚捡到的时候，你不是那么满意，但是记住人是有弹性的，很多事情是可以改变的。

在最浪漫的时刻

一起旅行之前送一套工具箱给他

这礼物的深意就是依赖和信任。你是他最好的助手，期待它将一切不可能变为可能。你愿意和他一起接受任何考验。

当他面临大挑战时送一套工具箱

这时候的工具箱已经超出了实用的意义，更多的是一种寓意。希望他能大刀阔斧地面对眼前的困难，找回在野外时的那份自信。

选择多功能工具箱的诀窍

了解工具箱的构成和适用范围

多功能工具箱利用合页功能的手把将箱子的主要部分即上下三盒和箱盖连成一体，并用若干隔板将上部的两盒分别分为若干格挡，而下盒则保持一个整体。结构新颖、轻巧便携，功能齐全，适合于车间、野外、固定、流动各类作业人群使用。

尺寸、重量依据需要任意选择

尺寸上，较为常见的有 420×210×180（mm）和 480×240×210（mm），以及 400×210×180（mm）三种，另外还有较大的 660×270×250（mm）、580×270×250（mm），以及 510×250×220（mm）三种。各自的称重范围不同，一般说来，尺寸越大，重量越重。

材质多样，塑料是首选

工具箱常见的材质有塑料、铁皮、铝合金三种。其中塑料工具箱轻便简洁，空间感也不错，实用性和性价比都比另外两种更加划算。如果只是家用，塑料工具箱就可以满足了。

你就是我的多功能工具箱，是我可以信任和依靠的人。

拥有坚实的臂膀和足智多谋的你，是否愿意，帮我解决一切烦忧，一直保护我呢？

一场浪漫旅行

——有你在身边便是最美的风景

路在脚下，幸福在携手起程时

温情寄语

在漂流了很久很久以后
真想能有一个静谧的港湾
让我枕着波浪轻眠
轻眠
却不是为了收起风帆
在跋涉了很久很久以后
真想能点燃一缕炊烟
围着篝火席地而坐
哑着嗓子唱歌
把悲怆的曲调轻弹

尽管心很累、很疲惫

我却没有理由后退

或滞留在过去与未来之间

就这样，就这样

在身心俱疲的时候

把自己融入自然

（汪国真）

以最特别的理由

旅行是心灵的释放，爱意的升华

是烦恼的告别式

是对高压生活的有力反击

帮助我们理解生活的真谛

旅行打破朝九晚五的魔咒

找到最真实的自己

旅行是陌生的探索，也是新奇的发现

是了解世界的下一步

让我们不再做井底之蛙

旅行让曾经遥不可及的美景变得近在咫尺

让我们有不枉此生的感慨

让我们感谢生命的美好

教会我们要懂得珍惜时光

旅行给爱情一次缠绵悱恻的理由

旅行让我们有机会抓住生活中每一朵浪花

并一起将它们串成未来最美的记忆

艾佳，今年 41 岁，新婚宴尔。认识她是在东南亚的一家青旅里。当时，我问前台是否有人计划去柬埔寨暹粒，如果有，请告知我。因为我想找人一同前往，这样不仅安全，而且还可以分摊路费，一举两得。

第二天早上，我出门吃早餐时被前台叫住，她让我在小花园的凉椅上等她，然后就跑了。我被弄得云里雾里，不知道她到底要干什么。几分钟过后，她从走廊那边朝我走来，旁边还跟着个中国女人。一件纯黑的背心，搭配一条民族风纯棉阔腿裤，头发随意地扎起来。看上去是个爽快的女人。

这个女人就是艾佳，是我在柬埔寨旅行的游伴。当时，从来不曾想过她会成为和我关系最好的朋友。

我记得当时自己很好奇，问她一个人出来旅行怎么放心得下小孩，而老公又怎么会同意？不料，艾佳却非常直率地脱口而出："我单身。"

我顿时感到尴尬，有点不好意思，于是我连忙道歉，几乎是生硬地转移了话题。

艾佳却满不在乎地说道："没有关系，这又不是什么见不得人的事，没有必要藏着掖着。也不只你一个人有这样的反应。其实，我一个人过比两个人过要开心潇洒得多。这种生活，对我来说才比较可怕。那不是我所想要的，我所想要的就是此刻我正经历的一切。"

她对自己有着清醒的认知，头脑清清楚楚，知道自己想要什么，自己需要什么。这中间的界限泾渭分明，她不会允许自己在界点上徘徊犹豫。接触多了，我们逐渐变得无话不谈，于是对她的感情故事也有了一些了解。

　　艾佳年轻的时候交往过一个长达8年的男朋友。有耐心将恋爱谈成马拉松的人，怎么可能是个没有爱的人呢？

　　8年的时间，从怦然心动到平静如水，两个人在一起的时间越久，她便害怕下决心，总觉得对方不是适合自己的结婚对象。想要放弃，却担忧后面是否还有更好的那个人；不放弃，将就着这样过，又总有不甘。她的这种表现被家人和朋友认定为"恐婚"。

　　其实，只有她自己明白，自己是因为过于清醒，对爱情过于认真而犹豫不决。就在艾佳权衡、猜测、评估、摇摆不定，甚至孤注一掷的时候，她意外地获得了公司外派伦敦一年的机会。果然，这是个天降的机会，艾佳义无反顾地去了英国。

　　当然，这也成了压倒骆驼的最后一根稻草。男朋友不会愿意再等她，而她，也不需要他等她。她终于有了勇气，拍拍手，重新上路。那年，她刚满31岁。

　　所有人都觉得她疯了，包括她父母。大家都劝她不要去，不要再折腾了，安安心心嫁给他，放弃这个机会，回来同样是工作。

　　在伦敦工作一年后，艾佳辞职了，申请了伦敦政治经济学院的研究生。

　　毕业后，她在英国一家颇有影响力的媒体工作。生活安稳，工资够高，每年都有外派世界各地的机会，一切看上去都很好。

　　她和我说，这份工作最大的魅力不是收入，是年假很长。她是个待不住的人，一直坚信自己的真爱等着她主动去遇见，去发现。当家里的老母亲再次督促结婚，将相亲对象的资料一份份发给她的时候，她已经快35岁了，成了所有人眼中嫁不出去的人。但她一点都不在乎，整天一个人全世界乱跑。

对于婚姻，她有自己的信仰，遇到真正让自己心甘情愿一辈子和他走下去的那个人就嫁，不然，绝不会为了结婚而结婚，自己过得开心就好。她依旧坚信，旅行会让她更爱自己，更有机会遇到真爱。如果遇到了，她会和他一起继续旅行，决不放弃。

作为她少有的几个知心朋友，我告诉她：我佩服也认同她洒脱的人生态度，但同时也做好随时收到她爱情佳音的准备。

也许是上帝看到了她的真诚，终于给了她证明自己不是恐婚者的机会。她在走到芬兰海滨某个小岛的时候，遇到了她的新郎。他是一个传承了古老制作工艺的手艺人，生活节奏极其慢，没有她身边男士的种种商业气息，却有很多与她相契合的生活观和人生观。

再次看见她的时候，她的身上除了以往蕴含的独立、自由和洒脱之外，还多了一份安静的温柔。

他们在国内举办了婚礼，但已经决定定居在芬兰。她说，在他身边，爱得更自由。

（左一）

爱情若被束缚，世人的旅程即刻中止。爱情若葬入坟墓，旅人就是倒在坟上的墓碑。就像船的特点是被驾驭着航行，爱情不允许被幽禁，只允许被推向前。

古人教诲我们：读万卷书，行万里路。读书和旅行都是不可辜负的人生美事。如果这两件事都能与爱人一起实现，那就是莫大的幸福了。

旅行有时候也只是一种心情的释放，好比沉在水底的鱼儿，在雷雨到来之前感觉烦闷，迫切想要到水面透一口气。试想一下，当你可以远离一个城市，奔赴另外一个陌生的城市，无论这个城市给你的感觉如何，有一点是不变的，那就是对于未知的风景，我们总抱着憧憬和好奇。是的，

旅行可以满足我们的探索欲，我们探索着每个城市不一样的节奏。我们好奇彼此会在旅行中发生怎样的变化，呈现出怎样前所未有的面貌。

其实，爱情和旅行有很多相似，爱情确实很像是一次旅行，在我们懵懵懂懂的时候就踏上了这次旅程，上车没多久，列车开始启动。与现实的旅行相比，有所差别的是，爱情旅程可能会有盲目，上了车就以为找到了目标，但这目标可以调整，因为列车是运动的。

坐在爱的列车上，窗外的景色不断地变化，在这个过程中，有些人可能在中途停车的几分钟里下去和美景合影，也有人会直接下车，住上几日，改变原定的路线。那样，爱情的旅程可能就是新的开始了。随着时间的推移，会最终明白哪一处风景，哪一趟列车才是最好的选择。

人生是跋涉，也是旅行；是等待，也是重逢；是探险，也是寻宝；是眼泪，也是歌声。

在最浪漫的时刻

告别单身时和他一起去旅行

    从接受告白开始，你们就已经属于彼此了。为了庆祝脱单，进行一次旅行，有助于快速增加彼此的自信，提升感情。

纪念日时和他一起去旅行

    在一起的每一天，可能都在为生活奔忙，上班下班，甚至加班。留给感情的时间越来越少。在每个对两个人有意义的纪念日到来前，你都可以规划一次旅行，让他也能借此机会放松身心，抛下生活中的烦恼，一同找回恋爱时轻松惬意的时光。

两个人年假安排好后去旅行

    旅行是享受不是受罪。如果要进行国内的旅行，一定要避开节假日。在两个人时间都比较合适的时候，利用年假进行一次旅行。旅行地方人不太多，时间也足够，这样的旅行才可能有好的体验。

选择旅行路线的方法

根据旅行的目的选择

如果你旅行的目的是想释放压力，建议你选择能够远离城市喧闹、能让你身心得到安静休息的地方去旅行。这种地方能让你体验到什么叫返璞归真，什么叫真正的大自然。如果你旅行的目的是购物，建议选择比较贴近购买目的的地方，比如一些大的现代城市，既能购物又能旅行，一举两得。如果你旅行的目的是想开拓个人见识，建议你选择一些历史古迹，文化名城，去体验当地的传统民风，感受一个地区的历史变迁……

根据假期时间的安排选择

如果你有充裕的时间，就可以无拘束地选择想去的地方；相反，如果时间比较少的话，要考虑除去两三天来回坐车的时间后你真正剩下的时间，选择在这段时间里能让你享受快乐的地方。

根据自己经济承受能力来选择

选择到一个地方去旅行，肯定要考虑一下当地的消费及住宿情况。无论是到什么地方去旅行，大家要明白旅行是享受快乐，并不是完成任务。

喜欢和你一起行走在路上的感觉。

我相信，一起旅行会让我们的思想更加开阔，让彼此心灵的距离更近。如果有一天我白发苍苍不再美丽，你是否还会轻抚我的脸颊，说陪我走到海角天涯？